林　庚　冯沅君

主编

中国历代诗歌选

唐五代

生活·讀書·新知 三联书店

图书在版编目（CIP）数据

中国历代诗歌选.二,唐五代 / 林庚,冯沅君
主编. —北京:生活·读书·新知三联书店, 2024.1
ISBN 978-7-108-07578-9

Ⅰ.①中⋯　Ⅱ.①林⋯ ②冯⋯　Ⅲ.①古典诗歌－作
品集－中国－唐代－五代 (907-960)　Ⅳ.① I222

中国版本图书馆 CIP 数据核字 (2022) 第 227739 号

特邀编辑　王清溪
责任编辑　柯琳芳　唐明星
装帧设计　康　健
责任印制　卢　岳
出版发行　生活·讀書·新知 三联书店
　　　　　(北京市东城区美术馆东街 22 号 100010)
网　　址　www.sdxjpc.com
经　　销　新华书店
印　　刷　河北品睿印刷有限公司
版　　次　2024 年 1 月北京第 1 版
　　　　　2024 年 1 月北京第 1 次印刷
开　　本　880 毫米 × 1230 毫米　1/32　印张 9.375
字　　数　197 千字
印　　数　0,001－5,000 册
定　　价　49.00 元
(印装查询：01064002715；邮购查询：01084010542)

出版说明

该书的主编是林庚和冯沅君两位先生。

林庚（1910—2006），字静希，原籍福建闽侯，生于北京。1933年毕业于清华大学中文系，留校担任朱自清先生的助教。1937年后历任厦门大学、燕京大学及北京大学教授。林庚是著名诗人，一面写诗，陆续出版诗集《夜》《北平情歌》《冬眠曲及其他》《空间的驰想》等；一面进行关于新诗格律的理论研究，著有《新诗格律与语言的诗化》。同时，他也是卓有成就的学者，著有《中国文学史》《诗人李白》《唐诗综论》《诗人屈原及其作品研究》《天问论笺》《西游记漫话》等。

冯沅君（1900—1974），原名淑兰，笔名淦女士，原籍河南唐河。1917年，随长兄冯友兰到北京，考入北京女子高等师范学校。1922年，考入北京大学国学门研究所。1925年毕业，先后到金陵大学、中法大学、暨南大学、中国公学大学部、复旦大学、北京大学等校任教。1932年，同丈夫陆侃如双双赴法留学，1935年二人均获得巴黎大学文学博士学位。同年回国，冯沅君历任河北女子师范学院、武汉大学、中山大学、东北大学、山东大学教授。冯沅君是曾得到鲁迅先生赞赏的、蜚声20世纪20年代文坛的小说家，著有《卷葹》《劫灰》等。学术研究方面，她在中国诗歌史、戏曲史领域成就突出，著有《近代诗史》《中国文学史简编》《南戏拾遗》《古优解》《古剧说汇》等。

20世纪60年代，时任北京大学古代文学教研室主任的林庚和山东大学古典文学教研室主任的冯沅君接到了教育部下达的一个重点项目，共同主编《中国历代诗歌选》，作为高等学校中文系中国诗歌选课程的教科书。该书分上下两编，依据二人学术侧重的不同，林庚负责上编自先秦至唐五代部分，冯沅君负责下编自宋代至"五四"前部分。两位主编在确定选注原则、选目、体例后，分别带领北京大学和山东大学古代文学教研室的同事，共同编写完成。编写团队中，不乏吴小如、袁行霈等著名学者，而其中，两位主编的功劳自然是主要的。

上编分一、二两册，于1964年1月由人民文学出版社出版，正文繁体横排，扉页有括号注明"本书供高等学校文科有关专业使用"。学者彭庆生评论其"既是一部独具特色的诗歌选本，又是一部自成体系的优秀教材"，"既富有诗人的灵性，又富有学者的卓识，同时也深具教师的匠心"。因为林庚的诗人本色，慧眼独具，发掘出许多被历代选家遗漏的佳作；因为是具有"独立之精神，自由之思想"的学者，所选诗歌洋溢着林庚一生提倡的"少年精神"和"盛唐气象"；因为长期在大学开设历代诗歌选课程，丰富的教学经验保证了该书作为教材的科学性、系统性和完整性。在选目上，既体现了中国诗歌历史发展的全貌，也突出了个别诗体、诗人、流派、风格在某一特定时期的高峰性呈现。此外，该书的作家小传和注解都力求简明扼要，但常有独到之见，给读者更多启迪。

下编出版较晚。陆侃如在《忆沅君》一文中说："沅君最后几年的精力全滋注在这部教材里，精益求精，一丝不苟。可惜刚打好清样，因'文化大革命'勃发了，未能及时出版。沅君弥留之际，还在挂念这件事。"袁世硕先生在《缅怀冯沅君师》一文中，回忆自己当年参与《中国历代诗歌选》编写过程中，对吴伟业两首诗的作期，依据常见的资料，做了个大约的推定，并未深究，"但是，冯先生在定稿时却重新进行了认真细致的考定，把有关史实和诗的内容这两个方面联系一起加以考察，推翻了我初稿中的意见，作出了符合实际的推断。当冯先生对我说明这两首诗的作期改动的情况时，特别语重心长地说：做学问是不能粗枝大叶、敷衍了事的，应当严肃认真，一直把问题搞透彻"。从这一事例，可以看到冯沅君一贯的认真严谨和做主编的尽职尽责。1979年11月，下编一、二两册才得以由人民文学出版社出版（正文繁体横排，此次连同上编，统一由古干设计封面，扉页书名上方有"高等学校文科教材"字样），遗憾的是，冯沅君已于1974年因病逝世。

该书自出版后，广受各大高校师生及诗歌爱好者的好评，多次重印，并于1988年荣获国家教委高等院校优秀教材一等奖。2005年2月，清华大学出版社出版九卷本《林庚诗文集》，收入《中国历代诗歌选》（上编）为第五卷。后于2006年7月，以单行本形式将《中国历代诗歌选》（上编）分为《中国历代诗歌选·先秦至隋代》和《中国历代诗歌选·唐五代》两种出版，正文改为简体。

　　这部名家领衔、历久弥新的经典选本在今天仍弥足珍贵，三联书店此次以人民文学出版社 1964 年版和 1979 年版为底本，修订再版，以飨读者。我们基本保留了原版内容全貌，只对少许内容按实际情况做了修订。比如，初版内容注解中记录的行政区划，现有一些由县改为市或者区，甚至有一些改了名字。此次出版都做了相应更新。还对书中的注音进行了整理，尤其是多音字，根据工具书，对不同义项的不同读音进行了核查。此外，对个别难字、生僻字补充了注音。

生活·讀書·新知 三联书店

2023 年 7 月

前 言

　　本书是为高等学校中文系中国诗歌选课程编写的教科书，考虑到课堂讲授的实际需要及同学们的自学时间，全书共选诗（包括词、曲等）一千首，希望能基本上体现中国古典诗歌优秀的成就。中国是诗的国度，数千年来诗人们的杰出创作美不胜收；在我们选诗的过程中，几次征求意见，都反映有很多好诗未能收入。我们尽量参考了各方面的意见，但是因为只能在一千首内取舍，挂一漏万，仍是在所难免的。我们希望尽可能选思想性艺术性都高的作品，同时为了体现中国古典诗歌全面的成就，以及历代诗歌流派的发展，也选了一部分思想性或艺术性有所偏重的作品。我们的选目一共征求过三次意见，最后才确定下来，今后仍盼多听到大家的意见。

　　全书包括简略的作家小传在内，连同本文和注解，平均每首诗实际上约占六百字左右。这样，注解自然就不能不以简明为主。同时考虑到主讲教师应有发挥的余地，简明也是完全必要的。但课堂上并不是每首诗都能讲到，很多作品还得靠同学们课外自学，而本书也不免还会面对更多的读者，因而一定的串讲也是需要的。我们还试图采用一些注解中含有串讲或串讲中带有注解的办法，但总的说来，是以注解为主，适当地附以串讲。遇有重点疑难时作必要的说明或引征，我们希望尽可能做到不放过任何难点，当然，即使这一部分的文字也是力求精简的。

诗无达诂，又限于时间和水平，我们的注解很难说就都完善。本书虽是教科书，也仍然是只供参考之用，主讲教师还可以按自己认为更好的意见讲解。但从我们编写的过程说，凡有疑难，或历来聚说纷纭，或从来并无注解，或不同于传统成说之处，都经过再三讨论，才作出解释。有时并采用疑似语气，或附有他说以备参考。与讲解有关的重要异文，必要时也附在注后。

本书体例并不规定要有题解，因为很多作品读过之后，往往题意自明，简单的题解反而容易不全面或流于空洞，有时且限制了读者们丰富的体会，所以只是在需要时把它放在第一条注解里面。注解则一律放在本文之后，这对于长诗也许不太方便，但考虑到本书中长诗为数不多，更重要的是好诗不厌百回读，注解只是在最初阶段才特别需要，此后还要能离开注解自行熟读，如果注解夹在中间，反而会感到不能一气呵成了。注解一般是一两句一注，最多不超过四句。读音则只根据今音标注，近来语言学界对于许多古音当时的具体读法究竟如何，颇多怀疑，这里不如从略；至于没有今音的古字，则采取传统上的说法，斟酌标为今音。

中国古代诗歌发展中呈现的形式是丰富多彩的，唐以前先后出现了四言、骚体、五言、七言等，五、七言中又有古、律、绝等体，唐以后则更以诗、词、散曲等三个园地争长媲美。本书体例，在同一作家的作品中也据此依上述顺序分体安排，一体之中斟酌写作年代定其先后，作家则结合生卒年及其主要活动时期依次排列。

本书分为上下两编，上编自周代至唐五代，共五百五十首，下编自宋代至"五四"前，共四百五十首。上编由林庚（北京大学）主编，参加编写的有吴小如、陈贻焮、袁行霈、倪其心。下编由冯沅君（山东大学）主编，参加编写的有关德栋、袁世硕、朱德才、郭延礼、赵呈元。主编人之间，除曾先后三次充分面商一切外，并经常交换情况和意见。选注原则是根据作品选会议上的精神明确的。选目是由上下编主编负责分头拟定后，征求意见，不断修订的。体例是由上编主编先提出草案，然后协商确定的。在工作开始时并曾选出不同作家的作品若干篇，大家均就此作出小传和注解，交流观摩，以便在要求和规格上尽可能取得一致。编写期间，上下编都各自成立了小组。上编方面：林庚负责起草选目，审改初稿，组织讨论，并最后定稿；吴小如担任注解先秦两汉全部作品初稿；倪其心担任注解魏晋南北朝全部作品初稿；袁行霈担任注解初盛唐全部作品初稿；陈贻焮担任注解中晚唐全部作品初稿。四位同志除经常参加讨论外，并协助主编查校材料，互审初稿，誊清部分稿件。此外，李绍广还主动地为上编注出十几首小令的初稿，谨在此表示感谢！下编方面：冯沅君负责起草选目，审改初稿，组织讨论，并最后定稿；此外，还担任注解北宋全部、南宋大部分及金、元全部作品的初稿。赵呈元担任注解陆游作品的初稿及全稿的校对工作；朱德才担任注解辛弃疾、陈亮及明代大部分作品的初稿；关德栋担任注解明清散曲及民歌部分的初稿；袁世硕担任注解刘基、高启、顾炎武及清代大部分作品的初稿；郭延礼担任注解近代全部作品的初稿。以上同志都同样参加小组讨论等工作。此外，还由刘卓平担任抄写全稿及资料的管理工作。

我们在征求对选目的意见时，曾得到多方面热忱的支持，在工作中并得到一些单位和专家们的帮助，稿成后，上编经冯至同志审阅，下编经余冠英同志审阅，谨在此一并深致谢意！盼望此后仍能获得各方面热情的支持，使这书更臻于完善。

〔附记〕

本书上编于 1964 年出版，下编已排好清样，未出版。上编这次重印，做了些许修订。下编这次是初印，亦就原清样做了些修订。

1978 年 12 月

目　录

唐

魏　徵

魏徵（580—643），字玄成，巨鹿曲城（今河北巨鹿附近）人。少时贫苦，隋末为道士。后在李密幕下供职，随李密投唐。对于唐太宗多所诤谏，官至左光禄大夫，封郑国公。《全唐诗》录存其诗一卷。

述　怀 [1]

中原初逐鹿 [2]，投笔事戎轩 [3]。纵横计不就 [4]，慷慨志犹存。杖策谒天子 [5]，驱马出关门。请缨系南粤 [6]，凭轼下东藩 [7]。郁纡陟高岫 [8]，出没望平原 [9]。古木鸣寒鸟，空山啼夜猿。既伤千里目 [10]，还惊九逝魂 [11]。岂不惮艰险 [12]？深怀国士恩 [13]。季布无二诺 [14]，侯嬴重一言。人生感意气，功名谁复论。

1.这诗是魏徵出潼关安抚山东地区时所作。当时唐高祖刚刚称帝,太行山以东还有一些李密的旧部不肯降唐,魏徵便自告奋勇去说服他们。诗题一作《出关》。　2."中原"句:指隋末群雄夺取天下的战争。"鹿",比喻政权,《史记·淮阴侯列传》:"秦失其鹿,天下共逐之。"　3."投笔"句:是说自己投笔从戎。"戎轩",战车。　4."纵横"句:指自己屡次向李密进策不被采用。"纵横",合纵连横,引申为谋划策略。"不就",不成。5."杖",持。"策",马棰。"杖策",就是驱马的意思。"天子",指唐高祖李渊。　6."请缨"句:以终军自喻。汉武帝时终军自请安抚南越,说:"愿受长缨,必羁南越王而致之阙下。""缨",带子。"粤",通作"越"。7."凭轼"句:以郦食其自喻,郦食其曾请命于汉高祖,说降了齐王田广,为汉之东藩。"轼",车前横木。"凭轼",驾车奔走。"藩",属国。　8."郁纡",险阻萦回。"陟",登。"岵",峰峦。　9."出没"句:因为山路忽高忽低,所以平原看起来时出时没。　10."既伤"句:《楚辞·招魂》:"目极千里兮伤春心,魂兮归来哀江南。"这里有感于或许不能归来的意思。11."九逝魂",《楚辞·抽思》:"惟郢路之辽远兮,魂一夕而九逝。""九",表示多次。指对于故国的怀念。　12."惮",怕。　13."深怀"句:是说深念皇帝以国士相待之恩。"国士",国家的杰出人才。　14."季布"二句:是说自己既然请缨,就一定要实现它。"季布",汉初人,以重然诺闻名关中,当时有"得黄金百斤,不如得季布一诺"的谚语。"侯嬴",战国时信陵君的门客,《史记·魏公子列传》说,信陵君救赵,"侯生曰:'公子勉之矣,老臣不能从。'公子行数里,心不快,曰:'……侯生曾无一言半辞送我'"。于是信陵君又回车问侯嬴,侯嬴才说出了奇计,并表示因年老不能随行,要杀身以报,后来也果然实现了这一诺言。

王 绩

王绩（约589—644），字无功，自号东皋子，绛州龙门（今山西河津）人。隋末任秘书正字、六合（今江苏六合）县丞，因嗜酒劾去，还乡隐居。唐初，以前朝官待诏门下省，颇不得意，后弃官归隐。常以阮籍、陶潜自比，对新朝表示不满。他的诗对社会表示了愤慨，却缺乏积极的理想，消极厌世的成分要更多一些。但诗风朴素自然，摆脱了六朝的习气，在初唐诗坛上是难得的。此外，在五律的形成上他也有贡献。有《东皋子集》。

野 望

东皋薄暮望[1]，徙倚欲何依[2]！树树皆秋色，山山唯落晖。牧童驱犊返[3]，猎马带禽归。相顾无相识，长歌怀采薇[4]。

1. "皋"，山边。"东皋"，本传说他渡河还家，游北山东皋，著书自号东皋子。"薄暮"，傍晚。　2. "徙倚"，徘徊。"依"，归依。　3. "犊"，小牛。
4. "怀采薇"，用伯夷、叔齐隐于首阳山采薇而食的典故，表示自己有易代的感触。

卢照邻

卢照邻（约637—约686），字昇之，自号幽忧子，范阳（今河北涿州）人。初授邓王府典签，受王爱重。后迁新都尉，因病去官，隐居太白山。又服丹中毒，病势加重，移居阳翟具茨山下，武后屡聘贤士都不应召。后因病痛不堪，自沉颍水而死。有《卢昇之集》。

长安古意 [1]

长安大道连狭斜 [2]，青牛白马七香车 [3]。玉辇纵横过主第 [4]，金鞭络绎向侯家 [5]。龙衔宝盖承朝日 [6]，凤吐流苏带晚霞 [7]。百丈游丝争绕树 [8]，一群娇鸟共啼花。啼花戏蝶千门侧 [9]，碧树银台万种色。复道交窗作合欢 [10]，双阙连甍垂凤翼 [11]。梁家画阁天中起 [12]，汉帝金茎云外直 [13]。楼前相望不相知 [14]，陌上相逢讵相识。借问吹箫向紫烟 [15]，曾经学舞度芳年。得成比目何辞死 [16]，愿作鸳鸯不羡仙。比目鸳鸯真可羡，双去双来君不见？生憎帐额绣孤鸾 [17]，好取门帘帖双燕。双燕双飞绕画梁，罗帏翠被郁金香 [18]。片片行云著蝉鬓 [19]，纤纤初月上鸦黄 [20]。鸦黄粉白车中出，含娇含态情非一。妖童宝马铁连钱 [21]，娼妇盘龙金屈膝。御史府中乌夜

啼 [22]，廷尉门前雀欲栖。隐隐朱城临玉道 [23]，遥遥翠幰没金堤 [24]。挟弹飞鹰杜陵北 [25]，探丸借客渭桥西 [26]。俱邀侠客芙蓉剑 [27]，共宿娼家桃李蹊 [28]。娼家日暮紫罗裙，清歌一啭口氛氲 [29]。北堂夜夜人如月 [30]，南陌朝朝骑似云。南陌北堂连北里 [31]，五剧三条控三市 [32]。弱柳青槐拂地垂，佳气红尘暗天起 [33]。汉代金吾千骑来 [34]，翡翠屠苏鹦鹉杯 [35]。罗襦宝带为君解 [36]，燕歌赵舞为君开 [37]。别有豪华称将相，转日回天不相让 [38]。意气由来排灌夫 [39]，专权判不容萧相 [40]。专权意气本豪雄，青虬紫燕坐生风 [41]。自言歌舞长千载，自谓骄奢凌五公 [42]。节物风光不相待 [43]，桑田碧海须臾改 [44]。昔时金阶白玉堂，即今唯见青松在。寂寂寥寥扬子居 [45]，年年岁岁一床书。独有南山桂花发 [46]，飞来飞去袭人裾 [47]。

1. "古意"，类似"拟古"之类托古咏今的诗题。这首诗通过对汉代长安的描写，反映了唐代长安的盛况，也揭露了当时贵族统治集团骄奢淫逸的生活。　2. "狭斜"，小巷。　3. "青牛"，用以驾车。"七香车"，用七种香木制成的车，贵妇所乘。　4. "玉辇"，皇帝所乘的车。"主第"，公主的第宅。　5. "金鞭"，泛指车马。　6. "宝盖"，玉辇上所竖的华盖。盖柄雕作龙形，仿佛衔着车盖。"承朝日"，承受朝日，借以点明时间。下句"晚霞"同。　7. "流苏"，用五彩羽毛或丝绸做成的垂饰，如同现在的彩穗子。车幔上绣着凤凰，垂着流苏，仿佛流苏是凤凰所吐。　8. "游丝"，蜘蛛等的丝。借以形容春景。庾信《燕歌行》："洛阳游丝百丈连。"　9. "千门"，宫门。　10. "复道"，楼阁之间的两层通道，因上下皆有通道，所以说"复"。"交窗"，用木条横直交错而制成的窗。"合欢"，即马缨花。这里指交窗上的雕饰。　11. "连甍"，屋脊相连近。"凤翼"，形容屋脊的两檐状若凤翼。

12."梁家画阁"，东汉顺帝外戚梁冀在洛阳大造第宅，台阁周通，柱壁窗牖皆有雕镂图饰，这里指华丽的住宅。"天中起"，耸立天中。 13."汉帝金茎"，汉武帝在建章宫立铜柱二十丈，上擎仙人掌以接仙露。 14."楼前"二句：是说贵族甲第往来频繁，墙头马上或陌上相逢，未必相识。这里隐喻闺中妇女要求爱情生活的心情。"相知"，指相望之情。"讵"，岂。 15."借问"二句：是说她们以歌舞度过青春，羡慕着美满的爱情婚姻生活。"吹箫向紫烟"，隐喻向往爱情的意愿，《列仙传》说：秦穆公女弄玉随夫萧史学吹箫作凤鸣，一日夫妻同随风仙去。 16."比目"，鱼名。两目生在身体的一面，活动时相配成对。 17."生憎"，最憎。"帐额"，帐檐。"鸳"，凤凰一类的鸟。 18."帏"，帐。"翠被"，用翠羽织锦做的被。"郁金香"，花名，用它制成的香料也叫郁金香，可熏被用。 19."行云"，形容发如流动的轻云。"著"，着落。"蝉鬓"，是一种双鬓缥缈如蝉翼的发式。20."纤纤"句：描写当时妇女的一种额妆，额上涂以青黄色，再点缀上弯月形的图饰。"纤纤"，细弱的样子。 21."妖童"二句：写随从之盛。"妖童""娼妇"泛指随从的歌童舞女。唐郑处海《明皇杂录》："虢国每入禁中，常乘骢马，使小黄门御，紫骢之骏健，黄门之端秀，皆冠绝一时。""铁连钱"，有圆斑的青色马。"娼"，俗"倡"字。"金屈膝"，诗中一般指金屈膝的屏风。"屈膝"，合页。"盘龙"，指上面的雕镂。《文献通考》卷一一七中记宋代辇中有软屏风、金屏风、龙水屏风等，可见辇中可置屏风。 22."御史"二句："御史"，司弹劾的官。上句用《汉书·朱博传》的典故，说御史府中的柏树上，常有野乌鸦数千栖宿。"廷尉"，司法官。下句用《史记·汲郑列传》的典故，传中说："始翟公为廷尉，宾客阗门。及废，门外可设雀罗。"这二句是说御史、廷尉这种纠察司法的官没有权势，无人过问。同时点出薄暮时分。 23."隐隐"，隐约模糊的样子。"朱城"，指宫城。 24."翠帱"，翠羽为饰的车幕。帱，音 xiǎn。以上是第一段，写长安大街小巷车水马龙，贵族甲第出游的豪奢。 25."挟弹飞鹰"，拿着弹弓打猎。"杜陵"，汉宣帝陵墓，在长安东南。 26."探丸"，探取弹丸。《汉书·尹赏传》说，长安有一群少年专门谋杀官吏替人报仇。事前设赤、黑、白三色弹丸，探得朱丸者杀武吏，得黑丸者杀文吏，得白丸者负责丧事。"借客"，替人报仇。"渭桥"，在长安西北渭水上。 27."芙蓉剑"，宝剑名。 28."桃李蹊"，《史记·李将军列传》："桃李不言，下自成蹊。"这里指娼家居处人来人往。 29."啭"，宛转的歌唱。"口氛氲"，口中散发出香气。 30."北堂"二句："北堂""南陌"，泛指娼家居处。"人如月"，形容娼妓的美。"骑似云"，是说游客云集。 31."北里"，即娼妓聚居之平康里，在长安北门内。 32."五剧"句：是说北里与繁华的街市相通。"剧"，交错的道路。《尔雅·释宫》郭璞注说："今南阳冠军乐乡数道交错，俗呼为五剧乡。""三条"，三达的道路。张衡《西京赋》："披三条之广路。""控"，这里有贯的意思。"三市"，左思《魏都赋》："列三市而开廛。"这里的数字都不是实指，只是沿用成语。 33."佳气"句：是写北里的热闹兴隆。"红尘"，指车马扬起的飞尘。 34."金吾"，即执金吾，汉代禁卫将军之称。唐置左、右金吾卫。 35."屠苏"，美酒名。"翡翠"，形容酒的颜色。"鹦鹉杯"，用海螺制成的鹦鹉形的酒杯。 36."襦"，短衣。 37."燕歌赵舞"，战国时燕赵二国歌舞最发达，所以后来便用以指美妙的歌舞。以上是第二段，写娼家的生活。 38."转日回天"，形容权势之大。 39."意气"句：是说将相意气骄横，从来不让灌夫。"灌夫"，汉武帝时人，好使酒骂座，与丞相田蚡为敌，被诛。 40."专权"句：是说将相专权就是对萧何也不能相容。"萧相"，指汉高祖时名相萧何。 41."青虹""紫燕"，都是良马名。 42."五公"，指汉代的张汤、杜周、萧望之、冯奉世、史丹五人，他们是当时著名的权贵。 43."节物"，四季的景物。 44."桑田"句：是说世事变迁得很大很快。《神仙传》："麻姑谓王方平曰：'接侍以来，见东海三为桑田。'" 45."扬子"，指汉扬雄。他在汉成帝、哀帝、平帝三世做官都没有升迁。后来在天禄阁校书，闭门著《太玄》《法言》，人罕至其门。这里用左思《咏史》"寂寂扬子宅，门无卿相舆。……悠悠百世后，英名擅八区"的意思，并以扬子自况。 46."南山"，指长安南的终南山。　47．"袭"，及，落到。"裾"，衣前襟。以上是第三段，讽刺权贵虽一时骄奢专横，终不如读书厉节的寒士。

骆宾王

　　骆宾王（约638—684），婺州义乌（今浙江义乌）人。最初在道王府供职，高宗上元仪凤年间任武功、长安二县主簿，升侍御史，不久得罪入狱，贬临海（今浙江天台）丞。悒悒不得志，弃官而去。睿宗文明元年（684），徐敬业在扬州起兵讨武后，署宾王为府属，作讨武氏檄。同年兵败亡命，不知所终。有清陈熙晋注《骆临海集笺注》。

在狱咏蝉[1]

　　西陆蝉声唱[2]，南冠客思侵[3]。那堪玄鬓影[4]，来对白头吟。露重飞难进[5]，风多响易沉，无人信高洁[6]，谁为表余心？

1.这诗是骆宾王任侍御史时因罪入狱之作。　2."西陆"，指秋天。郭璞《游仙诗》李善注引司马彪《续汉书》说："日行北陆谓之冬，西陆谓之秋。"

3. "南冠"，《左传》成公九年："晋侯观于军府，见钟仪，问之曰：'南冠而絷者（戴楚冠而被缚者）谁也？'有司对曰：'郑人所献楚囚也。'"后世遂以南冠称因犯。"侵"，侵扰。一作"深"。　4. "那堪"二句："玄鬓影"，指蝉。崔豹《古今注》载，魏文帝宫人莫琼树"始制为蝉鬓，望之缥缈如蝉翼。"白头"，指自己，当时诗人已经发白了。同时"白头吟"又借用《白头吟》曲名的字面，以引起读者更多的联想。相传司马相如将聘茂陵人女为妾，卓文君作《白头吟》以自绝，是一首十分哀怨的曲子。这二句是说哪能受得住寒蝉向我这样地哀吟呢？言外之意是感叹自己将年华消磨在狱中，以至老迈。　5. "露重"二句：比喻世道艰险，冤屈难伸。　6. "信"，相信。"高洁"，指蝉，蝉栖高树上餐风饮露。也是自喻。

于易水送人 [1]

此地别燕丹，壮士发冲冠。昔时人已没，今日水犹寒。

1. 诗题一作《易水送别》。易水及荆轲事详见前《易水歌》。

王　勃

王勃（649—676），字子安，绛州龙门（今山西河津）人。

年十四，应举及第，授朝散郎。沛王召署府修撰，因故被高宗逐出王府。漫游蜀中，一度任虢州参军，犯了死罪，遇赦革职。父亲王福畤受到牵累，左迁交趾令。他渡海省亲，溺水受惊而死。

王勃与杨炯、卢照邻、骆宾王齐名，号称"初唐四杰"。他们力求摆脱齐梁诗风，扩大诗歌的题材，诗里表现了积极进取的精神和抑郁不平的愤慨，显示出诗歌创作的健康倾向。同时初唐五律在他们手里也渐趋成熟，在这方面王勃是其中成就较高的一个。有《王子安集》。

滕王阁 [1]

滕王高阁临江渚，佩玉鸣鸾罢歌舞 [2]。画栋朝飞南浦云 [3]，珠帘暮卷西山雨。闲云潭影日悠悠 [4]，物换星移几度秋 [5]。阁中帝子今何在 [6]？槛外长江空自流 [7]。

1."滕王阁"，故址在今江西省南昌市章江门附近，下临赣江。唐高祖之子滕王李元婴为洪州（今江西南昌）都督时所建。后来阎伯玙任洪州牧，九月九日在阁上举行宴会，王勃参加了宴会，并作了《滕王阁序》和这首诗。 2."佩玉"句：是说此阁本是滕王欣赏歌舞的场所，滕王去后歌舞也停止了。"佩玉"，舞妓的服饰。"鸾"，指铃。 3."画栋"二句：写滕王去后阁中的冷落。 4."日悠悠"，每日无拘无束地浮荡着。这里应下句"几度秋"的意思。 5."物"，四季的景物。"移"，这里是运行的意思。 6."帝子"，指滕王。 7."槛"，栏杆。

送杜少府之任蜀川 [1]

城阙辅三秦 [2]，风烟望五津 [3]。与君离别意，同是宦游人 [4]。
海内存知己，天涯若比邻 [5]。无为在歧路 [6]，儿女共沾巾。

1."少府"，即县尉。"之"，往。"蜀川"，泛指蜀地，一作"蜀州"。 2."城阙"，这里指长安，是送别的地方。"三秦"，今陕西一带，本来是秦国旧地，项羽灭秦后，分为雍、塞、翟三国，称为三秦。"辅三秦"，以三秦为畿辅。 3."五津"，岷江自湔堰至犍为有白华津、万里津、江首津、涉头津、江南津等五个渡口，合称五津，都在蜀中。 4."宦游人"，离家出游以求仕宦的人。 5."比邻"，近邻。 6."无为"二句：是说不要在分手的路上，效儿女之情，哭得涕泪沾湿了佩巾。

杨 炯

杨炯（650—约693），华阴（今陕西华阴）人。十岁举神童，授校书郎。高宗永隆二年（681）为崇文馆学士，迁詹事司直。因讽刺朝士的矫饰作风，被人忌恨。武后时左转梓州司法参军，秩满，迁衢州盈川令，卒于官。有《盈川集》。

从军行 [1]

烽火照西京 [2]，心中自不平。牙璋辞凤阙 [3]，铁骑绕龙城 [4]。雪暗凋旗画 [5]，风多杂鼓声。宁为百夫长 [6]，胜作一书生。

1. "从军行"，乐府《相和歌·平调曲》旧题。　2. "西京"，长安。　3. "牙璋"句：是说将军奉命出征。"牙璋"，古代发兵所用的兵符，有两块，相合处为牙状，分掌在朝廷和主帅手中。"凤阙"，在汉长安建章宫东，这里泛指皇宫。　4. "龙城"，汉时匈奴大会祭天之处。　5. "凋旗画"，使军旗上的绘画凋落暗淡。　6. "百夫长"，泛指低级军官。

苏味道

苏味道（648—705），赵州栾城（今河北石家庄市栾城区）人，不满二十岁便中了进士，武后时官至宰相。中宗神龙（705—707）初因属张易之党，贬眉州刺史，不久即死去，年五十八。文章与李峤齐名，时号"苏李"。有《苏味道集》。

正月十五夜 [1]

火树银花合 [2]，星桥铁锁开 [3]。暗尘随马去 [4]，明月逐人来。
游伎皆秾李 [5]，行歌尽落梅 [6]。金吾不禁夜 [7]，玉漏莫相催。

1.诗题一作《上元》。刘肃《大唐新语·文章类》："神龙之际，京城正月望
日盛饰灯影之会，金吾弛禁，特许夜行。贵族戚属及下俚工贾，无不夜游。
车马喧阗，人不得顾。王主之家，马上作乐，以相夸竞。文士皆赋诗一章，
以纪其事，作者数百人，惟中书侍郎苏味道、吏部员外郭利贞、殿中侍御
史崔液三人为绝唱。" 2."火树"，指许多悬灯的树。与"银花"都是比喻
灯火的繁盛。"合"，形容灯火连成一片。 3."星桥"句：秦李冰开蜀江，
置七桥，上应七星，每桥一铁锁。这里是喻指京城弛禁，特许夜行。 4."暗
尘"，夜间走马，暗中带起的尘土。 5."伎"，歌伎。"秾李"，《诗经·召
南·何彼秾矣》："何彼秾矣，华如桃李。"是说打扮得像桃李花。 6."尽"，
皆。"落梅"，乐曲名，即《梅花落》。 7."金吾"二句：是说金吾既不禁
夜，时间何必催人归去呢？"漏"，古代计时器。"玉"，形容精美。

杜审言

杜审言（约645—708），字必简，襄阳（今湖北襄阳）人。

高宗咸亨元年（670）进士，为隰城尉、洛阳丞，贬吉州司户参军，武后朝授著作佐郎、膳部员外郎。因张易之案流峰州，再起为国子监主簿、修文馆直学士，病卒。杜审言与苏味道、李峤、崔融合称"文章四友"。他的诗有不少是朴素自然的佳作，在五律方面成就尤其突出，是唐代近体诗的奠基人之一。《全唐诗》录存其诗一卷。

和晋陵陆丞早春游望 [1]

独有宦游人 [2]，偏惊物候新。云霞出海曙，梅柳渡江春 [3]。淑气催黄鸟 [4]，晴光转绿蘋 [5]。忽闻歌古调 [6]，归思欲沾巾。

1. "晋陵"，今江苏武进。"陆丞"，晋陵县丞。一作"陆丞相"。   2. "独有"二句：是说唯独陆丞这样的宦游人，才会对景物气候的变化格外激动敏感。3. "梅柳"句：是说春满江南江北。   4. "淑气"，暖和的气候。   5. "转绿蘋"，使浮萍转绿。   6. "古调"，指陆丞的诗。

沈佺期

沈佺期（约 656—716），字云卿，相州内黄（今河南内黄西）人。上元二年（675）进士。曾任给事中、考功员外郎等官，和宋之问等谄事张易之。张易之被杀，他被流放骧州。中宗时召回，拜起居郎，兼修文馆直学士，后来官至中书舍人、太子詹事。玄宗开元初卒。

沈佺期和宋之问齐名，号称"沈宋"。他们的作品大都是点缀升平的应制诗，但也有少数较有生活实感的诗歌。他们主要的成就是总结了六朝以来声律方面的创作经验，发展了比较成熟的律诗形式。《全唐诗》录存其诗三卷。

杂 诗（三首选一）

其三

闻道黄龙戍[1]，频年不解兵[2]。可怜闺里月，长在汉家营。少妇今春意[3]，良人昨夜情。谁能将旗鼓，一为取龙城[4]。

1."黄龙戍"，即黄龙冈，在今辽宁开原北。唐时戍兵于此。　2."频年"，连年。"解兵"，对集结军队而言，指情况缓和下来。　3."少妇"二句：是说二人对着同一明月，常在相互思念着。"良人"，古代妻子对丈夫的称谓。　4."龙城"，匈奴祭天处，这里泛指入侵外族集结之地。

古 意 [1]

卢家少妇郁金堂 [2]，海燕双栖玳瑁梁 [3]。九月寒砧催木叶 [4]，十年征戍忆辽阳 [5]。白狼河北音书断 [6]，丹凤城南秋夜长 [7]。谁为含愁独不见 [8]，更教明月照流黄。

1. 诗题一作《古意呈乔补阙知之》，一作《独不见》。　2.“卢家”句：萧衍《河中之水歌》：“河中之水向东流，洛阳女儿名莫愁。……十五嫁为卢家妇，十六生儿字阿侯。卢家兰室桂为梁，中有郁金苏合香。”这句借用其意，形容一个青春的少妇。“郁金堂”，以郁金香和泥涂壁的房子。“堂”，一作“香”。　3.“海燕”，即越燕，紫胸轻小，多在堂室中梁上做巢。越地近海，所以又叫海燕。“玳瑁”，音 dàimào，龟属海产动物，甲光滑有斑纹，质地坚硬，可做装饰物。　4.“寒砧”，见温子昇《捣衣》诗注。“催木叶”，催落树叶。　5.“辽阳”，指今辽宁省大辽河以东地区，是东北边防要地。6.“白狼河”，在今辽宁省境。　7.“丹凤城”，指京城长安。相传秦穆公女弄玉吹箫，凤集其城。　8.“谁为”二句：是说月光为何偏偏照在这个含愁的女子的面前。“独不见”，意谓不见她的愁苦。“流黄”，杂色的绢，泛指所捣的衣裳。“为”，一作“谓”。“更教”，一作“使妾”。“照”，一作“对”。

宋之问

宋之问（约656—713），一名少连，字延清，汾州（今山西汾阳附近）人。上元二年（675）进士。武后朝做宫廷的侍臣，很受恩宠。因张易之案被贬为泷州参军，不久即逃回洛阳，官至修文馆学士。又因受贿贬为越州长史，睿宗时流放钦州，玄宗先天年间赐死。《全唐诗》录存其诗三卷。

寒食还陆浑别业 [1]

洛阳城里花如雪，陆浑山中今始发。旦别河桥杨柳风 [2]，夕卧伊川桃李月。伊川桃李正芳新，寒食山中酒复春。野老不知尧舜力 [3]，醉歌一曲太平人。

1. "陆浑"，县名，在今河南嵩县东北，即古伊川地。其地又有陆浑山。"别业"，别居。 2. "河桥"，在河南孟州南富平津上。 3. "野老"二句：相传帝尧之世，天下太平，百姓无事。有老人击壤而歌："日出而作，日入而息，凿井而饮，耕田而食。帝力于我何有哉！"

陈子昂

陈子昂（659—700），字伯玉，梓州射洪（今四川射洪）人。他出身于富豪之家，年轻时就具有浪漫的豪侠性格和改革政治的热情。二十四岁中进士，为武则天所赏识，擢为麟台正字。二十六岁曾随乔知之出征西北，三十三岁升为右拾遗。三十六七岁随武攸宜东征契丹。武攸宜无将略，前锋大败，陈子昂一再进谏，并请为前驱，不但不被采纳，反而受到降职的处分。他痛感自己的政治抱负和许多进步的主张不能实现，便于三十八岁那年辞官回乡了。后被县令段简害死，年四十二。

陈子昂在诗歌的理论和创作上都表现出大胆的革新精神。他明确地反对齐梁"彩丽竞繁，而兴寄都绝"的形式主义诗风，高倡"汉魏风骨"和"风雅兴寄"。他的诗有的赞美高尚的理想，有的揭发政治弊端，有的感叹壮志不遂。诗风深沉蕴藉、刚健质朴，为盛唐诗歌开拓了积极浪漫主义的广阔天地，以及浪漫主义与现实主义相结合的大道。有《陈子昂集》。

感　遇 [1]（三十八首选六）

其二

兰若生春夏 [2]，芊蔚何青青 [3]。幽独空林色 [4]，朱蕤冒紫茎 [5]。
迟迟白日晚 [6]，袅袅秋风生 [7]。岁华尽摇落 [8]，芳意竟何成！

1.《感遇》共三十八首，是咏怀一类的作品，内容比较复杂。本篇是感慨
于美好理想的不能实现。　2."兰"，香草名。"若"，杜若，也是香草名。
3."芊蔚"，茂盛的样子。　4."空林色"，指为空寂的林间生色。　5."蕤"，
音 ruí，花朵下垂的样子。"冒紫茎"，从紫茎上长出来。　6."迟迟"，慢慢
地。　7."袅袅"，秋风渐起的样子。　8."岁华"句：一年一度的繁华已
到了零落的时候。"岁华"，年华，岁时。

其十一

吾爱鬼谷子 [1]，青溪无垢氛 [2]。囊括经世道 [3]，遗身在白云 [4]。
七雄方龙斗 [5]，天下乱无君。浮荣不足贵，遵养晦时文 [6]。舒之
弥宇宙 [7]，卷之不盈分。岂图山木寿 [8]，空与麋鹿群？

1."鬼谷子"，周代的隐士。见前郭璞《游仙诗》注。　2."青溪"，山名。
郭璞《游仙诗》："青溪千余仞，中有一道士。……借问此何谁？云是鬼谷
子。"　3."囊括"，包罗。"经世道"，治理天下的方法。　4."遗身"，留身，
隐居。　5."七雄"，战国时齐、楚、燕、韩、赵、魏、秦七个强国。"龙
斗"，指争夺天下。　6."遵养"句：是说修养自己的美德，与时皆晦，以

待将来。"遵"遵循。"晦"，昏暗。"文"，指美德。　　7."舒之"二句：是说鬼谷子的经世道，如果施展出来可以充满天下，如果收敛起来却不满一分。　　8."岂图"二句：是说鬼谷子并不甘心久隐，而是等待时机。"山木寿"，无用的意思。《庄子·山木》篇："庄子行于山中，见大木枝叶盛茂，伐木者止其旁而不取也。问其故，曰：'无所可用。'庄子曰：'此木以不材得终其天年。'""麋鹿群"，与麋鹿为伍。

其二十七 [1]

朝发宜都渚 [2]，浩然思故乡 [3]。故乡不可见，路隔巫山阳 [4]。巫山彩云没，高丘正微茫 [5]。伫立望已久，涕落沾衣裳。岂兹越乡感 [6]，忆昔楚襄王 [7]。朝云无处所 [8]，荆国亦沦亡。

1. 本篇写出川时的感触。　　2."宜都"，今湖北宜都。　　3."浩然"，形容思念之情的深广。　　4."巫山"，在今重庆巫山东。"阳"，山南。宋玉《高唐赋》："妾在巫山之阳，高丘之阻。"　　5."高丘"，高山，即指巫山之高丘。一说山名。"微茫"，模糊不清。　　6."越"，远离的意思。　　7."忆昔"句：是说由巫山联想起楚襄王梦遇巫山神女之事。　　8."朝云"二句：讥刺楚襄王荒淫误国。《高唐赋》："旦为朝云，暮为行雨。朝朝暮暮，阳台之下。"又："湫兮如风，凄兮如雨。风止雨霁，云无处所。""荆国"，即楚国。

其三十四

朔风吹海树 [1]，萧条边已秋。亭上谁家子 [2]，哀哀明月楼 [3]。自言幽燕客 [4]，结发事远游 [5]。赤丸杀公吏 [6]，白刃报私仇。避仇至海上，被役此边州。故乡三千里，辽水复悠悠 [7]。每愤胡兵入，常为汉国羞。何知七十战 [8]，白首未封侯。

1.“朔风”，北风。“海”，指渤海。 2.“亭”，亭堠，边塞的哨所。 3.“楼”，指亭上戍楼，曹植《七哀诗》:“明月照高楼。” 4.“幽燕”，战国时燕国之地，汉以后置为幽州，故连称幽燕。今河北一带。 5.“结发”，古时男子二十束发而冠，表示成人。“事”，从事。 6.“赤丸”二句:写其豪侠生活。详见卢照邻《长安古意》注。 7.“辽水”，即今辽河，在辽宁省。 8.“何知”二句:汉李广曾说自己“结发与匈奴大小七十余战”。又，史载李广“无尺寸之功以得封邑”。这二句用李广故事以鸣不平。

其三十五[1]

本为贵公子，平生实爱才。感时思报国，拔剑起蒿莱[2]。西驰丁零塞[3]，北上单于台[4]。登山见千里，怀古心悠哉。谁言未忘祸[5]？磨灭成尘埃。

1.本篇是写武后垂拱二年（686）随乔知之北征时的感慨。 2.“蒿莱”，草野之间的意思。 3.“丁零”，古代北方种族名。 4.“单于台”，《汉书·武帝纪》:“帝出长城，北登单于台。”台之故址在今内蒙古自治区呼和浩特西。 5.“谁言”二句:慨叹人们未能从古代边患的历史中吸取教训，这些教训已随史迹变成尘埃而被人遗忘!“祸”，指边患。

其三十七[1]

朝入云中郡[2]，北望单于台。胡秦何密迩[3]，沙朔气雄哉[4]!籍籍天骄子[5]，猖狂已复来。塞垣无名将[6]，亭堠空崔嵬[7]。咄嗟吾何叹[8]？边人涂草莱[9]。

1.本篇所写同前首。 2.“云中郡”，秦汉郡名，今内蒙古托克托一带。

3. "秦"，指中国。"密迩"，接近。　4. "沙朔"，北方的沙漠。　5. "籍籍"，纷纷。"天骄子"，《汉书·匈奴传》载，单于遣使遗汉书云："胡者，天之骄子也。"　6. "塞垣"，关塞城垣。　7. "崔嵬"，高耸的样子。　8. "咄嗟"，惊叹声。　9. "涂草莱"，指战血涂地。

蓟丘览古赠卢居士藏用 [1]（七首选一）

燕昭王 [2]

南登碣石馆 [3]，遥望黄金台 [4]。丘陵尽乔木，昭王安在哉？霸图怅已矣 [5]，驱马复归来。

1. "蓟丘"，即蓟门，在今北京市北。"卢藏用"，陈子昂的好友，早年曾隐居终南山，所以称居士。这七首诗前有序云："丁酉岁（697），吾北征。出自蓟门，历观燕之旧都，其城池霸迹已芜没矣。乃慨然仰叹，忆昔乐生、邹子群贤之游盛矣。因登蓟丘，作七诗以志之，寄终南卢居士。亦有轩辕之遗迹也。"　2. "燕昭王"，姬平，于齐破燕后二年即位。卑身厚币以招贤者，为郭隗改筑宫馆，像侍奉老师一样侍奉他。于是乐毅、邹衍、剧辛等人纷纷到燕国来，帮助昭王打败了齐国。本篇缅怀燕昭王礼贤下士之事，而感叹自己的未能施展怀抱。　3. "碣石馆"，即昭王为邹衍所筑的碣石宫，故址在今北京市南。　4. "黄金台"，相传燕昭王在易水东南十八里筑黄金台，置千金于台上，以延请天下之士。　5. "霸图"句：是说燕昭王争霸的雄图已成往事，因而感到惆怅失意。言外之意：如果有燕昭王在世，自己必能实现壮志。

登幽州台歌 [1]

前不见古人，后不见来者。念天地之悠悠，独怆然而涕下 [2]。

1.这诗据卢藏用《陈氏别传》说，是在作了《蓟丘览古赠卢居士藏用》后，泫然流涕歌咏以成的。"幽州台"，即蓟北楼，也就是蓟丘。蓟丘当时属幽州。　2."怆然"，悲伤地。

春夜别友人（二首选一）

其一

银烛吐青烟，金樽对绮筵 [1]。离堂思琴瑟 [2]，别路绕山川。明月隐高树，长河没晓天 [3]。悠悠洛阳道 [4]，此会在何年？

1."绮筵"，丰美的筵席。　2."琴瑟"，指朋友宴会之乐。《小雅·鹿鸣》："我有嘉宾，鼓瑟鼓琴。鼓瑟鼓琴，和乐且湛。我有旨酒，以燕乐嘉宾之心。"　3."长河"，指银河。　4."洛阳道"，通往洛阳的道路。"道"，一作"去"。

张　说

　　张说（667—731），字道济，或字说之，洛阳人。历任太子校书郎、兵部员外郎、中书令等职，封燕国公。张说为文精壮，朝廷大述作多出其手。他除了大量应制诗以外，还有不少朴实动人的作品，《邺都引》慷慨悲壮，开盛唐七古的先河，与初唐诗风迥异。有《张燕公集》。

邺都引 [1]

　　君不见魏武草创争天禄 [2]，群雄睚眦相驰逐 [3]。昼携壮士破坚阵，夜接词人赋华屋 [4]。都邑缭绕西山阳 [5]，桑榆汗漫漳河曲 [6]。城郭为墟人代改 [7]，但有西园明月在 [8]。邺傍高冢多贵臣，娥眉曼睩共灰尘 [9]。试上铜台歌舞处 [10]，唯有秋风愁杀人 [11]。

1.“邺都”，曹操建都于邺，在今河南安阳北，河北磁县东南。“引”，琴曲。“邺都引”，属新乐府辞。　2.“魏武”，曹操。“草创”，指初创魏的基业。“天禄”，天赐之福，指帝位。　3.“睚眦”，音 yázì，怒视。“驰逐”，逐鹿中原的意思。　4.“赋华屋”，在华屋内赋诗。　5.“都邑”，都城，指邺城。“缭绕”，形容城池委曲环绕。“西山阳”，是说邺都位于山之东南。6.“桑榆”，泛指邺城附近的村庄林木。“汗漫”，无边无际的样子，这里有布满之意。"漳河"，源出山西，流经邺都，折向东北，入卫河。"曲"，弯曲之处。 7."代改"，一代代地改换。 8."西园"，即铜爵园，曹氏父子经常在此游宴赋诗。 9."娥眉"，美好轻扬之眉。"曼睩"，目光明媚。《楚辞·招魂》："娥眉曼睩目腾光些"，指宫中的美女。 10."铜台"，即铜爵台，在邺都西北隅。 11."唯有"句：意思是说：邺都的一切繁华已成过去，只留下它的英雄事业在秋风中供人凭吊。"愁杀人"，指凭吊的心情。这句也可以解为：只留下秋风凭吊英雄。

王　翰

　　王翰（生卒年不详），字子羽，并州晋阳（今山西太原西南）人。睿宗景云元年（710）进士。曾任驾部员外郎、仙州别驾，贬道州司马。他性情豪荡，恃才不羁，喜纵酒游乐。诗多壮丽之词。《全唐诗》录存其诗一卷。

凉州词[1]

　　葡萄美酒夜光杯[2]，欲饮琵琶马上催[3]。醉卧沙场君莫笑，古来征战几人回！

1."凉州词",唐代乐府曲名,是歌唱凉州一带边塞生活的歌词。"凉州",泛指整个凉州,即河西一带。 2."夜光杯",东方朔《十洲记》说:周穆王时西胡献夜光常满杯。杯用白玉之精制成,光明夜照。这里指极精致的酒杯。 3."欲饮"句:是说正要举杯痛饮,却听到马上弹起琵琶的声音,在催人出发了。

王 湾

王湾(生卒年不详),洛阳人。玄宗先天间进士(一说开元十一年进士)。开元初任荥阳主簿,后参加校理书籍的工作,终于洛阳尉。他的诗当时就很著名,曾往来吴、楚间,多有佳什。《全唐诗》录存其诗十首。

次北固山下 1

客路青山外 2,行舟绿水前。潮平两岸阔 3,风正一帆悬。海日生残夜 4,江春入旧年 5。乡书何处达?归雁洛阳边 6。

1."次",住宿,这里是停泊的意思。"北固山",在今江苏镇江北,三面临江。 2."客路",旅途 3."潮平"句:是说潮水涨满时,两岸之间水面宽阔。 4."残夜"，夜将尽未尽之时。 5."江春"句：写江上春早，旧年未过新春已来。 6."归雁"句：希望北归的大雁捎一封家信到洛阳。

张若虚

张若虚（生卒年不详），扬州人。曾任兖州兵曹。神龙年间与贺知章等俱以吴越文士，扬名京都。开元初年又与贺知章、张旭、包融号称"吴中四士"。《全唐诗》录存其诗二首。

春江花月夜[1]

春江潮水连海平，海上明月共潮生。滟滟随波千万里[2]，何处春江无月明。江流宛转绕芳甸[3]，月照花林皆似霰[4]。空里流霜不觉飞[5]，汀上白沙看不见[6]。江天一色无纤尘，皎皎空中孤月轮。江畔何人初见月？江月何年初照人？人生代代无穷已，江月年年只相似。不知江月待何人，但见长江送流水。白云一片去悠悠，青枫浦上不胜愁[7]。谁家今夜扁舟子[8]？何处相思明月楼[9]？可怜楼上月徘徊，应照离人妆镜台。玉户帘中卷不去[10]，捣衣砧上拂还来。此时相望不相闻，愿逐月华流照君[11]。鸿雁长飞光不

度 ¹²，鱼龙潜跃水成文 ¹³。昨夜闲潭梦落花 ¹⁴，可怜春半不还家。江水流春去欲尽，江潭落月复西斜。斜月沉沉藏海雾，碣石潇湘无限路 ¹⁵。不知乘月几人归 ¹⁶，落月摇情满江树。

1."春江花月夜"，乐府《清商曲·吴声歌》旧题。这首诗结合题面从月升写到月落，交织着青春的美好和人生的离别之情。全诗通过思妇的感触写出。 2."滟滟"，音 yànyàn，水波溢满的样子。 3."甸"，郊野。 4."霰"，雪珠。 5."空里"句：是说月色如霜，所以霜飞也就无从察觉。 6."汀上"句：是说洲上的白沙与月色融合在一起，看不分明。"汀"，海滩。7."青枫"，暗用《楚辞·招魂》"湛湛江水兮上有枫，目极千里兮伤春心"的意思。"浦"，水口，因此有分别之意。《九歌·河伯》："送美人兮南浦。"8."谁家"句：是说谁家今夜有扁舟在外之人。 9."明月楼"，指思妇的闺楼。曹植《七哀诗》："明月照高楼，流光正徘徊。上有愁思妇，悲叹有余哀。" 10."卷不去"，指月光。下句"拂还来"同。 11."逐"，随。"月华"，月光。 12."鸿雁"句：写月光下一片无边的世界。这时鸿雁不停地长飞，仍然飞不出无边的月光去。 13."鱼龙"句：写水被月光照得透明，可以看见水底鱼龙泛起的波纹。 14."昨夜"句：写思妇梦见落花，有美人迟暮之感。 15."碣石"，山名，在渤海边上。"潇湘"，潇、湘二水在湖南零陵合流后称潇湘。"碣石潇湘"，泛指地北天南。 16."不知"二句：说不知有几个人能趁着月落之前归来。"摇情"，是说落月的最后光辉摇动起满树的月影，象征着离人的情意。

贺知章

贺知章（659—约744），字季真，越州永兴（今浙江省杭州市萧山区西）人。武则天证圣间进士，累官至太子宾客、秘书监，玄宗天宝初还乡。

他放诞嗜酒，善草隶，自号"四明狂客"。《全唐诗》录存其诗一卷。

咏 柳

碧玉妆成一树高 [1]，万条垂下绿丝绦 [2]。不知细叶谁裁出 [3]，二月春风似剪刀。

1."碧玉"句：说柳树碧绿得如一棵玉树。又"碧玉"，南朝宋汝南王妾名，这里也可能含有形容柳树袅娜，宛如凝妆的碧玉的意思。　2."丝绦"，丝带。"绦"，音 tāo。　3."不知"二句：是说这棵玉树仿佛是新由春风剪裁而成的。

回乡偶书 [1]（二首选一）

其一

少小离家老大回，乡音无改鬓毛催 [2]。儿童相见不相识，笑问客从何处来。

1. 贺知章于天宝初请为道士，还乡里，年逾八十。这首诗即写于此时。
2. "鬓毛催"，是说催人年老。有时光飞逝、日月掷人的意思。孟浩然《归终南山》："白发催年老。""催"，一作"衰"。

张九龄

张九龄（673—740），字子寿，韶州曲江（今广东省韶关市曲江区）人。中宗景龙初中进士，曾任中书舍人等职。后因张说推荐，为集贤院学士。开元二十二年（734）迁中书令，为相贤明，正直不阿，被李林甫所排挤。开元二十五年（737）贬荆州长史。

张九龄在扭转初唐诗风方面有所贡献，他在荆州所写的《感遇》诗十二首和陈子昂的《感遇》很相似，也是思深力遒的佳作。有《张曲江集》。

感 遇（十二首选二）

其一 [1]

兰叶春葳蕤 [2]，桂华秋皎洁。欣欣此生意 [3]，自尔为佳节。谁知林栖者，闻风坐相悦 [4]？草木有本心 [5]，何求美人折！

1.这首诗以春兰、秋桂比喻自己坚贞清高的品德。　2.“葳蕤”，音 wēi ruí，茂盛披拂的样子。　3.“欣欣”二句：是说由于兰桂欣欣的生意，使得春秋成为美好的季节。“尔”，指兰桂。　4.“闻风”，指闻到香气。“坐”，因。　5.“草木”二句：是说兰桂并不为取悦于人而芳香，它自有其芳香的本质。“折”，采折。

其七 [1]

江南有丹橘，经冬犹绿林。岂伊地气暖 [2]？自有岁寒心 [3]。可以荐嘉客 [4]，奈何阻重深。运命唯所遇，循环不可寻 [5]。徒言树桃李 [6]，此木岂无阴？

1.这首诗取屈原《橘颂》诗意，以丹橘自喻，感叹自己虽有坚贞的品德，但被李林甫等人排挤在外，不能得到皇帝的信任。　2.“伊”，彼，其。“地气暖”，《周礼·冬官》：“橘逾淮而北为枳……此地气然也。”　3.“岁寒心”，耐寒的本性。《论语·子罕》：“岁寒，然后知松柏之后凋也。”　4.“荐”，进奉。　5.“循环”句：是说祸福的循环往复，是无法推究根源的。　6.“徒”，但只。“树”，栽种。《韩诗外传》：“大春树桃李，夏得阴其下，秋得食其实。”

望月怀远

　　海上生明月，天涯共此时。情人怨遥夜[1]，竟夕起相思[2]。灭烛怜光满[3]，披衣觉露滋。不堪盈手赠[4]，还寝梦佳期[5]。

1."情人"，多情的人。"遥夜"，长夜。　2."竟夕"，终夜。　3."灭烛"二句：是写从室内走出室外。"怜"，爱。"光"，月光。"滋"，多。　4."不堪"，不能。"盈手"，满手。陆机《拟明月何皎皎》："照之有余晖，揽之不盈手。"　5."佳期"，指相会之期。

王之涣

　　王之涣（688—742），字季凌，本家晋阳，宦徙绛郡（今山西新绛）。曾任冀州衡水主簿，后拂衣去官，优游山水。晚年又出任文安县尉，天宝元年卒于官舍，享年五十五岁。

　　王之涣是盛唐著名的边塞诗人，与王昌龄、高适友善。他的诗在当时"传乎乐章，布在人口"，可惜现在仅存绝句六首，但都是热情洋溢的佳作。

登鹳雀楼 [1]

白日依山尽，黄河入海流。欲穷千里目，更上一层楼。

1."鹳雀楼"，故址在今山西永济西南城上，三层，前瞻中条山，下瞰黄河。时常有鹳雀栖其上，故名。

凉州词 [1]（二首选一）

其一

黄河远上白云间 [2]，一片孤城万仞山 [3]。羌笛何须怨杨柳 [4]？春风不度玉门关。

1."凉州词"，见前王翰《凉州词》注1。诗题一作《出塞》。 2."黄河"一作"黄沙"，"远上"，一作"直上"。 3."仞"，八尺。 4."羌笛"二句：是诗人初入凉州界时，面对黄河、边城，耳听到《折杨柳》曲时所产生的感慨。意思是说：这里春意已经很少，到了玉门关外怕就要连春风也没有了。那么对于如此少的春之杨柳，羌笛曲中何必还多所怨呢？"杨柳"，指北朝乐府《折杨柳歌辞》："上马不捉鞭，反折杨柳枝；下马吹长笛，愁杀行客儿。""玉门关"，在今甘肃敦煌西，是当时凉州的最西境。

孟浩然

孟浩然（689—740），襄阳（今属湖北）人。早年在家乡隐居读书，曾住在附近的鹿门山，又游历过长江南北各地。他一度入长安求仕，但失意而归。晚年张九龄镇荆州，辟为从事。开元二十八年（740）病卒。

孟浩然的一生主要是在隐居和漫游中度过的，巴蜀吴越湘赣等地都留下了他的足迹，因此自然山水就成为他的主要题材。这些诗里有幽栖生活的描写，有洁身自好的心情，也有出仕不遂的苦闷，诗风恬淡孤清，在盛唐诗人中别具一格。

孟浩然以五言诗著称，在现存的二百六十多首诗中，七言诗只占十首，五律最多。有《孟浩然集》。

秋登万山寄张五 [1]

北山白云里 [2]，隐者自怡悦 [3]。相望始登高 [4]，心随雁飞灭。愁因薄暮起，兴是清秋发 [5]。时见归村人，平沙渡头歇。天边树若荠 [6]，江畔舟如月。何当载酒来 [7]，共醉重阳节。

1. "万山"，在襄阳西北。"张五"，可能是张谔。诗题一作《九月九日岘山寄张子容》，又作《秋登万山寄张文僆》，又作《秋登兰山寄张五》。 2.“北山”，即指万山。 3.“隐者”，指诗人自己。 4.“相望”句：是说由于相望远人所以才登高。 5.“兴”，兴致。 6.“荠”，一种野菜。 7.“何当”，何时当能。

夜归鹿门歌 [1]

山寺钟鸣昼已昏，渔梁渡头争渡喧 [2]。人随沙岸向江村，余亦乘舟归鹿门。鹿门月照开烟树 [3]，忽到庞公栖隐处 [4]。岩扉松径长寂寥 [5]，唯有幽人自来去 [6]。

1.“鹿门”，即襄阳鹿门山，诗人曾经隐居的地方。 2.“渔梁”，《水经注·沔水注》：“沔水中有渔梁洲，庞德公所居。”在襄阳东，离诗人住家处很近。“渔梁渡头”，靠近渔梁洲的一个渡口。 3.“开烟树”，是说暮烟仿佛封闭了树林，在月光下又显现出来。“开”，显露。 4.“庞公”，东汉隐士庞德公，襄阳人，曾隐居鹿门。 5.“岩扉”，岩穴的门。 6.“幽人”，隐者，是诗人自指。

临洞庭 [1]

八月湖水平，涵虚混太清 [2]。气蒸云梦泽 [3]，波撼岳阳城 [4]。欲济无舟楫 [5]，端居耻圣明 [6]。坐观垂钓者 [7]，徒有羡鱼情。

1.诗题一作《望洞庭湖赠张丞相》。 2.“虚”，天空。“太清”，天。 3.“气蒸”句：是说洞庭湖附近都在它的水汽笼罩之中。“云梦泽”，古时二泽名，梦在江南，云在江北，后来淤成陆地，约当今洞庭湖北岸地区。 4.“撼”，摇动。“岳阳城”，即今湖南岳阳，在洞庭湖东岸。 5.“欲济”句：意思双关，既是说无舟济湖，又是说想出仕而无人引荐。“济”，渡。“楫”，船橹。 6.“端居”，安居，闲居。“耻圣明”，有愧于圣明之世。 7.“坐观”二句：《淮南子·说林训》：“临河而羡鱼，不如归家织网。”这里用“垂钓者”比喻仕者，用“羡鱼情”比喻自己出仕的愿望。

宿桐庐江寄广陵旧游[1]

山暝听猿愁，沧江急夜流。风鸣两岸叶，月照一孤舟。建德非吾土[2]，维扬忆旧游[3]。还将两行泪，遥寄海西头[4]。

1.“桐庐江”，即桐江，在今浙江桐庐境内。“广陵”，即扬州。 2.“建德”，即今浙江建德，在桐江上游。“土”，乡土。 3.“维扬”，指淮海一带，也即扬州。《禹贡》：“淮海维扬州”。 4.“海西头”，指扬州。隋炀帝《泛龙舟歌》：“借问扬州在何处，淮南江北海西头。”

过故人庄

故人具鸡黍[1]，邀我至田家。绿树村边合，青山郭外斜。开轩面场圃[2]，把酒话桑麻。待到重阳日，还来就菊花[3]。

1."具"，备办。"鸡黍"，《论语·微子》：荷蓧丈人"止子路宿，杀鸡为黍而食之"。"黍"，黄米，在古代粮食中认为是上好的。这里是用成语，表现了故人的款待之意。　2."轩"，窗。"场"，打谷场。"圃"，菜园。　3."就菊花"，赏菊的意思。"就"，近。

宿建德江 ¹

移舟泊烟渚²，日暮客愁新。野旷天低树³，江清月近人⁴。

1"建德江"，浙江上游建德附近的一段。　2."烟渚"，暮烟朦胧的洲岛。
3."天低树"，写天似穹庐，低低地落在远树上。　4."月"，指江中月影。

春 晓

春眠不觉晓¹，处处闻啼鸟。夜来风雨声，花落知多少。

1."不觉晓"，不知不觉天已亮了。

崔　颢

崔颢（？—754），汴州（今河南开封）人。开元十一年（723）进士。天宝中任尚书司勋员外郎。他早年的诗歌浮艳轻薄，后来的边塞生活使他的诗风大振，忽变常体，风骨凛然。《全唐诗》录存其诗一卷。

黄鹤楼[1]

昔人已乘黄鹤去[2]，此地空余黄鹤楼。黄鹤一去不复返，白云千载空悠悠[3]。晴川历历汉阳树[4]，芳草萋萋鹦鹉洲[5]。日暮乡关何处是[6]？烟波江上使人愁。

1. "黄鹤楼"，旧址在今湖北武昌蛇山黄鹄矶上，下临长江。古"鹄""鹤"二字通，黄鹄矶即黄鹤矶。　2. "昔人"，指传说中的仙人，一说三国蜀费文祎在此楼乘鹤登仙，一说仙人子安曾乘黄鹤经过这里。"黄鹤"，一作"白云"，误。　3. "悠悠"，浮荡的样子。　4. "历历"，分明的样子。"汉阳"，在武昌西北，与黄鹤楼隔江相望。　5. "萋萋"，茂密的样子。"鹦鹉洲"，在武昌北长江中。　6. "乡关"，乡城，故乡。

行经华阴 [1]

岩峣太华俯咸京 [2]，天外三峰削不成 [3]。武帝祠前云欲散 [4]，仙人掌上雨初晴 [5]。河山北枕秦关险 [6]，驿树西连汉畤平 [7]。借问路旁名利客 [8]，何如此处学长生 [9]。

1. "华阴"，今陕西华阴，在华山北。 2. "岩峣"，音 tiáoyáo，高峻。"太华"，即华山。"俯"，下临。"咸京"，秦京咸阳，在今陕西咸阳东。 3. "天外"句：郭缘生《述征记》："华山有三峰，芙蓉、玉女、明星也。其高若在天外，非人工所能削凿也。" 4. "武帝祠"，汉武帝所建的巨灵祠。相传华岳本为一山，在黄河当中，河水从山旁绕行。河神巨灵开而为二，山上还留下了他的掌印和足迹。汉武帝观仙掌后便立了巨灵祠。 5. "仙人掌"，华山东峰名，峰侧石上有仙掌痕。 6. "河山"句：是说函谷关北踞河山之上，形势险要。 7. "汉畤"，汉代祭祀天帝的祭坛。其有五畤，都在今陕西境内。"畤"，音 zhì。 8. "名利客"，追逐名利的行客。 9. "学长生"，求仙学道。

长干曲 [1]（四首选二）

其一

君家何处住？妾住在横塘 [2]。停船暂借问，或恐是同乡。

1.“长干”，地名，在今南京市南。“长干曲”，乐府《杂曲歌辞》旧题。这首诗全作女子的问话。 2.“横塘”，在今南京市西南。

其二[1]

家临九江水[2]，来去九江侧。同是长干人，生小不相识[3]。

1.本首全作男子的答话。 2.“九江”，旧说有九条支流，在浔阳附近流入长江。这里指浔阳以下长江中游一带。 3.“生小”，自小。

崔国辅

崔国辅（生卒年不详），吴郡（今江苏苏州附近）人，开元十四年（726）进士。曾任许昌县令、集贤院直学士、礼部郎中。天宝间贬晋陵司马。《全唐诗》录存其诗一卷。

从军行[1]

塞北胡霜下，营州索兵救[2]。夜里偷道行，将军马亦瘦。刀光照塞月，阵色明如昼。传闻贼满山，已共前锋斗。

1. "从军行",乐府题名。　2. "营州",唐于营州设都护府,府治在今辽宁锦州西。

王昌龄

王昌龄(?—756?),字少伯,江宁(今江苏南京)人,一说太原(今山西太原)人,一说京兆(今陕西西安)人。开元十五年(727)进士,补秘书郎,调汜水尉、江宁丞,贬龙标尉。安史乱起,为刺史闾丘晓所杀。在当时有"诗家天子王江宁"之称,尤以边塞、宫怨、闺怨、送别之作最佳。他乃是七绝圣手,能以精练的语言表现丰富的情致,意味浑厚深长。《全唐诗》录存其诗四卷。

塞下曲 [1](四首选一)

其二

饮马渡秋水,水寒风似刀。平沙日未没 [2],黯黯见临洮 [3]。昔日长城战 [4],咸言意气高。黄尘足今古 [5],白骨乱蓬蒿。

1."塞下曲"，唐《新乐府辞》。　2."平沙"，形容沙漠上单调荒凉。　3."黯黯"，模糊不清的样子。"临洮"，今甘肃岷县一带，是长城的起点。　4."昔日"句：开元二年（714）薛讷、王晙在临洮一带大破吐蕃，杀获数万人。这句可能即指此事。　5."足"，充满。

从军行（七首选四）

其一

烽火城西百尺楼[1]，黄昏独坐海风秋[2]。更吹羌笛关山月[3]，无那金闺万里愁[4]。

1."烽火城"，边境上设置烽候（烽火台）的城。"楼"，指戍楼。　2."坐"，一作"上"。"海"，指青海湖。　3."关山月"，乐府《鼓角横吹曲》十五曲之一，歌辞大都写征戍离别之情。　4."无那"句：是说无法消除思家的愁念。"无那"，无奈。"金闺"，华美的闺阁，这里是指妻子。

其二

琵琶起舞换新声，总是关山旧别情。缭乱边愁听不尽[1]，高高秋月照长城。

1."缭乱"句：曲中缭乱的边愁没完没了。"听"，一作"弹"。

其四 [1]

青海长云暗雪山 [2]，孤城遥望玉门关。黄沙百战穿金甲 [3]，不破楼兰终不还 [4]。

1.这首诗泛写西北边塞上，自青海湖经过雪山到玉门关这一道防线。 2."青海"，即今青海湖，是唐与吐蕃争夺交战之地。"雪山"，即祁连山，在今甘肃。 3."穿"，磨破。 4."楼兰"，汉时西域国名。详见庾信《拟咏怀》十七注2。

其五

大漠风尘日色昏，红旗半卷出辕门。前军夜战洮河北 [1]，已报生擒吐谷浑 [2]。

1."洮河"，在甘肃西南部。 2."吐谷浑"，西域国名，唐初时常侵扰边境，为李靖所平，后来势力渐衰弱，一部分内附，一部分归附吐蕃。这里泛指敌人。

出 塞 [1]（二首选一）

其一

秦时明月汉时关 [2]，万里长征人未还。但使龙城飞将在 [3]，不教胡马度阴山 [4]。

1.“出塞”，乐府旧题，属《相和歌辞·鼓吹曲》。　2.“秦时”二句：自秦汉以来就开始设关备胡，所以看到明月临关，自然联想起秦汉以来有无数征人战死边疆，这里秦月汉关说明着长期的历史问题。　3.“龙城飞将”，龙城，匈奴祭天之处。“飞将”，汉右北平太守李广善战，匈奴称为飞将军，远避不敢来犯。又“龙城”，宋刊本《王荆公唐百家诗选》作“卢城”，指卢龙，唐北平郡（即汉右北平）治。　4.“阴山”，起河套西北，绵亘于内蒙古，与内兴安岭相接，是中国古代抵御北方游牧民族的屏障。

长信秋词 [1]（五首选一）

其三

奉帚平明金殿开 [2]，且将团扇共徘徊 [3]。玉颜不及寒鸦色 [4]，犹带昭阳日影来。

1.“长信秋词”，《乐府诗集》作《长信怨》，属《相和歌·楚调曲》。班婕妤本来很受汉成帝宠爱，后来成帝宠赵飞燕，班婕妤便到长信宫去侍奉太后。这首诗借此咏叹失宠宫妃凄凉的境遇。　2.“奉帚”，恭敬地拿着扫帚，指打扫长信宫。　3.“且将”句：姑且拿起团扇来和它一同徘徊。这是写她打扫宫殿以后寂寞无侣的心情。“团扇”，暗用班婕妤团扇诗意。　4.“玉颜”二句：是说自己的玉颜还不如寒鸦光彩，寒鸦从昭阳殿飞来，尚能带着昭阳殿日光的温暖，而自己却在冷宫中永远失去了宠爱。“昭阳”，殿名，成帝及飞燕姊妹居处。

闺 怨

闺中少妇不知愁，春日凝妆上翠楼[1]。忽见陌头杨柳色[2]，悔教夫婿觅封侯[3]。

1."凝妆"，打扮。"凝"，结，结束停当的意思。 2."陌头"，路边。 3."觅封侯"，指从军以求取边功。

芙蓉楼送辛渐[1]（二首选一）

其一

寒雨连江夜入吴[2]，平明送客楚山孤[3]。洛阳亲友如相问，一片冰心在玉壶[4]。

1. "芙蓉楼"，遗址在旧镇江府（今江苏镇江）城西北角。"辛渐"，不详。2. "入吴"，指寒雨。 3. "楚山孤"，说客路沿途的孤单。"楚山"，指客路将要经过的山。 4. "一片"句：鲍照《白头吟》："直如朱丝绳，清如玉壶冰。"比喻自己不受功名富贵的牵扰。

李 颀

李颀（？—约753），赵郡（治今河北赵县）人，寄居颍阳（今河南登封西）。开元二十三年（735）中进士，任新乡县尉。由于久未迁升，就辞官归隐了。李颀任侠好道术，和王维、王昌龄、高适都有交往。他的作品大都是古诗，七古尤为擅长。风格豪放洒脱，线条鲜明。诗中塑造了不少性格豪爽的人物形象，赠别、边塞和描写音乐的诗都很成功。《全唐诗》录存其诗三卷。

古从军行[1]

白日登山望烽火，黄昏饮马傍交河[2]。行人刁斗风沙暗[3]，公主琵琶幽怨多。野云万里无城郭[4]，雨雪纷纷连大漠。胡雁哀鸣夜夜飞，胡儿眼泪双双落[5]。闻道玉门犹被遮[6]，应将性命逐轻车[7]。年年战骨埋荒外[8]，空见蒲桃入汉家。

1."从军行"，乐府曲名，这诗是拟古题，所以叫《古从军行》。 2."交河"，在今新疆吐鲁番西。 3."行人"二句：写征途中刁斗、琵琶的凄凉和士兵的哀怨。"刁斗"，军用铜器，白天做炊具，夜间行军用以报警。"公主琵琶"，相传汉武帝与乌孙和亲，以江都王刘建之女细君为公主，嫁乌孙王。

令人于马上弹琵琶来解除她途中的思乡之情。　4."野云"，一作"野营"。
5."胡儿"句：与上三句都是写胡地的荒凉凄苦。　6."闻道"句：《史记·大宛传》说，贰师将军李广利伐大宛不利，上书请求罢兵。汉武帝闻之大怒，"使使遮玉门曰：军有敢入者辄斩之"。这句即用此事，意思是说出师不利，仗还要再打下去。　7."逐"，跟随。"轻车"，汉时有轻车将军及轻车都尉，唐有轻车都尉。这里泛指将帅。　8."年年"二句：是说连年征战，牺牲了无数生命，所换来的只是供统治者享受的葡萄而已。"荒"，边远之地。"空"，只。"汉家"，汉宫的意思。

少室雪晴送王宁[1]

　　少室众峰几峰别[2]，一峰晴见一峰雪[3]。隔城半山连青松[4]，素色峨峨千万重。过景斜临不可道[5]，白云欲尽难为容。行人与我玩幽境，北风切切吹衣冷[6]。惜别浮桥驻马时，举头试望南山岭[7]。

1."王宁"，未详。　2."少室"，山名，在河南偃师东南，登封西北，上有三十六峰。"几峰别"，众峰中有几峰更为奇异。　3."见"，同"现"。　4."隔城"句：因为有城郭阻隔，只能见到半山，上面布满了青松。　5."过景"，落晖。"道"，述说，形容。　6."切切"，声音悲凄急促。　7."举头"句：对少室山表示留恋。

送陈章甫[1]

　　四月南风大麦黄，枣花未落桐叶长[2]。青山朝别暮还见[3]，嘶马出门思旧乡。陈侯立身何坦荡[4]，虬须虎眉仍大颡[5]。腹中贮书一万卷，不肯低头在草莽[6]。东门酤酒饮我曹[7]，心轻万事如鸿毛。醉卧不知白日暮，有时空望孤云高。长河浪头连天黑，津口停舟渡不得。郑国游人未及家[8]，洛阳行子空叹息[9]。闻道故林相识多[10]，罢官昨日今如何？

1."陈章甫"，未详。高适《同观陈十六史兴碑序》："楚人陈章甫继《毛诗》而作《史兴碑》，远自周末，迄乎隋季，善恶不隐，盖国风之流。" 2."叶"，一作"阴"。 3."青山"二句：由朝暮相见的青山，思念起久别不见的旧乡。 4."侯"，尊称。"坦荡"，心地平坦宽广。 5."虬须"，卷曲的胡须。"仍"，再加上。"颡"，音 sǎng，额。 6."不肯"句：是说胸怀壮志，欲有作为。"在草莽"，在野的意思。 7."东门"四句：说出仕却不得志。"酤酒"，买酒。"我曹"，我辈。 8."郑国游人"，指陈章甫从郑国来游。"郑国"，春秋时郑国，故址在今河南新郑一带，可能陈居家在那里。 9."洛阳行子"，指陈在洛阳作客。 10."故林"，故园。

送刘昱[1]

　　八月寒苇花[2]，秋江浪头白。北风吹五两[3]，谁是浔阳客[4]？

鸬鹚山头宿雨晴 [5]，扬州郭里暮潮生 [6]。行人夜宿金陵渚 [7]，试听沙边有雁声。

1.“刘昱”，未详。　2.“苇”，芦苇，秋天开白花。　3.“五两”，古时测量风向和风力的仪标，将五两重的鸡毛系在桅杆上，五两吹动就该开船了。4.“浔阳客”，到浔阳（今江西九江）去的旅人。　5.“鸬鹚山”，未详。“宿雨”，隔宿之雨。“宿”，一作“微”。　6.“暮潮生”，有别后寂寞的意思。7.“金陵”，今南京，是中途夜泊之地。

送魏万之京 [1]

朝开游子唱离歌 [2]，昨夜微霜初渡河 [3]。鸿雁不堪愁里听，云山况是客中过。关城曙色催寒近 [4]，御苑砧声向晚多 [5]。莫见长安行乐处 [6]，空令岁月易蹉跎。

1.“魏万”，又名颢，上元初登第。曾编次李白诗文为《李翰林集》，并撰序。是李颀后一辈的诗人。　2.“离歌”，即“骊歌”，告别之歌。古人告别时歌《骊驹》。　3.“昨夜”句：是说秋天来了，微霜寒气已渡过河来。或说昨夜魏万刚刚渡河来到这里，今早又匆匆离去。　4.“关城”句：是想象在京城客居的情景，那已是深秋了。“曙”，一作“树”。　5.“御苑”，皇苑，这里泛指京城。“砧声”，捣衣声。“向晚多”，这里有搅乱乡愁的意思，也有时光流逝的岁暮之感。　6.“莫见”二句：是叮咛魏万不要见到长安是行乐之处，便沉湎其中，而空使岁月轻易地过去。

王　维

　　王维（701？—761），字摩诘，太原祁（今山西祁县）人。少时就有才名。开元九年（721）中进士，任大乐丞，后谪官济州司库参军。开元二十二年（734）宰相张九龄提任他为右拾遗。后迁监察御史，奉使出塞，在凉州河西节度幕兼为判官。开元末曾为殿中侍御史，知南选至襄阳。天宝间先后在终南山和辋川隐居，实则过着亦隐亦官的生活。天宝十五载（756）安禄山兵入长安，王维被执，并被迫做了伪官。乱平，因陷贼官论罪，降为太子中允；笃志奉佛，唯以禅诵为事。肃宗乾元二年（759）转尚书右丞。肃宗上元二年（761）卒，年六十一。

　　王维早年的诗反映了盛唐时代积极进取的精神，有的抨击权贵，有的描写祖国山川的壮丽，有的写边塞将士的英勇，具有积极意义。隐居以后写了许多田园诗，表现了大自然的幽静恬适之美，也曲折地透露出他对现实社会的不满，但诗里往往渗透着虚无冷寂的情调，主要倾向是消极的。

　　王维的艺术修养很高，在绘画、音乐、书法等方面都有很深的造诣。诗歌则古、律、绝众体兼长，他的古诗往往从大处落墨，近体诗也不求辞藻华美，淡淡数笔，就能形象生动而意味深长，所以前人称赞他"诗中有画"。有赵殿成注《王右丞集注》可用。

陇西行[1]

　　十里一走马[2]，五里一扬鞭。都护军书至[3]，匈奴围酒泉[4]。
关山正飞雪，烽戍断无烟[5]。

1."陇西"，郡名，秦置，在今甘肃临洮。"陇西行"，乐府《相和歌·瑟调曲》名。这首诗写边防上报警的情形。　2."十里"二句：形容递送军书的驿马急驰的情状。　3."都护"，官名，唐于边境设六大都护府，各置都护一人。　4."酒泉"，郡名，在今甘肃酒泉市东北。　5."烽戍"句：形容大雪隔断了警哨间的消息。"烽戍"，指边防上的警哨，一作"烽火"。

新晴野望[1]

　　新晴原野旷，极目无氛垢[2]。郭门临渡头[3]，村树连溪口。
白水明田外，碧峰出山后。农月无闲人[4]，倾家事南亩[5]。

1."野"，一作"晚"。　2."极目"，穷尽目力以远眺。"氛垢"，尘雾。　3."郭门"，外城的门。"临渡头"，临近渡口。　4."农月"，农忙的月份。　5."倾家"，全家出动。

偶然作 [1]（六首选一）

其五

赵女弹箜篌，复能邯郸舞 [2]。夫婿轻薄儿，斗鸡事齐主 [3]。黄金买歌笑，用钱不复数。许史相经过 [4]，高门盈四牡 [5]。客舍有儒生，昂藏出邹鲁 [6]。读书三十年，腰下无尺组 [7]。被服圣人教 [8]，一生自穷苦。

1.这一组诗是作者晚年的作品。　2.“邯郸舞”，赵都邯郸的舞蹈很著名。3.“斗鸡”句：《庄子·达生》篇：“纪渻子为王养斗鸡。”陆德明注：“王，齐王也。”这里是以齐王借指唐玄宗，玄宗好斗鸡，斗鸡之徒都很骄纵。4.“许史”句：是说与贵戚交往。“许”，许伯，汉宣帝皇后父。“史”，宣帝母家。　5.“四牡”，四匹雄马所驾之车。　6.“昂藏”，气宇轩昂。“邹鲁”，皆在今山东省境内。孔丘鲁人，孟轲邹人，所以后世常以邹鲁指文教兴盛之地。　7.“腰下”句：是说没有一官半职。“组”，组绶，穿联佩玉的丝带，做官人的服饰。　8.“被服”，习受遵行的意思。

桃源行 [1]

渔舟逐水爱山春，两岸桃花夹去津 [2]。坐看红树不知远，行尽青溪不见人。山口潜行始隈隩 [3]，山开旷望旋平陆 [4]。遥看一处攒云树 [5]，近入千家散花竹 [6]。樵客初传汉姓名 [7]，居人未改秦衣服。居人共住武陵源[8]，还从物外起田园[9]。月明松下房栊静[10]，日出云中鸡犬喧。惊闻俗客争来集[11]，竞引还家问都邑[12]。平明闾巷扫花开[13]，薄暮渔樵乘水入。初因避地去人间[14]，及至成仙遂不还。峡里谁知有人事[15]，世中遥望空云山。不疑灵境难闻见[16]，尘心未尽思乡县。出洞无论隔山水，辞家终拟长游衍。自谓经过旧不迷，安知峰壑今来变。当时只记入山深，青溪几曲到云林。春来遍是桃花水，不辨仙源何处寻。

1."桃源"，即桃花源。陶渊明有《桃花源记》。这诗即咏其事，原注"时年十九"。　2."去津"，一作"古津"。"津"，渡头。　3."隈"，音wēi，曲折。"隩"，音yù，幽深。　4."旋"，忽然间。　5."攒云树"，云和树簇聚在一起。"攒"，音cuán。　6."散花竹"，花和竹散生在各处。　7."樵客"句：是说樵客初次传说汉以来的王朝姓名。"樵客"，即指渔人。　8."武陵"，今湖南常德。"武陵源"，指桃花源。相传桃花源在今湖南桃源，晋代属武陵郡。　9."物外"，世外。　10."房栊"，房舍。　11."俗客"，指渔人。12."都邑"，指居人自己原来的家乡。　13."平明"二句：写桃花源中的安详生活。"薄暮渔樵乘水入"一句更暗示渔人感到出入很方便，为下面"不疑"句作伏线。　14."避地"，避乱的意思。　15."峡里"二句：是说桃源与世间隔绝，两不相知。　16."不疑"句：是说没想到所遇见的乃是仙境，原是难以闻见的。

夷门歌[1]

七雄雄雌犹未分[2]，攻城杀将何纷纷。秦兵益围邯郸急[3]，魏王不救平原君。公子为赢停驷马⁴，执辔愈恭意愈下。亥为屠肆鼓刀人⁵，赢乃夷门抱关者⁶。非但慷慨献良谋⁷，意气兼将身命酬。向风刎颈送公子⁸，七十老翁何所求！

1. 这诗歌咏夷门守门人侯赢慷慨侠义的行为。事见《史记·魏公子列传》。"夷门"，战国时魏都大梁（今河南开封）城的东门。　2. "七雄"，指战国时齐、楚、燕、韩、赵、魏、秦等七个强国。　3. "益"，越发。"邯郸"，赵都，在今河北邯郸西南。　4. "公子"二句：写魏公子无忌（封信陵君）的礼贤下士。"驷马"，驾车的四匹马。　5. "亥"，朱亥，侯赢的朋友，是一个力士，以卖肉为生。　6. "抱关者"，守门人。"关"，门栓。　7. "非但"句：信陵君姊是赵平原君夫人，几次求救于魏，魏王因害怕秦国，不敢去救；信陵君很焦急，却无计可施。后来侯赢献奇谋，又推荐朱亥随信陵君解了赵国之围。这句即咏此事。　8. "向风"二句：是说侯赢仗义献身，完成功业，他无所求。详见前魏徵《述怀》注14。

陇头吟 ¹

长安少年游侠客，夜上戍楼看太白²。陇头明月迥临关³，陇上行人夜吹笛。关西老将不胜愁⁴，驻马听之双泪流。身经大小百余战，麾下偏裨万户侯⁵。苏武才为典属国⁶，节旄空尽海西头。

1. "陇头"，即陇山，在今陕西陇县西。《秦州记》："陇山东西百八十里，登山巅东望，秦川四百五十里，极目泯然。山东人行役，升此而顾瞻者，莫不悲思。山下有陇关，即大震关，为秦雍喉隘。"陇头吟"，乐府《横吹曲辞》。　2."太白"，即金星，主兵象。古人根据它的出没预测战争的进程和吉凶。"看太白"，是说少年关心战事，希望立功。　3."迥"，远，这里是高的意思。　4."关西"，指函谷关以西，即今陕西、甘肃一带。汉谚："关西出将，关东出相"（见《后汉书·虞诩传》）。　5."麾"，大将的旗。"麾下"，部下。"偏裨"，副将。"万户侯"，食邑万户的侯爵。　6."苏武"二句：借苏武的遭遇，慨叹有功不赏从古如斯。汉武帝时苏武出使匈奴，被扣留十九年。他在北海牧羊，杖汉节（使臣所持符节），卧起操持，节旄（节上所饰之牦牛尾）尽落。但是回国后，才做了典属国（掌管外国归服等事务）这样的小官。"空尽"，白白地落尽。言外有不平之意。

老将行

少年十五二十时，步行夺取胡马骑[1]。射杀山中白额虎[2]，肯数邺下黄须儿[3]！一身转战三千里，一剑曾当百万师。汉兵奋迅如霹雳[4]，虏骑崩腾畏蒺藜[5]。卫青不败由天幸[6]，李广无功缘数奇[7]。自从弃置便衰朽[8]，世事蹉跎成白首[9]。昔时飞雀无全目[10]，今日垂杨生左肘[11]。路旁时卖故侯瓜[12]，门前学种先生柳。苍茫古木连穷巷[13]，寥落寒山对虚牖[14]。誓令疏勒出飞泉[15]，不似颍川空使酒。贺兰山下阵如云[16]，羽檄交驰日夕闻[17]。节使三河募年少[18]，诏书五道出将军[19]。试拂铁衣如雪色[20]，聊持宝剑动星文[21]。愿得燕弓射大将[22]，耻令越甲鸣吾君[23]。莫嫌旧日云中守[24]，犹堪一战立功勋。

1.“步行”句：写老将少时英勇机智，用李广事。《史记·李将军列传》载：李广被胡骑生擒，途中瞥见其旁一胡儿骑良马，便猛然跳上去，推坠胡儿，取其弓，驰回。 2.“射杀”句：写其勇武，用周处事。《晋书·周处传》说：周处膂力绝人，不修细行，乡人将他和南山白额虎、长桥下蛟并称为"三害"。他便入山射虎，投水杀蛟，改过自新。 3.“肯数”句：是说比曹彰还强。“肯数”，哪肯数。“黄须儿”，指曹操的次子曹彰，性刚勇而黄须，北伐代郡，独与麾下百余人突虏而走。曹操闻之曰："我黄须儿可用也。"操封魏王，建都于邺（今河南安阳北，河北磁县东南）。 4.“如霹雳”，形容声势浩大。 5.“虏骑”，敌人的骑兵。“崩腾”，崩溃奔逃。“蒺藜”，本是带刺的植物，作战时用铁制成蒺藜一样的东西，用来梗塞道路，叫作铁蒺藜。 6.“卫青”句：《史记·卫将军骠骑列传》："大将军卫青者，平阳人也。……大将军姊子霍去病……敢深入，常与壮骑，先其大军。军亦有天幸，未尝困绝也。"“有天幸”，本指骠骑将军霍去病而言，卫、霍同传，诗人遂误记为卫青事。 7.“李广”句：是借李广为喻，说老将英勇善战，却没有功名爵赏，这是因为命运不好。“数奇”，运数不偶、不合。“奇”，音jī，单数。李广随卫青出击匈奴时，汉武帝曾说李广数奇，不让他担当正面攻击的任务。 8.“弃置”，丢在一旁，不加任用。 9.“蹉跎”，颠踬。“世事蹉跎”，生活不顺利的意思。 10.“昔时”句：是说过去箭无虚发。“无全目”，难免会有一眼中箭。鲍照《拟古诗》："惊雀无全目。"李善注引《帝王世纪》曰："帝羿有穷氏，与吴贺北游。贺使羿射雀，羿曰：'生之乎，杀之乎？'贺曰：'射其左目。'羿引弓射之，误中右目。羿抑首而愧，终身不忘。故羿之善射，至今称之。" 11.“今日”句：是说迟暮衰朽，射箭的本领久已荒疏了。《庄子·至乐》："支离叔与滑介叔观于冥伯之丘、昆仑之虚，黄帝之所休。俄而柳生其左肘，其意蹶蹶然恶之。"“柳”同“瘤”，疖瘤。这里就“柳”字变通为“垂杨”。 12.“路旁”二句：是说如今隐居了。“故侯瓜”，《史记·萧相国世家》说：秦破，东陵侯召平为布衣，贫，种瓜于长安城东，瓜美，世人称之为"东陵瓜"。“先生柳”，陶渊明著《五柳先生传》："先生不知何许人也，亦不详其姓字，宅边有五柳树，因以为号焉。" 13."穷巷"，偏僻的里巷，指老将居处。 14."牖"，小窗。音yǒu。 15."誓令"二句：是说老将壮心不已，志在报国。《后汉书·耿弇传》说：耿恭据守疏勒城（今新疆境内），匈奴断绝涧水，汉兵掘井至十五丈尚不见水。耿恭向井再拜祈祷，泉水遂迸出。匈奴以为有神助，便解围而去。上句即用此事。"颍川"，郡名，此指汉将军灌夫。《史记·魏其武安侯列传》说：灌夫，颍阴（今河南许昌，属颍川郡）人，为人刚直使酒（借酒发脾气），失势后更为牢骚不平。加以横恣颍川，终于被诛。 16."贺兰山"，在宁夏贺兰西。 17."羽檄"，紧急的军书。 18."节使"，使臣。古代使臣持符节以为信记。"三河"，汉代称河南、河东、河内三郡为三河，相当于今河南省一带。"募年少"，招募壮丁。 19."诏书"句：是说皇帝下诏，令众将军分五道出兵。 20."试拂"句：是说把铠甲擦得雪亮。21."动"，闪动。"星文"，即七星文，嵌在宝剑上的七个金星。 22."燕弓"，燕地出产的弓，以坚劲著名。 23."耻令"句：是说耻于让敌军扰乱国家的安宁。《说苑·立节》篇："越甲（兵）至齐，雍门子狄请死之。……曰：'昔者王田（猎）于圃，左毂鸣，车右请死之。而王曰："子何为死？"车右曰："……见其鸣吾君也。"遂刎颈而死……今越甲至，其鸣吾君也，岂左毂之下哉（难道轻于左毂吗）？车右可以死左毂，而臣独不可以死越甲也？'遂刎颈而死。是日，越人引甲而退七十里。" 24."莫嫌"二句：是说老将虽然久被弃置，仍能为国立功。"云中"，汉郡名，阴山以南，今内蒙古托克托一带。"云中守"，指云中太守魏尚。《汉书·冯唐传》说：魏尚做云中太守防匈奴有功，反被削职。一天，汉文帝感叹没有廉颇、李牧那样的名将，冯唐便趁机推荐魏尚，并为他抱不平。文帝便恢复了魏尚的职位。

不遇咏 ¹

北阙献书寝不报 ²，南山种田时不登 ³。百人会中身不预 ⁴，五侯门前心不能 ⁵。身投河朔饮君酒 ⁶，家在茂陵平安否 ⁷？且共登山复临水 ⁸，莫问春风动杨柳。今人作人多自私，我心不说君应知 ⁹。济人然后拂衣去 ¹⁰，肯作徒尔一男儿 ¹¹！

1. 这首诗写有志之士穷途不遇的愤慨。　2. "北阙"，宫中北边的阙观，谒见献书都到这里。"寝"，搁置。"不报"，不答复。　3. "不登"，没有收成。4. "百人"句：是说没能参加朝廷的盛大集会。《世说新语·宠礼》："孝武（东晋孝武帝）在西堂会，伏滔预坐。还，下车呼其儿，语之曰：'百人高会，临坐未得他语，先问："伏滔何在，在此否？"此故未易得。为人作父如此，何如？'""预"，参与。　5. "五侯"句：是说干谒权贵又不甘心。"五侯"，汉元帝舅王谭等兄弟五人同日封侯，世称五侯。这里泛指权贵。"能"，耐。"心不能"，不耐奔走于权贵之门。　6. "河朔"，指黄河以北。　7. "茂陵"，汉武帝陵，司马相如病免，家居茂陵，这里借用这个典故。作者《冬日游览》诗也说："相如方老病，独归茂陵宿"。　8. "且共"二句：意思是说且安心作客，不要动乡园之思。宋玉《九辩》："登山临水兮送将归……坎廪兮贫士失职而志不平。"《小雅·采薇》："昔我往矣，杨柳依依。"都是离乡羁旅之作，这里用其意。　9. "说"，通悦。　10. "济人"，兼济天下的意思。"拂衣去"，弃官归隐的意思。陶渊明《饮酒诗》："拂衣归田里。"11. "肯作"句：是说哪肯白白地做一个男儿！意思是一定要建功立业。

山居秋暝 [1]

空山新雨后，天气晚来秋。明月松间照，清泉石上流。竹喧归浣女 [2]，莲动下渔舟。随意春芳歇 [3]，王孙自可留。

1.“暝”，音 míng，晚。　2.“竹喧”二句：竹林里一阵喧声，那是洗衣的女子们归来了；水面上莲花摇动，那是渔舟下来了。　3.“随意”二句：这两句用《楚辞·招隐士》“王孙游兮不归，春草生兮萋萋”和“王孙兮归来，山中兮不可以久留”的意思，说春草要凋就随它凋去吧，秋色也并不差，王孙自可留居山中。“随意”，任凭。

终南山

太乙近天都 [1]，连山到海隅 [2]。白云回望合 [3]，青霭入看无。分野中峰变 [4]，阴晴众壑殊。欲投人处宿，隔水问樵夫。

1.“太乙”，山名，终南山之主峰，在长安（今陕西西安）南。这里是统指终南山。“天都”，帝都，即长安。　2.“连山”句：是说终南山与他山连接不断，直到海边。　3.“白云”二句：说山之高。四面遥望，远远的白云连成茫茫的一片；而头顶上的青霭，进入眼来若有若无。或者是说山高直入青霭，人入其中，反而若无所见。“青霭”，与青天一色的高空游氛。
4.“分野”二句：说山之大。“分野”，古人将天上的星宿和地上的州国对应起来，分成的若干区域。这里是说中峰就跨过了不同的分野。

观 猎

风劲角弓鸣¹，将军猎渭城²。草枯鹰眼疾³，雪尽马蹄轻。忽过新丰市⁴，还归细柳营⁵。回看射雕处⁶，千里暮云平。

1."劲"，强劲。"角弓"，用牛角制成的硬弓。　2."渭城"，即咸阳故城，在长安西北渭水北岸。　3."鹰"，猎鹰。"疾"，快。　4."新丰市"，今陕西新丰，在长安东北。　5."细柳"，汉代名将周亚夫驻兵处，细柳在长安西。这里是泛指军营之地。　6."射雕"，北齐斛律光校猎时，见一大雕，射中其颈，形如车轮，旋转而下，人叹曰："此射雕手也。"这里包含着对将军的赞美。

汉江临眺¹

楚塞三湘接²，荆门九派通。江流天地外³，山色有无中。郡邑浮前浦⁴，波澜动远空。襄阳好风日⁵，留醉与山翁⁶。

1."汉江"，即汉水，流于楚的北境，水势始壮阔。经襄阳，南折贯于楚的中部，过江陵后又流于楚的东南境，与长江汇于汉口。"临眺"，登高远望，一作"临泛"。　2."楚塞"二句：意思是说楚塞北临汉水，南接三湘，西起荆门，东通九江，而汉水贯其中。"楚塞"，泛指楚的四境。"三湘"，漓湘、潇湘、蒸湘的总称，在今湖南境内。"荆门"，山名，在宜昌南。《水经注》说是楚之西塞。长江出三峡至此一泻千里，与汉水汇合，东汇九江。《禹贡》说："荆（荆山，在汉江附近）及衡阳（衡山以南）惟荆州；江汉朝宗于海，九江（九道水）孔殷（甚得地势）。"这二句即全用其意。3."江流"句：汉江浩森，好像要流出天地之外。　4."浦"，水滨。　5."襄阳"，位于汉江南岸，今湖北襄阳，即诗人临眺之地。　6."留醉"句：留下来与山翁共醉。"山翁"，指晋山简，他曾任征南将军镇守襄阳，有政绩，好饮酒。这里可能借指襄阳当时的地方官。

使至塞上 [1]

单车欲问边 [2]，属国过居延 [3]。征蓬出汉塞 [4]，归雁入胡天。大漠孤烟直，长河落日圆 [5]。萧关逢候骑 [6]，都护在燕然 [7]。

1. 这诗是王维任监察御史，赴河西节度府凉州时途中所作。"使"，出使。2."问"，慰问。　3."属国"句：是说边塞的辽阔。附属国直到居延以外。"居延"，泽名，在凉州以北，今内蒙古境内。　4."征蓬"，远飞的蓬草，比喻征人，这里即指自己。　5."长河"，指黄河。　6."萧关"，古县名，唐神龙元年（705）置。县治在今宁夏同心东南，位于古萧关北约一百八十里。"候骑"，骑马的侦察兵。　7."都护"句：是说回想从萧关的候骑那里得到的消息，都护还在更远的地方。"燕然"，山名。后汉车骑将军窦宪大破北单于，登燕然山刻石记功而还。

鹿　柴 [1]

空山不见人，但闻人语响。返景入深林 [2]，复照青苔上。

1. 这诗是《辋川集》二十首中的第五首。《辋川集》是王维编辑其在辋川别墅所作之诗而成，全是咏写辋川一带的景物。"柴"，音 zhài，栅栏。
2. "返景"，落日的返照。

皇甫岳云溪杂题（五首选一）

鸟鸣涧 [1]

人闲桂花落，夜静春山空。月出惊山鸟，时鸣春涧中。

1. 诗写皇甫岳别墅中的景色。

相　思

红豆生南国 [1]，春来发几枝 [2]。劝君多采撷 [3]，此物最相思。

1. "红豆"，产于岭南，木本蔓生，干高丈余，秋开小花，冬春结实如豌豆而微扁，色鲜红夺目。相传古时有人死在边地，其妻哭于树下而卒，所以又叫相思子。　2."发几枝"，又发几枝的意思，指新生的枝条。"春来"，一作"秋来"。　3."撷"，音 xié，摘取。

少年行（四首选二）

其一

新丰美酒斗十千[1]，咸阳游侠多少年[2]。相逢意气为君饮[3]，系马高楼垂柳边。

1."斗"，酒器。"斗十千"，一斗酒价值十千文钱。曹植《名都篇》："归来宴平乐，美酒斗十千。"　2."咸阳"，秦的都城，这里指长安。　3."相逢"句：是说游侠相逢为彼此意气相投而豪饮。"君"，泛指。

其二

出身仕汉羽林郎[1]，初随骠骑战渔阳[2]。孰知不向边庭苦[3]，纵死犹闻侠骨香。

1."羽林郎"，汉置羽林军，即皇家的禁卫军，羽林郎是统帅羽林军的军官。此以汉喻唐。　2."骠骑"，骠骑将军。"渔阳"，今天津市蓟州区。　3."孰知"二句：是说少年深深知道不宜去边庭受苦，但是，少年的想法是哪怕死在边疆，还可以流芳百世。"孰知"，熟知，深知。"苦"，一作"死"。张华《博陵王宫侠曲》："生从命子游，死闻侠骨香。"

送元二使安西 ¹

渭城朝雨浥轻尘²，客舍青青柳色新。劝君更尽一杯酒，西出阳关无故人³。

1."元二"，不详。"安西"，安西都护府治所，在今新疆库车附近。《乐府诗集》作《渭城曲》。 2."浥"，音 yì，沾湿。 3."阳关"，在今甘肃敦煌西南，为出塞要道，在玉门关南。

送沈子福归江东 ¹

杨柳渡头行客稀，罟师荡桨向临圻²。惟有相思似春色，江南江北送君归。

1."沈子福"，未详。"江东"，长江自芜湖以下东南岸地区，习惯上称为"江东"。 2."罟师"，渔父，此借指舟人。"罟"，音 gǔ，网。"临圻"，可能指富春一带。谢灵运《富春渚》诗："临圻阻参错。""圻"，音 qí，同"埼"，曲险的岸头。

李　白

　　李白（701—762），字太白。祖籍陇西成纪（今甘肃静宁西南）人，其先代隋末流徙西域。李白即生于中亚碎叶，幼随父来到绵州（今四川绵阳）居住，因此早年便在蜀中就学漫游。二十五岁时，只身出蜀，希图通过任侠访道、交游干谒的途径，登上卿相的高位，以实现其"济苍生""安黎元"的大志。他漫游洞庭、金陵、扬州等地。数年后，因娶了故宰相许圉师的孙女，于是留居安陆（今湖北安陆），并以此为中心，游历了襄阳、洛阳、太原等地。后又隐居东鲁，与孔巢父等号为"竹溪六逸"。天宝初因道士吴筠的推荐，应诏赴长安，供奉翰林。但因权贵不容，屡遭谗谤，天宝三四年间乃弃官去京，以开封为中心，来往于齐、鲁、淮、泗、江东之间，并北至幽燕一带。安史乱起，李白隐居庐山，仍密切地注视着国家人民的命运，后参加永王璘幕府。肃宗至德二载（757）永王璘兵败，李白坐系浔阳狱，次年长流夜郎。中途遇赦，辗转于武昌、浔阳、宣城各地。代宗宝应元年（762）病死在族叔当涂（今安徽当涂）令李阳冰处。

　　李白生活在中国封建社会极盛的时期，他的伟大诗篇反映了盛唐时代上升发展的气魄。他以极大的勇气，投入反抗权贵、鞭挞庸俗和争取开明政治的斗争。这种顽强斗争的精神，以及追求自由解放的热情，是他诗歌中积极浪漫主义精神的实质。虽然他未能超出历史和阶级的局限，诗里流露着强烈的个人色彩和人生如梦、及时行乐等消极的情绪，但总的说来，在当时有积极的意义。同时，丰富的想象、大胆的夸张、深入浅出的语言、豪迈爽朗的风格，使他的诗达到了浪漫主义诗歌艺术的高峰。

他的诗今存九百九十余首，有王琦注《李太白文集》（包括诗赋）可用。

丁都护歌 [1]

云阳上征去 [2]，两岸饶商贾 [3]。吴牛喘月时 [4]，拖船一何苦！水浊不可饮，壶浆半成土。一唱都护歌，心摧泪如雨。万人凿盘石 [5]，无由达江浒 [6]。君看石芒砀 [7]，掩泪悲千古 [8]。

1."丁都护歌"，乐府《清商曲·吴声歌曲》旧题。《宋书·乐志》说：彭城内史徐逵之为鲁轨所杀，宋高祖使府内直督护丁旿收敛殡埋之。逵之妻是高祖长女，呼旿至阁下，自问敛送之事。每问辄叹息曰："丁督护！"其声哀切。后人因其声制成此曲。开元中润州刺史齐澣开伊娄渠，自润州直达长江。李白这首诗就是写漕运拖船的惨重劳动。　2."云阳"，唐时属润州，今江苏丹阳。"上征"，逆水上行。　3."饶"，多。　4."吴牛"句：指气候炎热的季节。"吴牛"，吴地的水牛。据说水牛怕热，见月疑是日，便气喘起来。　5."万人"句：指开凿伊娄渠。"凿"，一作"系"。"盘石"，大石。　6."无由"句：是说费了那么大的人力仍难开通运河，到达江边。"无由"，形容难，是夸张之词。"江浒"，指长江边。　7."芒"，石棱。"砀"，音 dàng，石纹。　　8."掩泪"，掩面而泣。"悲千古"是感叹千古以来人民的艰辛劳苦。

长干行[1]（二首选一）

其一

　　妾发初覆额，折花门前剧[2]。郎骑竹马来，绕床弄青梅。同居长干里，两小无嫌猜，十四为君妇，羞颜未尝开。低头向暗壁，千唤不一回。十五始展眉，愿同尘与灰[3]。常存抱柱信[4]，岂上望夫台[5]。十六君远行，瞿塘滟滪堆[6]。五月不可触，猿声天上哀。门前旧行迹，一一生绿苔。苔深不能扫，落叶秋风早。八月蝴蝶黄，双飞西园草。感此伤妾心，坐愁红颜老[7]。早晚下三巴[8]，预将书报家。相迎不道远[9]，直至长风沙[10]。

1."长干行"，乐府《杂曲歌辞》旧题。"长干"，在今南京市南。　　2."剧"，游戏。　　3."愿同"句：是说愿化为灰尘也永不分离。　　4."抱柱信"，《庄子·盗跖》篇说：尾生与女子约好在桥下相会，女子未来，大水忽至，尾生不肯离开，抱着桥柱被水淹死。　　5."岂上"句：是说没想到会分离。"望夫台"，在忠州（今重庆忠县）南。相传古代有人久出不归，他的妻子天天在此眺望。　　6."瞿塘"，长江三峡之一，在重庆奉节东。"滟滪堆"，在瞿塘峡口江心，冬天出水二十余丈，夏天没入水中，行船很容易触礁。民谚说："滟滪大如襆（头巾），瞿塘不可触。"　　7."坐"，因为。　　8."下三巴"，自三巴下江回家。"三巴"，古巴郡、巴东、巴西三地，今四川东北部，巴江流经其间，入于长江。　9.“不道远”，不说远，不嫌远。　10.“长风沙”，在今安徽怀宁县东长江边上。

子夜吴歌 [1]（四首选一）

其三

　　长安一片月，万户捣衣声。秋风吹不尽，总是玉关情 [2]。何日平胡虏，良人罢远征 [3]？

1.“子夜吴歌”，即《子夜歌》，属《吴声歌曲》。　2.“玉关情”，思念征人远戍之情。　3.“良人”，丈夫。

关山月 [1]

　　明月出天山 [2]，苍茫云海间。长风几万里，吹度玉门关。汉下白登道 [3]，胡窥青海湾 [4]。由来征战地，不见有人还。戍客望边邑，思归多苦颜。高楼当此夜 [5]，叹息未应闲。

1.“关山月”，乐府《鼓角横吹》十五曲之一。歌辞多写离别的哀伤。　2.“天山”，即祁连山，在今甘肃境内。　3.“白登”，山名，在今山西大同东。汉高祖曾被匈奴围困于此。　4.“窥”，窥伺。“青海湾”，即青海湖，在今青海境内。　5.“高楼”，闺楼，这里指戍客的妻子。

月下独酌（四首选一）

其一

花间一壶酒，独酌无相亲。举杯邀明月，对影成三人。月既不解饮[1]，影徒随我身。暂伴月将影[2]，行乐须及春。我歌月徘徊，我舞影零乱。醒时同交欢，醉后各分散。永结无情游[3]，相期邈云汉。

1. "解"，懂得。　2. "将"，偕。　3. "永结"二句：是说将来到了天上，将永远同游不再分散。这里有与大自然同归的意思。

古　风[1]（五十九首选五）

其一

大雅久不作[2]，吾衰竟谁陈[3]？王风委蔓草[4]，战国多荆榛[5]。龙虎相啖食[6]，兵戈逮狂秦。正声何微茫[7]，哀怨起骚人[8]。扬马激颓波[9]，开流荡无垠。废兴虽万变[10]，宪章亦已沦[11]。自从建安来[12]，绮丽不足珍[13]。圣代复元古[14]，垂衣贵清真[15]。群才属休明[16]，乘运共跃鳞[17]。文质相炳焕[18]，众星罗秋旻[19]。我志在删述[20]，垂辉映千春。希圣如有立[21]，绝笔于获麟。

1. "古风"，即古诗。李白《古风》继承了传统的咏史、咏怀、感遇诗的写法，论述自己的生平抱负和玄宗后期的政治文化。这一组诗可能是天宝至德间所作。第一首有开宗明义的意思，要在文化上有所建树。　2. "大雅"，《诗经》的一部分，这里指《诗经》。"作"，兴。班固《两都赋序》："王泽竭而诗不作。"这里指周代"盛世"的过去。　3. "吾衰"句：是说孔丘那种感叹盛世衰落的心情向谁说呢？《论语·述而》："子曰：'甚矣吾衰也！久矣吾不复梦见周公。'""衰"，衰老。"陈"，陈述，述说。　4. "王风"，王者之风，王者之教化。"委蔓草"，弃于蔓草，形容其衰颓。　5. "荆榛"，荒芜杂乱的样子。指战乱的废墟。　6. "龙虎"二句：是说七国互相吞并，战争一直延续到秦统一天下。　7. "正声"，治世的中正平和的歌声。"微茫"，微弱遥远。　8. "骚人"，指屈原。　9. "扬马"二句：是说扬、马激起《楚辞》的末流，开创了汉赋，并广泛地流行起来。"扬马"，汉赋家扬雄和司马相如。"颓波"，指《楚辞》的末流。　10. "废兴"，兴衰。11. "宪章"，诗的法度。"沦"，沉没。　12. "建安"，东汉末年献帝的年号（公元196—219）。　13. "绮丽"句：指建安以后的六朝文坛。"绮丽"，是说辞藻、声律的华美。"珍"，贵。　14. "圣代"，指唐。　15. "垂衣"，《周易·系辞》下："黄帝、尧、舜垂衣裳，而天下治。"这里是赞颂唐朝的政治。"清真"，纯朴自然。　16. "群才"，指唐代诗人。"属"，音 zhǔ，适逢。"休明"，政治开明。　17. "运"，时运。"跃鳞"，传说鲤鱼跃过龙门就会变成龙。这里是比喻前途无限，群才各展其能。　18. "炳焕"，辉映。19. "罗"，罗列。"秋旻"，指高爽清朗的天空。　20. "我志"二句："删"，删诗。《史记·孔子世家》说：古时《诗》三千余篇，孔子删订为三百零五篇。"述"，阐述。《论语·述而》："子曰：'述而不作。'"这二句是说自己志在像孔丘一样总结论述一代的政教文化，而垂辉千载。　21. "希圣"二句：是说学习孔丘如有成就，也将像孔丘修订《春秋》那样，竭尽毕生精力。"希"，希企，学习。"圣"，指孔丘。"立"，建树。"获麟"，鲁哀公十四年，鲁人猎获一只麒麟。孔丘认为仁兽被获是不祥之兆，说："吾道穷矣！"他修订《春秋》即终于这一年。

其十四 [1]

胡关饶风沙 [2]，萧索竟终古 [3]。木落秋草黄，登高望戎虏 [4]。荒城空大漠 [5]，边邑无遗堵 [6]。白骨横千霜 [7]，嵯峨蔽榛莽 [8]。借问谁陵虐 [9]，天骄毒威武 [10]。赫怒我圣皇 [11]，劳师事鼙鼓 [12]。阳和变杀气 [13]，发卒骚中土 [14]。三十六万人 [15]，哀哀泪如雨。且悲就行役 [16]，安得营农圃。不见征戍儿，岂知关山苦。李牧今不在 [17]，边人饲豺虎。

1. 这首诗是慨叹开元天宝数十年间用兵吐蕃之患。　2."胡关"，面临外族的关塞。"饶"，多。　3."竟"，极。"终古"，远古。　4."戎虏"，西方的敌人。5."荒城"句：是说边城已经不见，如今空余沙漠。　6."堵"，城墙。　7."千霜"，千秋，千年。　8."嵯峨"，形容白骨堆积如山。"榛莽"，草木丛杂。9."陵虐"，侵陵暴虐。　10."天骄"，《汉书·匈奴传》："胡者，天之骄子也。"这里指吐蕃。"毒威武"，恨其威武。　11."赫"，怒意。"圣皇"，指唐玄宗。　12."事鼙鼓"，从事战争。"鼙"，音 pí，战鼓。　13."阳和"，阳明和平之气。　14."发"，征调。"中土"，中原。　15."三十六万"，泛指发兵众多。　16."行役"，指兵役。17."李牧"二句：即陈子昂《感遇诗》"咄嗟吾何叹，边人涂草莱"的意思。"李牧"，战国时赵国名将，曾大破匈奴，此后十余年匈奴不敢近赵。"豺虎"，比喻残暴的敌人。

其十九 [1]

西上莲花山 [2]，迢迢见明星 [3]。素手把芙蓉 [4]，虚步蹑太清 [5]。

霓裳曳广带[6]，飘拂升天行。邀我登云台[7]，高揖卫叔卿[8]。恍恍与之去，驾鸿凌紫冥[9]。俯视洛阳川[10]，茫茫走胡兵[11]。流血涂野草，豺狼尽冠缨[12]。

1. 这首诗大约是至德元载（756）正月，安禄山在洛阳称帝后所作。当时李白在安徽宣城一带。　2. "莲花山"，华山最高峰，上有池，生千叶莲花，据说服之能成仙。华山在今陕西华阴。　3. "迢迢"，远远地。"明星"，神话中华山上的仙女名。　4. "芙蓉"，即莲花。5. "虚步"，凌空而行。"蹑"，音 niè，踏。"太清"，即太空。　6. "霓裳"，虹霓做的衣裳。"曳"，拖曳。7. "云台"，华山东北部的高峰。　8. "卫叔卿"，仙人名，汉武帝派人寻访，至华山，见他与数人博戏于绝岩之上。　9. "紫冥"，青空。　10. "川"，平川。　11. "胡兵"，指安禄山叛军。　12. "豺狼"，指安禄山的伪官。"冠缨"，官服。"缨"，系帽的带子。

其二十四

大车扬飞尘，亭午暗阡陌[1]。中贵多黄金[2]，连云开甲宅[3]。路逢斗鸡者[4]，冠盖何辉赫。鼻息干虹霓[5]，行人皆怵惕[6]。世无洗耳翁，谁知尧与跖。

1. "亭午"，正午。　2. "中贵"，中贵人，受宠幸的宦官。　3. "连云"，形容盛多。"开"，设。"甲宅"，头等的第宅。　4. "路逢"二句：玄宗好斗鸡，善斗鸡者得以供奉禁中。如陈鸿《东城老父传》中说：斗鸡小儿贾昌很得玄宗爱幸，当时天下号为鸡神童。有歌谣说："生儿不用识文字，斗鸡走马胜读书。贾家小儿年十三，富贵荣华代不如。……"这里未必专指某人。"冠盖"，冠服车盖。"辉赫"，辉煌显赫。　5. "干虹霓"，上冲虹霓，形容斗鸡者气焰之盛。 6.“怵惕”，音 chùtì，恐惧。 7.“世无”二句：“洗耳翁”，指许由。《高士传》说：尧想把帝位让给许由，他不接受，逃隐于颍水之阳。尧又召为九州长，他认为这话玷污了耳朵，于是到水边洗耳。“跖”，相传是黄帝时大盗。这二句是说世上没有许由那样的人了，人们一味追求荣利，谁还能分辨圣贤与盗贼呢？

其三十四 [1]

羽檄如流星 [2]，虎符合专城 [3]。喧呼救边急，群鸟皆夜鸣。白日曜紫微 [4]，三公运权衡 [5]。天地皆得一 [6]，澹然四海清 [7]。借问此何为 [8]，答言楚征兵 [9]。渡泸及五月 [10]，将赴云南征。怯卒非战士 [11]，炎方难远行。长号别严亲，日月惨光晶 [12]。泣尽继以血，心摧两无声 [13]。困兽当猛虎 [14]，穷鱼饵奔鲸。千去不一回，投躯岂全生。如何舞干戚 [15]，一使有苗平。

1.天宝十载（751）四月，剑南节度使鲜于仲通讨南诏（国名，今云南大理一带），大败于泸南，士卒死者六万人。杨国忠掩败叙功，更大募两京及河南北兵以击南诏。人民听说南诏多瘴疠，不肯应征。杨国忠遣御史分道捕人，连枷送诣军所。父母妻子送之，所在哭声震野。十三载（754）再征云南，不战而溃，全军覆没。这首诗就是针对此事而作的。 2.“羽檄”，调兵的紧急文书。“流星”，形容急速。 3.“虎符”，调兵的凭据。用铜制成虎形，分两半，右半留京师，左半给地方。必须持右半与左半验合方可调兵。“专城”，指州郡的长官。 4.“白日”，象征最高统治者皇帝。“紫微”，星宿名，指朝廷。 5.“三公”，唐以太尉、司徒、司空为三公，是中央最高的大臣。“运权衡”，运用谋略。 6.“天地”句：《老子》：“天得一以清，地得一以宁。”意思是天下统一而清宁。 7.“澹然”，安然。 8.“此”，指征兵。 9."楚"，泛指南方。 10."渡泸"句："泸"，今云南金沙江。"及五月"，趁着五月。据说泸水上多瘴气，三、四月渡之必死，五月以后稍好些。 11."怯卒"，胆怯的士卒，指被强征入伍的兵丁。 12."日月"句：是说日月也为之惨淡失色。 13."两无声"，指征人和家人双方。 14."困兽"二句：形容敌强我弱的形势。"饵"，钓饵，这里是喂的意思。 15."如何"二句："干"，盾。"戚"，大斧。相传有苗氏不服，禹请征之，舜曰："我德不厚而行武，非道也。"于是努力修明政教。三年以后，举行了一次带有军事演习意义的干戚舞，有苗就请服了。

宿五松山下荀媪家 [1]

我宿五松下，寂寥无所欢。田家秋作苦 [2]，邻女夜春寒。跪进雕胡饭 [3]，月光明素盘。令人惭漂母 [4]，三谢不能餐。

1."五松山"，在今安徽铜陵南。"媪"，音 ǎo，老妇人。 2."作"，劳作。3."雕胡"，即菰米。生水中，秋季结实，色白而滑，可做饭。 4."惭"，这里是愧对的意思。"漂母"，《史记》载：汉朝韩信少时穷困，钓于淮阴城下。有一漂母见他饥饿，给他饭吃。后来韩信封楚王，赠以千金。这里指荀媪。

独漉篇 [1]

独漉水中泥，水浊不见月。不见月尚可，水深行人没。越鸟从南来，胡雁亦北度。我欲弯弓向天射，惜其中道失归路。落叶别树，飘零随风。客无所托，悲与此同。罗帏舒卷[2]，似有人开。明月直入，无心可猜[3]。雄剑挂壁[4]，时时龙鸣[5]。不断犀象[6]，绣涩苔生[7]。国耻未雪，何由成名。神鹰梦泽[8]，不顾鸱鸢。为君一击，鹏抟九天。

1. "独漉篇"，乐府《舞曲歌辞·晋拂舞歌》旧题。"独漉"，一说地名，在今河北涿州。一说与"罜𦊰"通，小网。这首诗依古《独漉篇》立意，中易"父冤不报"为"国耻未雪"，而作者的胸怀自见。　2."帏"，帐子。"舒卷"，形容帐帘一伸一曲掀动的样子。　3."无心"句：是说明月无心，对其直入无可猜疑。　4."雄剑"，传说干将、莫邪曾为楚王铸成二剑，一雌一雄。这里指宝剑。　5."龙鸣"，王嘉《拾遗记》说：帝颛顼有曳影之剑，未用之时，常于匣里作龙虎之吟。　6."犀象"，犀牛和象。曹植《七启》："陆断犀象，未足称隽。"　7."绣"，疑是"锈"字之误，一作"羞"。8."神鹰"四句：是说明自己一心为国雪耻的壮志。《幽明录》说："楚文王少时好猎，有一人献一鹰，文王见之，爪距神爽，殊绝常鹰。故为猎于云梦。……此鹰轩颈瞪目，无搏噬之志。……俄而，云际有一物凝翔，鲜白不辨其形。鹰便辣翻而升，蠡若飞电。须臾，羽坠如雪，血下如雨。有大鸟坠地，度其两翅，广数十里，众莫能识。时有博物君子曰：'此大鹏雏也。'""鸱鸢"，鹞鹰，这里指凡鹰。

长相思[1]

日色欲尽花含烟[2]，月明如素愁不眠[3]。赵瑟初停凤凰柱[4]，蜀琴欲奏鸳鸯弦[5]。此曲有意无人传，愿随春风寄燕然[6]，忆君迢迢隔青天。昔时横波目[7]，今作流泪泉。不信妾肠断，归来看取明镜前。

1．"长相思"，乐府《杂曲歌辞》，题意取自《古诗》"上言长相思，下言久离别""著以长相思，缘以结不解"，表示缠绵不绝的相思之意。以"长相思"发端名篇，始于宋吴迈远，此后多有仿作，曲调至唐犹盛。本篇也是写思妇缠绵之情。　2．"花含烟"，形容薄暮中花色朦胧，渐多水汽，如含烟雾。　3．"素"，洁白的绢，形容月色。　4．"赵"，战国时赵国，相传赵国人善瑟。"凤凰柱"，据说是雕饰成凤凰形的瑟柱。供参考。　5．"蜀琴"，汉司马相如善琴而处于蜀地，所以称"蜀琴"。"蜀琴"可引起司马相如与卓文君故事的联想。"鸳鸯弦"，与上句中"凤凰柱"隐喻夫妇谐合的琴曲，也就是下句所说的"此曲"。　6．"燕然"，山名，见王维《使至塞上》注，这里指丈夫远戍的边塞。　7．"横波"，形容明眸顾盼的生动目光。

金陵酒肆留别

风吹柳花满店香，吴姬压酒唤客尝[1]。金陵子弟来相送，欲行不行各尽觞。请君试问东流水，别意与之谁短长[2]？

1．"吴姬"，吴地侍女。"压酒"，酿酒将熟，压出酒汁。　2．"之"，指东流水。

蜀道难 [1]

噫吁嚱 [2]！危乎高哉！蜀道之难难于上青天。蚕丛及鱼凫 [3]，开国何茫然 [4]。尔来四万八千岁 [5]，不与秦塞通人烟。西当太白有鸟道 [6]，可以横绝峨眉巅。地崩山摧壮士死 [7]，然后天梯石栈相钩连。上有六龙回日之高标 [8]，下有冲波逆折之回川 [9]。黄鹤之飞尚不得过，猿猱欲度愁攀援。青泥何盘盘 [10]，百步九折萦岩峦 [11]。扪参历井仰胁息 [12]，以手抚膺坐长叹 [13]。问君西游何时还，畏途巉岩不可攀 [14]。但见悲鸟号古木，雄飞雌从绕林间。又闻子规啼 [15]，夜月愁空山。蜀道之难难于上青天，使人听此凋朱颜 [16]。连峰去天不盈尺，枯松倒挂倚绝壁。飞湍瀑流争喧豗 [17]，砯崖转石万壑雷 [18]。其险也若此，嗟尔远道之人胡为乎来哉 [19]！剑阁峥嵘而崔嵬 [20]：一夫当关，万夫莫开 [21]，所守或非亲，化为狼与豺。朝避猛虎 [22]，夕避长蛇，磨牙吮血，杀人如麻；锦城虽云乐 [23]，不如早还家。蜀道之难难于上青天，侧身西望长咨嗟 [24]！

1. "蜀道难"，乐府《相和歌·瑟调曲》名。殷璠于天宝四载（或十二载）所编的《河岳英灵集》已收了这首诗，可知它最晚亦当作于天宝十二载（753）。胡震亨《唐音癸签》卷二十一说：《蜀道难》自是古曲，梁、陈作者，止言其险，而不及其他。白则兼采张载《剑阁铭》：'一人荷载，万夫趑趄，形胜之地，匪亲弗居'等语用之。"其说最为精当。 2. "噫吁嚱"，音 yīxūxī，惊叹声。 3. "蚕丛""鱼凫"，都是蜀国开国的先王。 4. "茫然"，渺茫难详。 5. "尔来"，此来，指开国以来。 6. "西当"二句：是说秦、蜀被太白山所阻，只有鸟道可以通过。"太白"，山名，在秦都咸阳西南。"横绝"，横度。"峨眉"，山名，在今四川峨眉山市。　　7."地崩"二句：是写五丁开山，秦蜀相通的神奇传说。《华阳国志·蜀志》："秦惠王知蜀王好色，许嫁五女于蜀。蜀遣五丁迎之。还到梓潼，见一大蛇入穴中。一人揽其尾掣之，不禁。至五人相助，大呼拽蛇。山崩时压杀五人及秦五女并将从，而山分为五岭。""天梯"，指崎岖的山路。"石栈"，山间绝险处架木筑成的栈道。　　8."六龙"，传说日乘车，驾以六龙。"回日"，日车到此要迂回而过。"标"，原是树尖，这里指峰巅。　　9."逆折"，旋回。"回川"，漩涡。　　10."青泥"，岭名，在今陕西略阳西北。"盘盘"，曲折的样子。　　11."萦"，绕。"岩峦"，山峰。　　12."扪参"句："参""井"，二星宿名。"参"是蜀的分野，"井"是秦的分野。"胁息"，屏住气不敢呼吸。这句是说经秦入蜀山路高峻，好像要摸到参星，擦过井宿，使人仰望屏息。　　13."膺"，胸。　　14."巉岩"，高峻的山岩。　　15."子规"，即杜鹃鸟，蜀地最多，相传蜀帝杜宇，号望帝，死后其魂化为杜鹃。　　16."凋朱颜"，容颜失色。　　17."湍"，急流。"喧豗"，喧闹声。"豗"，音 huī。18."砯"，音 pīng，水击岩石声。　　19."胡为"，何为，为何。　　20."剑阁"，指大剑山与小剑山之间一条三十里长的奇险栈道。遗迹在今四川剑阁北。"峥嵘"，高峻的样子。"崔嵬"，高险崎岖。　　21."一夫"四句：借用张载《剑阁铭》中的话来说明剑阁的险要。　　22."朝避"四句："猛虎""长蛇"，极言蜀道之难。"吮"，音 shǔn，吸。　　23."锦城"，即成都。　　24."咨嗟"，叹声。

乌栖曲 [1]

姑苏台上乌栖时 [2]，吴王宫里醉西施。吴歌楚舞欢未毕，青山欲衔半边日。银箭金壶漏水多³，起看秋月坠江波。东方渐高奈乐何⁴！

1.“乌栖曲”，乐府《清商曲辞·西曲歌》旧题。李白入京时贺知章曾见到这首诗，应是较早的作品。诗中主题具有传统的讽刺意义。　2.“姑苏台”，吴王夫差所筑，故址在今江苏苏州。“乌栖时”，黄昏时分。　3.“银箭金壶”，古代计时的用具。用铜壶盛水，水自壶下小孔漏出。水中立一箭，上刻度数，从水面所示度数可知时间。“漏水多”，表明夜已深。　4.“高”，读为 hào，同“皓”，白。

灞陵行送别¹

送君灞陵亭，灞水流浩浩²。上有无花之古树，下有伤心之春草。我向秦人问路岐³，云是王粲南登之古道⁴。古道连绵走西京，紫阙落日浮云生⁵。正当今夕断肠处，骊歌愁绝不忍听⁶。

1.“灞陵”，汉文帝陵墓，在长安东南三十里。　2.“灞水”，源出陕西蓝田东，流经长安北入渭水。　3.“问路岐”，即问路。　4.“王粲”，建安诗人，因董卓之乱离开长安，有《七哀诗》说：“南登灞陵岸，回首望长安。”　5.“紫阙”，皇宫。　6.“骊歌”，逸诗有《骊驹》，古代告别时唱的歌；一作“黄鹂”。“愁绝”，愁极。

战城南 [1]

　　去年战、桑干源 [2]，今年战、葱河道 [3]。洗兵条支海上波 [4]，
放马天山雪中草 [5]。万里长征战，三军尽衰老。匈奴以杀戮为耕
作 [6]，古来惟见白骨黄沙田。秦家筑城备胡处 [7]，汉家还有烽火
燃。烽火燃不息，征战无已时。野战格斗死 [8]，败马号鸣向天悲。
鸟鸢啄人肠，衔飞上挂枯树枝。士卒涂草莽，将军空尔为 [9]。乃
知兵者是凶器 [10]，圣人不得已而用之。

1.“战城南”，汉《鼓吹铙歌》十八曲之一。这首诗写的是传统主题，也
可能是针对玄宗天宝年间的对外战争而发的。　2.“去年”句：天宝元年
（742）王忠嗣北伐，与奚、怒皆战于桑干河，三败之，大虏其众。这句可
能指此事。“桑干”，即今永定河，源出山西朔城南。“去年”，这里是往年
的意思。　3.“今年”句：天宝六载（747）高仙芝以步骑一万出讨吐蕃，
自安西拨换城，经疏勒登葱岭，涉播密川，至特勒满川，行百余日。这句
可能指此事。“葱河”，即葱岭河，在今新疆境内。　4.“洗兵”，喻胜利进
军。传说武王伐纣，天雨洗兵器。“条支”，西域国名，临波斯湾。　5.“天
山”，在今新疆境内。　6.“匈奴”句：是说匈奴强悍嗜杀。王褒《四子讲
德论》：“匈奴，百蛮之最强者也。其耒耜则弓矢鞍马，播种则捍弦掌拊，
收秋则奔狐驰兔，获刈则颠倒殪仆。”　7.“城”，指秦时所筑长城。　8.“野
战”四句：《战城南》古辞：“野死不葬乌可食。……枭骑战斗死，驽马徘徊
鸣。”“鸢”，音 yuān，鹞鹰。　9.“空尔为”，徒劳无益的意思。　10.“乃
知”二句：《六韬》：“圣人号兵为凶器，不得已而用之。”

将进酒 [1]

君不见黄河之水天上来，奔流到海不复回。君不见高堂明镜悲白发，朝如青丝暮成雪。人生得意须尽欢，莫使金樽空对月。天生我材必有用，千金散尽还复来。烹羊宰牛且为乐，会须一饮三百杯 [2]。岑夫子、丹邱生 [3]，将进酒、杯莫停 [4]。与君歌一曲，请君为我倾耳听。钟鼓馔玉不足贵 [5]，但愿长醉不愿醒。古来圣贤皆寂寞 [6]，惟有饮者留其名。陈王昔时宴平乐 [7]，斗酒十千恣欢谑。主人何为言少钱，径须沽取对君酌 [8]。五花马 [9]，千金裘，呼儿将出换美酒，与尔同销万古愁。

1. "将进酒"，汉《鼓吹铙歌》十八曲之一。"将"，请。　2. "会"，当。3. "岑夫子"，岑勋。"丹邱生"，元丹邱，隐者。　4. "将进酒、杯莫停"，一作"进酒君莫停"。　5. "钟鼓"，古代富贵人家的音乐。"馔玉"，珍美如玉的饮食。　6. "寂寞"，默默无闻。　7. "陈王"二句："陈王"，陈思王曹植。"平乐"，观名。"恣"，纵情。"谑"，戏。曹植《名都篇》："归来宴平乐，美酒斗十千。"　8. "径须"，直须，毫不犹豫地。　9. "五花马"，指名贵的马。一说毛色作五花纹，一说马鬃剪修为五瓣。

行路难¹（三首选一）

其一

金樽清酒斗十千²，玉盘珍羞直万钱³。停杯投箸不能食，拔剑四顾心茫然。欲渡黄河冰塞川，将登太行雪满山。闲来垂钓碧溪上⁴，忽复乘舟梦日边。行路难，行路难，多歧路，今安在？长风破浪会有时⁵，直挂云帆济沧海。

1."行路难"，乐府《杂曲歌辞》旧题。这三首诗大约是天宝三载（744）李白被谗离开长安时所作，诗里表现了政治上的苦闷，以及冲破艰难、实现理想的信心。　2."斗十千"，斗酒值万钱，是说酒美。　3."珍羞"，珍贵的菜肴，是说菜好。"直"，同"值"。　4."闲来"二句：是说目前虽然退隐，但仍望能忽然又回到皇帝身旁。"梦日边"，相传伊挚将受汤命，梦见自己乘船在日月旁经过。　5."长风"二句：是说总会有一天，长风破浪远渡沧海，冲破艰难以实现理想。

梦游天姥吟留别¹

海客谈瀛洲²，烟涛微茫信难求³。越人语天姥，云霞明灭或可睹。天姥连天向天横，势拔五岳掩赤城⁴。天台四万八千丈⁵，对此欲倒东南倾⁶。我欲因之梦吴越⁷，一夜飞度镜湖月⁸。湖月照我影，送我至剡溪⁹。谢公宿处今尚在¹⁰，渌水荡漾清猿啼。

脚著谢公屐 [11]，身登青云梯 [12]。半壁见海日 [13]，空中闻天鸡 [14]。千岩万转路不定，迷花倚石忽已暝 [15]。熊咆龙吟殷岩泉 [16]，栗深林兮惊层巅。云青青兮欲雨，水澹澹兮生烟 [17]。列缺霹雳 [18]，丘峦崩摧。洞天石扉 [19]，訇然中开 [20]。青冥浩荡不见底 [21]，日月照耀金银台 [22]。霓为衣兮风为马，云之君兮纷纷而来下 [23]。虎鼓瑟兮鸾回车，仙之人兮列如麻 [24]。忽魂悸以魄动，恍惊起而长嗟 [25]。惟觉时之枕席 [26]，失向来之烟霞 [27]。世间行乐亦如此，古来万事东流水。别君去兮何时还，且放白鹿青崖间 [28]，须行即骑访名山。安能摧眉折腰事权贵 [29]，使我不得开心颜 [30]！

1. 诗题一作《梦游天姥山别东鲁诸公》，是天宝初年李白将由东鲁游吴越时所作。"天姥"，山名，在今浙江嵊州东。　2. "瀛洲"，东海中神山名。3. "信"，诚然。"求"，访求。　4. "拔"，超出。"赤城"，山名，在今浙江天台北。　5. "天台"，山名，在今浙江天台北，天姥山东南。　6. "对此"句：是说天台山虽高，但与天姥相对，仍显得低倾。以上第一段，越人介绍天姥山的险峻。　7. "之"，指前面越人的话。　8. "镜湖"，在今浙江绍兴南。9. "剡溪"，水名，在今浙江嵊州南。　10. "谢公"，宋代诗人谢灵运，他常在会稽一带游历。《登临海峤初发疆中作》："暝投剡中宿，明登天姥岑。"11. "谢公屐"，谢灵运游山时所穿的一种特制木鞋，上山去其前齿，下山去其后齿。　12. "青云梯"，指高入青云的山路。谢灵运《登石门最高顶》："惜无同怀客，共登青云梯。"　13. "半壁"，半山腰。　14. "空中"句：是说天已明。"天鸡"，《述异记》下："东南有桃都山，上有大树曰桃都，枝相去三千里。上有天鸡，日初出照此木，天鸡则鸣，天下之鸡皆随之鸣。"15. "暝"，指天色已晚。　16. "熊咆"二句：熊咆龙吟之声，充满层岩林泉，使人登此惊慌战栗。《招隐士》："憭兮栗，虎豹穴，丛薄深林兮人上栗！" 17."澹澹"，水波摇动的样子。 18."列缺"，闪电。"霹雳"，雷。
19."洞天"，神仙居处。 20."訇"，音 hōng，大声。 21."青冥"，远空。
22."日月"句：写洞中别有天地的胜景。 23."云之君"，云神。 24. 以
上第二段，叙述梦境。 25. 恍，恍惚迷乱。 26."觉"，醒。 27."向来"，
旧来，指刚才的梦境。 28."白鹿"，神仙所骑。卫叔卿、王子乔都有骑
白鹿事。 29."摧眉"，低颜的意思。"事"，服侍。 30. 以上第三段，写
醒后的感慨。

答王十二寒夜独酌有怀 [1]

昨夜吴中雪 [2]，子猷佳兴发。万里浮云卷碧山，青天中道流
孤月。孤月沧浪河汉清 [3]，北斗错落长庚明 [4]。怀余对酒夜霜白，
玉床金井冰峥嵘 [5]。人生飘忽百年内，且须酣畅万古情 [6]。君不
能狸膏金距学斗鸡 [7]，坐令鼻息吹虹霓 [8]。君不能学哥舒横行青
海夜带刀，西屠石堡取紫袍 [9]。吟诗作赋北窗里，万言不直一杯
水。世人闻此皆掉头 [10]，有如东风射马耳。鱼目亦笑我 [11]，谓与
明月同 [12]。骅骝拳跼不能食 [13]，蹇驴得志鸣春风 [14]。折杨黄华合
流俗 [15]，晋君听琴枉清角 [16]。巴人谁肯和阳春 [17]，楚地犹来贱奇
璞 [18]。黄金散尽交不成，白首为儒身被轻。一谈一笑失颜色 [19]，
苍蝇贝锦喧谤声 [20]。曾参岂是杀人者 [21]？谗言三及慈母惊。与君
论心握君手，荣辱于余亦何有？孔圣犹闻伤凤麟 [22]，董龙更是何
鸡狗 [23]。一生傲岸苦不谐 [24]，恩疏媒劳志多乖 [25]。严陵高揖汉天
子 [26]，何必长剑拄颐事玉阶 [27]。达亦不足贵，穷亦不足悲。韩信

羞将绛灌比 [28]，祢衡耻逐屠沽儿 [29]。君不见李北海 [30]，英风豪气今何在？君不见裴尚书 [31]，土坟三尺蒿棘居。少年早欲五湖去 [32]，见此弥将钟鼎疏 [33]。

1．"王十二"，名字不详。他写了一首《寒夜独酌有怀》给李白，李白这首诗是回答他的。诗里对于自己遭谗受谤和污浊的政治现实，表示了极大的反抗和愤怒。　2．"昨夜"二句：《世说新语·任诞》篇说：东晋王子猷居山阴（在吴地），夜大雪，眠觉，酌酒四望，一片皎洁。忽然想起好友戴安道，便乘小船去访他。到了门前不入而返，别人问他为什么？他说："吾本乘兴而行，兴尽而返，何必见戴？"这里是以王子猷比喻王十二。"佳兴发"，指王十二写诗相赠。　3．"沧浪"，沧凉，寒冷的意思。　4．"长庚"，即金星。　5．"床"，井架。"金""玉"，形容月夜下井床的美洁。"峥嵘"，山势高峻的样子，这里形容冰厚。　6．以上第一段，想象王十二寒夜独酌怀念自己的情景。　7．"狸膏"，狸捕鸡为食，斗鸡时将狸油涂在鸡头上，对方的鸡闻到狸的气味就会逃开。"金距"，装在鸡爪上的金属的芒刺。这都是斗鸡取胜的方法。　8．"坐令"句：是写斗鸡者气焰之盛，详见前《古风》二十四。"坐"，因而。　9．"西屠"句：天宝八载（749）哥舒翰拔石堡城，得到玄宗嘉奖，拜特进鸿胪员外卿。"紫袍"，唐制三品以上服紫袍，这里代表高勋厚位。　10．"世人"二句：是说不被世人重视和理解。"掉头"，不屑一顾的样子。"射"，吹射。以上第二段，写王十二的操守和在社会上所受到的冷遇。　11．"鱼目"，喻世俗小人。　12．"谓与"句：说鱼目小人自以为与明月一样，即鱼目混珠的意思。"明月"，明月珠，这里喻贤能。　13．"骅骝"，音 huáliú，一种良马，喻贤能。"拳跼"，偈屈不伸的样子。跼，音 jú。　14．"蹇驴"，跛驴，喻世俗小人。　15．《折杨》《黄华》，古代俗曲名。　16．"晋君"句：《韩非子·十过》说：晋平公请师旷奏清角，师旷说这个乐调是黄帝所作，晋君德薄，听了怕有灾祸。晋平公不肯，师旷不得已演奏了它，结果晋国大旱三年，平公也得了病。这句是说晋君枉听清角，不能享用，比喻玄宗不能举贤授能。　17．"巴人"句：宋玉《答楚王问》："客有歌于郢中者，其始曰《下里巴人》，国中属而和者数千人。……其为《阳春白雪》，国中属而和者数十人。……是以其曲弥高，其和弥寡。"这里的"巴人"即郢中人。　18．"楚地"句：《韩非子·和氏》载：和氏得玉璞，献于楚厉王，厉王以为是拿石头来诳骗他，便断其左足。武王即位，又献，王又以为是诳骗，便断其右足。直到文王即位才发现是块宝玉。"璞"，内藏美玉的石头。这句是说玄宗不识人才。19．"失颜色"，没有光彩，或指谈笑间偶有所失。　20．"苍蝇"，即青蝇，喻谗人。《诗经·小雅·青蝇》："营营青蝇，止于樊，岂弟君子，无信谗言。""贝锦"，锦文，比喻谗人的巧言。《诗经·小雅·巷伯》："萋兮斐兮，成是贝锦。"　21．"曾参"二句：刘向《新序·杂事》篇说：曾参在郑国时，一个和他同姓名的人杀了人。有人告诉他母亲说："曾参杀人！"一连两次曾母都不信，第三次她竟也相信了，投杼下机，逾墙而逃。这二句是说谗言可畏。以上第三段，揭露黑白不分、贤愚莫辨的社会。　22．"孔圣"句：意思是说：至于孔子，还听说他有感伤凤鸟不至、麒麟被获，而慨叹生不逢时的事情，何况自己呢！《论语·子罕》："子曰：'凤鸟不至，河不出图，吾已矣夫！'"　23．"董龙"句："董龙"，董荣的小名。《十六国春秋》说：前秦宰相王堕性刚峻，右仆射董荣以佞幸得宠，王堕疾之如仇。有人劝他敷衍一下，他骂道："董龙是何鸡狗，而令国士（指自己）与之言乎！"后被害。这句是斥骂李林甫、杨国忠之流，说他们算什么东西，竟能占据高职！　24．"傲岸"，高傲。"不谐"，与世不合。　25．"恩疏"，皇恩薄少。"媒劳"，《楚辞·九歌·湘君》："心不同兮媒劳，恩不甚兮轻绝。"这里是说自己有心从政，却无人介绍。"乖"，违背。　26．"严陵"，隐士严子陵。少与汉光武帝同学，光武帝即位，与之相见，严子陵长揖不拜。27．"拄"，支。"颐"，腮。"事玉阶"，在殿前玉阶上侍奉皇帝。　28．"韩信"句：韩信本封王，后降为淮阴侯，与绛侯周勃、颍阴侯灌婴等爵。他心中愤慨，羞与绛、灌同列。　　29."祢衡"，汉末名士祢衡游许都（今河南许昌），有人劝他结交当时的权贵陈长文和司马伯达。他说："吾焉能从屠沽儿耶！""屠沽儿"，宰猪卖酒的人，是骂人的话。　　30."李北海"，指北海太守李邕，重义爱士。天宝六载（747）被李林甫害死。　　31."裴尚书"，指刑部尚书裴敦复，以平海贼功为李林甫所忌，贬淄川太守，与李邕同时被害。　　32."少年"句：春秋时越国大夫范蠡，助越王打败吴国，功成身退，乘扁舟，浮于江湖。"五湖"，指具区（今太湖）、兆滆（今洮湖）、彭蠡（今鄱阳湖）、青草、洞庭五湖。这句是借范蠡自喻。　　33."此"，指李邕、裴敦复事。"弥"，更。"钟鼎"，古代贵族家中鸣钟列鼎而食，这里指高勋厚位。"疏"，远。以上第四段，说明自己弃绝宦途的决心。

宣州谢朓楼饯别校书叔云 [1]

弃我去者昨日之日不可留，乱我心者今日之日多烦忧。长风万里送秋雁，对此可以酣高楼 [2]。蓬莱文章建安骨 [3]，中间小谢又清发。俱怀逸兴壮思飞 [4]，欲上青天览明月。抽刀断水水更流，举杯消愁愁更愁。人生在世不称意，明朝散发弄扁舟 [5]。

1."宣州"，今安徽宣城。"谢朓楼"，南齐诗人谢朓为宣城太守时所建。"校书"，校书郎的简称。"云"，人名。诗题，一作《陪侍御叔华登楼歌》。
2."此"，指上句所写秋景。"酣高楼"，酣饮于高楼。　　3."蓬莱"二句："蓬莱"，海上神山，相传仙府秘书皆藏于此。汉时东观是官家著述及藏书之所，东汉学者以之比为道家蓬莱山。"蓬莱文章"，即指汉代文化。"建安骨"，建安风骨，建安时代爽朗、超奇的诗风。"小谢"，指谢朓。"清发"，清秀。这二句是因谢朓楼而论及谢朓，说自从两汉文章和建安诗歌呈现异彩以来，谢朓又以清秀独树一格。 4．"逸"，超远。"壮"，饱满有力。 5．"明朝"句：是说将要放浪江湖隐遁世外。

扶风豪士歌¹

洛阳三月飞胡沙²，洛阳城中人怨嗟。天津流水波赤血³，白骨相撑如乱麻。我亦东奔向吴国，浮云四塞道路赊⁴。东方日出啼早鸦，城门人开扫落花。梧桐杨柳拂金井，来醉扶风豪士家。扶风豪士天下奇，意气相倾山可移⁵。作人不倚将军势⁶，饮酒岂顾尚书期⁷。雕盘绮食会众客⁸，吴歌赵舞香风吹。原尝春陵六国时⁹，开心写意君所知¹⁰。堂中各有三千士，明日报恩知是谁？抚长剑¹¹，一扬眉，清水白石何离离。脱吾帽，向君笑，饮君酒，为君吟。张良未逐赤松去¹²，桥边黄石知我心。

1．这首诗是至德元载（756），李白由宣城避乱入吴时所作。"扶风"，郡名，在今陕西省宝鸡市凤翔区一带。"扶风豪士"，一说可能是万巨。 2．"洛阳"句：是说洛阳被安史军队盘踞。"胡沙"，胡尘，指安史军队过时所扬起的尘沙。 3．"天津"，洛水桥名，在洛阳附近。 4．"赊"，音 shē，远。 5．"倾"，向，倾倒。 6．"作人"句：是说不仰仗权贵的势力。辛延年《羽林郎》："昔有霍家奴，姓冯名子都。依倚将军势，调笑酒家胡。" 7．"饮酒"句：是说任性而行。《汉书·游侠传》说：陈遵嗜酒，每逢宴饮都是宾客满堂。他常常关闭大门，把客人的车辖投入井中，使客人虽有急事，也不能离去。一次，一个刺史上朝奏事，经过他家也被留住了。刺史央求陈遵的母亲，说自己与尚书约定了会见的时间，亟须前往。陈母放他从后阁出去。8．"绮食"，形容食物的珍美。 9．"原"，赵国平原君。"尝"，齐国孟尝君。"春"，楚国春申君。"陵"，魏国信陵君。他们礼贤下士，各招四方宾客三千人，称"四公子"。"六国"，指战国时齐、楚、燕、韩、赵、魏。10．"开心写意"，快倾心意。"君"，指豪士。 11．"抚长剑"三句：是说自己豪爽英武、光明磊落。南朝陈江晖《雨雪曲》："恐君不见信，抚剑一扬眉。"古乐府《艳歌行》："语卿且勿眄，水清石自见。""离离"，历历，整齐的样子。 12．"张良"二句：《史记·留侯世家》说：张良游下邳圯桥上，遇见黄石公，黄石公将太公兵法传给他。后来张良辅佐汉高祖刘邦取得天下，受封为留侯。认为强秦已灭，功业已成，表示："愿弃人间事，欲从赤松子游。"于是弃官修仙学道。"赤松子"，仙人，神农时雨师。这二句以张良自喻，说自己之所以未随赤松子去游仙，是因为功业未就，一旦功成也必当身退。我这个心愿黄石公是知道的。

庐山谣寄卢侍御虚舟 [1]

　　我本楚狂人，凤歌笑孔丘 [2]。手持绿玉杖 [3]，朝别黄鹤楼 [4]。五岳寻仙不辞远，一生好入名山游。庐山秀出南斗傍 [5]，屏风九叠云锦张 [6]，影落明湖青黛光。金阙前开二峰长 [7]，银河倒挂三石梁 [8]。香炉瀑布遥相望 [9]，回崖沓嶂凌苍苍 [10]。翠影红霞映朝日 [11]，鸟飞不到吴天长 [12]。登高壮观天地间，大江茫茫去不还。黄云万里动风色 [13]，白波九道流雪山 [14]。好为庐山谣，兴因庐山发。闲窥石镜清我心 [15]，谢公行处苍苔没 [16]。早服还丹无世情 [17]，

琴心三叠道初成 [18]。遥见仙人彩云里，手把芙蓉朝玉京 [19]。先期汗漫九垓上 [20]，愿接卢敖游太清。

1. "庐山"，在今江西九江市南。"卢虚舟"，肃宗时殿中侍御史。这首诗是李白遇赦后由江夏（今湖北武昌）来庐山时所作。　2. "凤歌"，《论语·微子》："楚狂接舆歌而过孔子曰：'凤（喻孔子）兮！凤兮！何德之衰？往者不可谏，来者犹可追！已而，已而！今之从政者殆而！'"　3. "绿玉杖"，神仙所用手杖。　4. "黄鹤楼"，在江夏。　5. "庐山"句："南斗"，星宿名。庐山当南斗的分野。　6. "屏风九叠"，庐山五老峰东北有九叠云屏，亦称屏风叠。这是形容屏风叠的形势。"云锦张"，彩云像锦绣似的张开来。7. "金阙"，指石门。庐山北有双石高耸，形状若门。　8. "三石梁"，指屏风叠左边的三叠泉，泉水三叠而下，好像经过三座石桥。或以为真有三座桥，则无可考。　9. "香炉"，庐山峰名，峰下有瀑布。　10. "回崖"，曲折的山崖。"沓嶂"，叠嶂。"凌"，凌驾。"苍苍"，青天。　11. "翠影"，指香炉峰景。　12. "鸟飞"句：是说东望吴天，鸟飞不到的高空寥廓悠长。13. "动风色"，天色、气象在变动。　14. "白波"句：是说长江至浔阳（今九江）分为九道，波涛滚滚，如雪山奔流。　15. "石镜"，在石镜峰上，有一圆石悬崖，平净如镜，能照见人形。　16. "谢公"句：宋代诗人谢灵运曾登庐山，有《登庐山绝顶望诸峤》诗。　17. "还丹"，道家炼丹成水银，又使水银还原成丹，所以叫还丹。　18. "琴心三叠"，《黄庭内景经·上清章》："琴心三叠舞胎仙。"梁邱子注："琴"，和。道家说丹田有三：在脐下为下丹田，在心下为中丹田，在两眉间为上丹田。修道者练气功，心和气静，使三丹田和积如一，叫作琴心三叠。　19. "玉京"，道教元始天王居处。20. "先期"二句：《淮南子·道应训》载：燕人卢敖游北海，至蒙毂见一人，正在迎风而舞。敖欲以为友，那人笑道："吾与汗漫期于九垓之外，吾不可以久驻。""汗漫"，不可知之者。"九垓"，九天之外。"太清"，太空。这二句以卢敖指卢虚舟，说自己先和不可知之者约会在九天之上，并愿接待卢敖共游太空。

渡荆门送别 [1]

渡远荆门外，来从楚国游 [2]。山随平野尽 [3]，江入大荒流 [4]。月下飞天镜 [5]，云生结海楼。仍怜故乡水 [6]，万里送行舟。

1. 这首诗是开元十三年（725），李白出蜀时所作。"荆门"，山名，在今湖北宜昌南，长江南岸，与虎牙山对峙夹江。　2."从"，就。　3."山随"句：蜀山连绵，至荆门而尽，山势随着平原的出现将要告终。　4."大荒"，广阔的原野。　5."月下"句：是说拂晓中明月落于西方，如天镜之飞去。"月下"，月落。　6."故乡水"，指从四川流来的长江水。

登金陵凤凰台 [1]

凤凰台上凤凰游，凤去台空江自流。吴宫花草埋幽径 [2]，晋代衣冠成古丘 [3]。三山半落青天外 [4]，一水中分白鹭洲 [5]。总为浮云能蔽日 [6]，长安不见使人愁！

1. "凤凰台"，在金陵（今南京市）凤凰山上。相传宋永嘉中凤凰集于此山，乃筑台山上。山和台皆由此得名。　2."吴宫"，三国时吴国的王宫。　3."晋代"，指东晋，东晋建都金陵。"衣冠"，指名门世族。"成古丘"，是说这些人都已死去，只留下了他们的古坟。　4."三山"，在金陵西南长江边上，三峰排列，南北相连，故名。陆游《入蜀记》："三山自石头及凤凰台望之，杳杳有无中耳。及过其下，则距金陵才五十余里。"　5."白鹭洲"，在金陵西南长江中。"一水"，一作"二水"。　6."总为"句：陆贾《新语·慎微》篇："邪臣之蔽贤，犹浮云之障日月也。"

静夜思 [1]

床前明月光，疑是地上霜。举头望明月，低头思故乡。

1."静夜思"，《乐府诗集》列入《新乐府辞·乐府杂题》。一作《夜思》。

独坐敬亭山 [1]

众鸟高飞尽，孤云独去闲。相看两不厌 [2]，只有敬亭山。

1."敬亭山"，在今安徽宣城。　2."相看"二句：是说人和山彼此相看不厌。

横江词 [1]（六首选一）

其一

人道横江好，侬道横江恶 [2]。一风三日吹倒山 [3]，白浪高于瓦官阁 [4]。

1. "横江"，即横江浦，在今安徽和县东南、长江边上，与采石矶遥遥相对。
2. "侬"，古代吴人自称。　3. "一风"句：一刮风接连三天不停，像要把山吹倒。　4. "瓦官阁"，在今南京市，梁代所建，高二百四十尺。

黄鹤楼送孟浩然之广陵 [1]

故人西辞黄鹤楼 [2]，烟花三月下扬州 [3]。孤帆远影碧空尽，唯见长江天际流。

1. "黄鹤楼"，故址在今湖北武昌西黄鹤矶上。"广陵"，今江苏扬州。　2. "西辞"，意思是告别黄鹤楼东行。　3. "烟花"，形容柳如烟、花似锦的春景。

闻王昌龄左迁龙标遥有此寄 [1]

杨花落尽子规啼，闻道龙标过五溪 [2]。我寄愁心与明月，随君直到夜郎西³。

1."左迁"，贬官。"龙标"，今湖南黔阳。　2."五溪"，辰溪、酉溪、巫溪、武溪、沅溪。在今湖南西部。　3."夜郎"，古夜郎国，在今贵州桐梓东。《新唐书·地理志》说，龙标于贞观八年（634）分置夜郎、郎溪、思微三县，天授二年（691）夜郎又分置渭溪，天宝元年（742）夜郎更名峨山。则龙标一带唐代乃另有夜郎，且原为一地。诗中用夜郎之名，正取其可联想古夜郎国，以见其边远。

赠汪伦¹

李白乘舟将欲行，忽闻岸上踏歌声²。桃花潭水深千尺³，不及汪伦送我情。

1.天宝末年，李白游泾县（今安徽泾县）桃花潭，当地村民汪伦以美酒招待他，李白便写了这首诗留别。　2."踏歌"，手拉手，两脚踏地以为节拍，是民间的一种歌唱方式。　3."桃花潭"，在泾县西南。

永王东巡歌¹（十一首选一）

其十一
试借君王玉马鞭²，指挥戎虏坐琼筵³。南风一扫胡尘静⁴，

西入长安到日边 [5]。

1．"永王"，李璘，唐玄宗第十六子。天宝十五载（756）六月，玄宗以璘为山南、江西等四道节度使、江陵郡大都督。当时江、淮租赋山积于江陵，璘召募勇士数万人，日费巨万，准备恢复唐室。十二月不待肃宗命令擅引舟师东下。当时李白隐居庐山，璘辟为府僚佐。李白亦欲借此施展其王霸之略，以报国济民，便随之东下。《永王东巡歌》就是这时李白在永王幕府中所作的。　2．"君王"，指永王璘。"玉马鞭"，这里指权柄。　3．"指挥戎虏"，是说戎虏的行动随自己的控制。又"挥"，散，挥之使去的意思。"坐琼筵"，形容从容不迫。　4．"南风"，永王军队在江南，所以用南风为喻。　5．"日边"，指皇帝身边。

早发白帝城 [1]

　朝辞白帝彩云间，千里江陵一日还 [2]。两岸猿声啼不尽，轻舟已过万重山。

1．这首诗大约是乾元二年（759）春，李白流放夜郎，行至白帝城（在今重庆奉节）遇赦，将还江陵时所作。《水经注·江水》："自三峡七百里中，两岸连山，略无阙处。重岩叠嶂，隐天蔽日。……有时朝发白帝，暮到江陵，其间千二百里，虽乘奔御风，不以疾也。……每至晴初霜旦，林寒涧肃，常有高猿长啸，属引凄异。空谷传响，哀转久绝。"　2．"江陵"，今湖北荆州市荆州区。

望庐山瀑布（二首选一）

其二

日照香炉生紫烟[1]，遥看瀑布挂前川[2]。飞流直下三千尺，疑是银河落九天。

1. "香炉"，庐山北峰。　2. "挂前川"，瀑布下接河流，好像悬挂在河上。

望天门山[1]

天门中断楚江开[2]，碧水东流直北回[3]。两岸青山相对出[4]，孤帆一片日边来。

1."天门山"，在安徽当涂。东叫博望山，西叫梁山，两山夹江对峙。　2."楚江"，安徽是古楚国地，所以称流经这里的一段长江为楚江。　3．"直北回"，转向正北。长江在天门山附近由东流直转向北流。"直北"，一作"至北"，一作"至此"。　4."两岸青山"，即指天门山。

高　适

　　高适（700？—765），字达夫，一字仲武，渤海蓨（今河北景县）人。少时贫困，二十岁后浪游长安、蓟门、梁、宋等地，诗里表现了自己的政治抱负，以及对现实与人民的关切。四十岁后举有道科，授封丘尉，不久即辞去，在河西节度使哥舒翰幕中掌书记。安史乱后擢谏议大夫，淮南节度使，蜀、彭二州刺史，西川节度使，最后任散骑常侍。《旧唐书》说："有唐以来诗人之达者，唯适而已。"

　　高适的诗歌成就是多方面的，他的边塞诗能从政治的角度提出问题，思想感情深沉雄厚。他的诗歌直抒胸臆，以洗练的语言和苍劲的形象取胜，尤以七言歌行为佳。有《高常侍集》。

蓟中作 [1]

　　策马自沙漠 [2]，长驱登塞垣 [3]。边城何萧条，白日黄云昏 [4]。一到征战处，每愁胡虏翻 [5]。岂无安边书 [6]，诸将已承恩。惆怅孙吴事 [7]，归来独闭门。

1. "蓟"，蓟州，今北京一带。诗题一作《送兵还作》。　2. "策马"句：是说送兵出征后，自沙漠鞭马而还。　3."塞垣"，指长城。　4."白日"句：是说白日被黄云遮蔽而昏暗无光。　5."胡虏"，胡敌。"翻"，叛乱。　6."岂无"二句：是说自己并非没有安边的策略可献，只是因为诸将恃宠阻贤，不能自达。"安边书"，安靖边患的书疏奏章。"承恩"，受到皇帝的恩宠。7."惆怅"二句："孙"，孙武，春秋时军事家（或指孙膑，战国时军事家）。"吴"，吴起，战国时军事家。这里是感叹自己虽有孙、吴那样的用兵之策，却不能得到重用，只好闭门独居。

自淇涉黄河途中作 [1]（十三首选一）

其九

朝从北岸来，泊船河南浒 [2]。试共野人言 [3]，深觉农夫苦。去秋虽薄熟 [4]，今夏犹未雨。耕耘日勤劳，租税兼舄卤 [5]。园蔬空寥落 [6]，产业不足数 [7]。尚有献芹心 [8]，无因见明主。

1."淇"，淇水，发源于今河南林州东南，经汤阴至淇流入卫河。这首诗后八句作农夫语。　2."河"，指黄河。"浒"，河岸。　3."野人"，村野之人，即农民。　4."薄熟"，小有收成。　5."租税"句：是说租税相催再加上土地贫瘠。"舄卤"，音 xìlǔ，咸卤地。或说是连贫瘠咸卤地也要被征收租税，可参考。　6."寥落"，稀稀落落，形容蔬菜生长得不好。　7."产业"，指土地。"不足数"，是说少得可怜。　8."尚有"二句：是说想要向皇帝献策，可惜没有机会见到英明之主。"献芹"，《列子·杨朱》篇说：有一个人觉得芹菜味道很美，拿去献给富贵人家，却遭到耻笑。嵇康《与山巨源绝交书》则说："野人有快炙背而美芹子者，欲献之至尊。"这里是兼用嵇说。

燕歌行 [1]

汉家烟尘在东北 [2]，汉将辞家破残贼。男儿本自重横行 [3]，天子非常赐颜色 [4]。摐金伐鼓下榆关 [5]，旌旆逶迤碣石间 [6]。校尉羽书飞瀚海 [7]，单于猎火照狼山 [8]。山川萧条极边土 [9]，胡骑凭陵杂风雨 [10]。战士军前半死生 [11]，美人帐下犹歌舞 [12]。大漠穷秋塞草衰，孤城落日斗兵稀。身当恩遇恒轻敌 [13]，力尽关山未解围。铁衣远戍辛勤久，玉箸应啼别离后 [14]。少妇城南欲断肠，征人蓟北空回首。边庭飘飖那可度 [15]，绝域苍茫更何有 [16]？杀气三时作阵云 [17]，寒声一夜传刁斗。相看白刃血纷纷 [18]，死节从来岂顾勋 [19]。君不见沙场征战苦，至今犹忆李将军 [20]。

1. "燕歌行"，乐府《相和歌·平调曲》名。原序云："开元二十六年，客有从御史大夫张公出塞而还者，作《燕歌行》以示适。感征戍之事，因而和焉。""张公"，指幽州节度使张守珪，开元二十三年（735）拜为辅国大将军、右羽林大将军，兼御史大夫。开元二十五年（737）曾破奚丹，二十六年（738）部将赵堪等假借张守珪之命，使平卢军使乌知义击叛奚余党于潢水之北，先胜后败。守珪隐瞒败状而妄奏功，事泄，贬括州刺史。这首诗就是有感于张守珪军中之事而作的，但又是泛写一般边塞战争。诗里描写了战争的艰苦，歌颂了士卒的勇敢，也揭示了他们思念家乡的痛苦心情，同时对于将帅骄逸不恤士卒也深有讽刺。　2."汉家"，汉朝，这里借指唐。下句"汉将"同。"烟尘"，指边疆的军情。　3."横行"，驰骋奋战，无所阻拦的意思。《史记·樊哙传》："愿得十万众，横行匈奴中。"　4."赐颜色"，给面子，赐予光彩的意思。　　5."挝"，音 chuāng，击打。"金"，指钲，行军时用来节止步伐。"伐"，敲打。"榆关"，即山海关。　　6."旌旆"，指军中的各种旗帜。"逶迤"，蜿蜒绵长的样子。"碣石"，山名，在今河北昌黎北。　　7."校尉"句："校尉"，武官名，位次于将军。"羽书"，紧急的文书。"瀚海"，指今蒙古大沙漠。这句是说校尉又从瀚海方面传来紧急的警报。　　8."单于"，匈奴部族首领的称号，此指突厥的首领，唐时突厥属单于都护府。"猎火"，打猎时燃起的火光。古代游牧民族在出征前，往往举行大规模的校猎作为演习。"狼山"，即狼居胥山，在今内蒙古克什克腾旗西北一带。　　9."山川"句：是说汉军分兵转战，来到了山川萧条的狼山一带。鲍照《代出自蓟北门行》："征师屯广武，分兵救朔方。"汉之朔方郡就正当狼山一带，唐以来更集置重兵于蓟北一带，以救应东北及北方两面战场。"极"，穷尽。　　10."凭陵"，恃势欺凌。"杂风雨"，形容敌人的骑兵来势凶猛，如同暴风骤雨。　　11."半死生"，死者生者各半，表示伤亡惨重。　　12."美人"句：是说将帅骄纵淫逸，不能身先士卒。　　13."身当"二句：是说战士们身受朝廷的恩遇，常常不顾性命，但仍不能解孤城之围。14."玉箸"，指泪。　　15."边庭"，边疆。"飘飖"，随风飘荡的样子。曹植《杂诗》："飘飖随长风。""度"，度越。　　16."绝域"，极远之地。"苍茫"，迷茫。一作"苍黄"，翻覆不定。　　17."杀气"二句：是说正当农作之时，却在战场之上，写战士们怀念家园之心。"三时"，春夏秋三季农作之时。"阵云"，形容如立垣的云。"刁斗"，军用铜器，容积一斗，白天用来煮饭，夜间敲以巡更。　　18."血纷纷"，一作"雪纷纷"。　　19."死节"，指为国捐躯。　　20."李将军"，指汉代名将李广，武帝时为右北平太守以防匈奴，他身先士卒，与士卒同甘共苦，深受士卒爱戴，匈奴畏之，避不敢犯。《史记·李将军列传》："广廉，得赏赐辄分其麾下，饮食与士共之。……广之将兵，乏绝之处，见水，士卒不尽饮，广不近水，士卒不尽食，广不尝食。宽缓不苛，士以此爱乐为用。"

邯郸少年行 [1]

邯郸城南游侠子 [2]，自矜生长邯郸里 [3]。千场纵博家仍富，几度报仇身不死。宅中歌笑日纷纷 [4]，门外车马如云屯 [5]。未知肝胆向谁是 [6]，令人却忆平原君。君不见今人交态薄 [7]，黄金用尽还疏索 [8]。以兹感叹辞旧游 [9]，更于时事无所求 [10]。且与少年饮美酒，往来射猎西山头。

1. "邯郸少年行"，乐府《杂曲歌辞》。　2. "邯郸"，战国时赵国的都城，今河北邯郸。　3. "自矜"，自豪。　4. "纷纷"，热闹的意思。　5. "如云屯"，如云密集。　6. "未知"二句：是说这邯郸游侠的宾客虽多，但都不可披肝沥胆，与图大事共患难，这就不能不令人想起当年的平原君来。"平原君"，赵胜，赵武灵王子，封平原，善养士，门客数千，是战国时"四公子"之一。　7. "交态"，交友的态度。"交态薄"，就是人情凉薄的意思。8. "疏索"，寂寞孤独。　9. "以兹"，因此。"旧游"，旧友，指上述宾客。10. "时事"，世事。

封丘作 [1]

我本渔樵孟诸野 [2]，一生自是悠悠者 [3]。乍可狂歌草泽中 [4]，宁堪作吏风尘下 [5]。只言小邑无所为 [6]，公门百事皆有期 [7]。拜迎官长心欲碎，鞭挞黎庶令人悲 [8]。归来向家问妻子，举家尽笑今如此⁹。生事应须南亩田¹⁰，世情付与东流水。梦想旧山安在哉¹¹，为衔君命且迟回。乃知梅福徒为尔¹²，转忆陶潜归去来¹³。

1. "封丘"，县名，即今河南封丘。这首诗是诗人任封丘县尉时所作。县尉在县令之下，主管治安缉查，诗人做这种官深感痛苦不安。诗题一作《封丘县》。   2. "渔樵"，捕鱼砍柴。"孟诸"，泽名，在今河南商丘东北。"孟诸野"，孟诸的山野之人。   3. "悠悠者"，无拘无束的人。   4. "乍可"，只可。   5. "宁堪"，怎能。"风尘"，喻指纷扰的世事。   6. "邑"，县城。"无所为"，没有事可做。   7. "公门"句：是说衙门里公事很繁杂，上级又催得很紧。"公门"，官署。"期"，期限。   8. "黎庶"，百姓。   9. "举家"句：全家都笑话自己，说如今都是这样。   10. "生事"二句：是说应靠种田谋生，而将世事付诸东流，不去管它了。"生事"，生计。"应须"，应靠。"南亩田"，泛指农田。   11. "梦想"二句：是说梦想着回到故乡，但故乡又在哪里？只因有皇帝的委任在身（指做封丘尉），回不回暂且还犹疑不定。"衔"，奉。   12. "乃知"句："梅福"，西汉人，曾任南昌尉，后弃官归寿春，居家读书养性。王莽专政，梅福弃家出走，传以为仙，又传说为吴市门卒。"徒为尔"，只是为这个缘故。这句是说自己于是明白了梅福弃官的原因。   13. "转忆"句：是说转而又想到陶潜和他的《归去来兮辞》。表示要弃官归田。

营州歌¹

营州少年厌原野²，狐裘蒙茸猎城下³。虏酒千钟不醉人⁴，胡儿十岁能骑马。

1.“营州”，唐营州都护府治，在今辽宁锦州西北。营州辖州县三十余处，多与契丹接壤。 2.“厌”，满足，指安于草原上的生活。 3.“蒙茸”，形容裘毛蓬蓬的样子。 4.“房酒”，胡酒。

别董大¹（二首选一）

其一

千里黄云白日曛²，北风吹雁雪纷纷。莫愁前路无知己，天下谁人不识君。

1.“董大”，可能是当时著名的音乐家董庭兰。董曾为吏部尚书房琯门客，结识颇广，行大。 2.“千”，一作“十”。“曛”，音 xūn，昏黄。

岑 参

岑参（约715—770），荆州江陵（今湖北荆州市荆州区）人，祖籍南阳（今河南南阳）。少时隐居嵩阳，二十岁至长安献书阙下，此后十年屡次往返于京洛间。开元二十九年（741）游河朔，天宝三载（744）中进士。天宝八载（749）在安西节度使高仙芝幕中掌书记，十载归长安。十三载（754）又随封常清出任安西北庭节度判官。至德二载（757）入朝任右补阙。出为虢州长史、关西节度判官、嘉州刺史。大历五年（770）卒于成都，年五十六岁。

岑参以边塞诗著称。这些诗以粗犷的笔触描绘西北战场的奇异景色，军中将士的生活，充满了不畏艰苦的英雄气概。他的诗，想象丰富、气势磅礴，富于热情，尤以七言歌行和七绝见长。有《岑嘉州诗集》。

醉题匡城周少府厅壁 [1]

妇姑城南风雨秋 [2]，妇姑城中人独愁。愁云遮却望乡处，数日不上西南楼。故人薄暮公事闲 [3]，玉壶美酒琥珀殷 [4]。颍阳秋草今黄尽 [5]，醉卧君家犹未还。

1. 这首诗是开元二十九年（741）诗人游河朔归途所作。"匡城"，在今河南长垣市南。"周少府"，不详。"少府"即县尉。　2. "妇姑城"，即匡城。3. "故人"，指周少府。　4. "琥珀殷"，形容酒色之浓。"琥珀"，宝石名，色红。"殷"，深红的意思。　5. "颍阳"，今河南登封西南，是诗人少时隐居攻读之处。

登古邺城 [1]

下马登邺城，城空复何见？东风吹野火 [2]，暮入飞云殿 [3]。城隅南对望陵台 [4]，漳水东流不复回 [5]。武帝宫中人尽去 [6]，年年春色为谁来！

1. "邺城"，三国魏都城。 2. "野火"，烧荒草的火。 3. "飞云殿"，指高耸的城楼。 4. "望陵台"，即铜雀台。魏武帝《遗令》：吾婢好伎人皆著铜雀台，时时望吾西陵墓田。 5. "漳水"，发源山西，流经邺城下。 6. "武帝"，指魏武帝曹操。

凉州馆中与诸判官夜集 [1]

弯弯月出挂城头，城头月出照凉州。凉州七里十万家 [2]，胡人半解弹琵琶。琵琶一曲肠堪断，风萧萧兮夜漫漫。河西幕中多故人，故人别来三五春。花门楼前见秋草 [3]，岂能贫贱相看老！一生大笑能几回，斗酒相逢须醉倒。

1. "凉州"，这里指河西节度府治武威。"馆"，舍。 2. "凉州"句：《新唐书·地理志》："凉州武威郡……户二万二千四百六十二。"这句是夸张的说法。 3. "花门楼"，不详。回鹘称花门，或者与此有关，备参考。

走马川行奉送出师西征 ¹

　　君不见走马川行雪海边 ²，平沙莽莽黄入天。轮台九月风夜吼，一川碎石大如斗，随风满地石乱走。匈奴草黄马正肥，金山西见烟尘飞 ³，汉家大将西出师。将军金甲夜不脱，半夜军行戈相拨，风头如刀面如割。马毛带雪汗气蒸，五花连钱旋作冰 ⁴，幕中草檄砚水凝 ⁵。虏骑闻之应胆慑 ⁶，料知短兵不敢接，车师西门伫献捷 ⁷。

1. 天宝十三载（754）岑参任安西北庭节度判官，军府驻轮台（今新疆乌鲁木齐附近）。冬，北庭都护、伊西节度、瀚海军使封常清西征播仙，岑参作此诗送行。"走马川"，或说即左末河，距播仙城（左末城）五百里。
2. "行"，这里是通往的意思。"雪海"，在今新疆境内。《新唐书·西域传》载："勃达岭……西南直葱岭赢二千里，水南流者经中国入于海，北流者经胡入于海。北三日行度雪海，春夏常雨雪。"可能即指此。　3. "金山"，即阿尔泰山，在新疆西南部。　4. "五花"，即五花马。详见前李白《将进酒》注9。"连钱"，良马名，色有深浅，斑驳隐辚。"旋作冰"，马身上的汗和雪一会儿就凝成了冰。　5. "草檄"，起草檄文。　6. "虏骑"，敌军。"慑"，惧怕。　7. "车师"，安西都护府所在地，今新疆吐鲁番附近。"伫"，等候。"献捷"，报捷。

白雪歌送武判官归京 [1]

北风卷地白草折 [2]，胡天八月即飞雪。忽如一夜春风来，千树万树梨花开。散入珠帘湿罗幕，狐裘不暖锦衾薄。将军角弓不得控 [3]，都护铁衣冷难着 [4]。瀚海阑干百丈冰 [5]，愁云惨淡万里凝。中军置酒饮归客 [6]，胡琴琵琶与羌笛。纷纷暮雪下辕门 [7]，风掣红旗冻不翻 [8]。轮台东门送君去，去时雪满天山路。山回路转不见君，雪上空留马行处。

1. 这首诗是天宝十三载（754）至至德元载（756），岑参在轮台时所作。
2. "白草"，西域草名，秋天变白。 3. "角弓"，劲弓，其制法，以木为干，内附以角，外附以筋。"控"，引，拉开。 4. "都护"，镇守边疆的长官，唐时设六都护府，各设大都护一人。"着"，穿。 5. "瀚海"，大沙漠。"阑干"，纵横。"百丈"，是说冰层之厚。 6. "中军"，主帅亲自率领的军队，这里借指主帅营帐。 7. "辕门"，军营门。古时军前，两车辕木相向，交叉为门。 8. "风掣"句：是说军旗凝雪冻冰，不能迎风飘动了。"掣"，音 chè，牵。

碛中作 [1]

走马西来欲到天，辞家见月两回圆。今夜未知何处宿，平沙万里绝人烟 [2]。

1. "碛"，音 qì，沙漠。　2. "万里"，一作"莽莽"。

逢入京使

故园东望路漫漫[1]，双袖龙钟泪不干[2]。马上相逢无纸笔，凭君传语报平安[3]。

1. "漫漫"，辽远。　2. "双袖"句：用两袖拭泪，袖已湿而泪仍不止。"龙钟"，同"泷冻"，沾湿。　3. "凭"，托。

武威送刘判官赴碛西行军[1]

火山五月行人少[2]，看君马去疾如鸟。都护行营太白西[3]，角声一动胡天晓。

1. 这诗是天宝十载（751）在武威（今甘肃武威）所作，当时岑参在高仙芝幕中。这年四月，西北边境诸少数民族引大食（古阿拉伯帝国）入侵。五月，高仙芝出征。"刘判官"，当即随高仙芝出征者。"碛西"，指安西都护府。　2. "火山"，即今新疆之火焰山，在吐鲁番。　3. "都护"，官名，此指高仙芝。"太白"，指西方太白星。

赵将军歌 [1]

九月天山风似刀，城南猎马缩寒毛。将军纵博场场胜 [2]，赌得单于貂鼠袍。

1. "赵将军"，可能是赵玭。赵本是安西将领，天宝十四载（755）封常清被召入朝后，或许代为北庭节度使。　2. "纵博"，纵情赌博。

杜　甫

杜甫（712—770），字子美。祖籍襄阳，后迁居河南巩县（今河南巩义西南）。他出身于官僚家庭，少时曾漫游吴越齐鲁。三十五岁到长安，本想施展自己宏大的政治抱负，但是很不得志。仕途的失意和生活的贫困，使他对社会取得了清醒的认识，并从思想感情上接近了人民。安史乱起，他一度被困于长安。后逃出赴行在，任肃宗朝左拾遗，又贬华州司功参军。乾元二年（759）弃官，经秦州、同谷入蜀。依靠严武等人的帮助，在成都营建草堂，过了两年半比较安定的生活。宝应元年（762），蜀中军阀混战，杜甫流亡梓州、阆州。代宗广德二年（764）回成都，严武表为节度使参谋、检校工部员外郎，但不久即辞去。代宗永泰元年（765）严武卒，杜甫离成都南下，次年至夔州。代宗大历三年（768）出川，在岳州、潭州、衡州一带漂泊。大历五年（770）病死在湘水上，享年五十九岁。

杜甫是我国伟大的诗人。他的诗广泛地反映了唐代社会的急剧变化，被人们称为"诗史"。他深刻地揭示了人民的痛苦生活，发扬了崇高的爱国主义精神。他虽然未能超出封建的局限，但一生一直把自己和祖国的命运紧紧地联系在一起，面对当时苦难的现实，没有一刻停止过坚定的歌唱。

杜甫在诗歌艺术上的造诣为历代所尊崇，他以博大精深的思想内容和细致入微的表现方法相结合，形成"沉郁顿挫"的独特风格，达到了古典诗歌现实主义的高峰。

杜甫现存诗一千四百多首，有仇兆鳌注《杜少陵集详注》可用。

望 岳 [1]

岱宗夫如何 [2]？齐鲁青未了 [3]。造化钟神秀 [4]，阴阳割昏晓 [5]。荡胸生层云 [6]，决眦入归鸟 [7]。会当凌绝顶 [8]，一览众山小。

---

1. "岳"，指东岳泰山。这首诗是杜甫第一次游齐赵时所作，大约在736年至740年之间。　2. "岱宗"，泰山的尊称。"夫"，语助词。　3. "齐鲁"

句：是遥想泰山跨越齐鲁两地，齐在泰山北，鲁在泰山南。"青"，山色。
4."造化"，天地、大自然。"钟"，聚。"神秀"，指奇丽的景色。 5."阴阳"，
指山北山南。"割昏晓"，昏晓不同。 6."荡胸"句：是说远望层云叠起，
不禁心胸激荡。 7."决眦"句：是说目送归鸟入没，眼眶几乎都要睁裂了。
"眦"，音 zì，眼眶。 8."会当"，合当，将要。"凌"，登上。

前出塞 [1]（九首选一）

其六

挽弓当挽强，用箭当用长。射人先射马，擒贼先擒王。杀
人亦有限，立国自有疆 [2]。苟能制侵陵 [3]，岂在多杀伤？

1."出塞"，汉乐府曲名。杜甫写作《出塞曲》多首，先写的九首称《前出
塞》，后写的五首称《后出塞》。《前出塞》大约是为天宝年间用兵吐蕃而
作。 2."立国"句：是说建国各自有疆界，应重守边，而反对开边。 3."苟
能"二句：是说只要能制止侵略，不在于好战厮杀。

自京赴奉先县咏怀五百字 [1]

杜陵有布衣 [2]，老大意转拙 [3]。许身一何愚 [4]，窃比稷与契 [5]。
居然成濩落 [6]，白首甘契阔 [7]。盖棺事则已，此志常觊豁 [8]。穷年
忧黎元 [9]，叹息肠内热。取笑同学翁，浩歌弥激烈。非无江海

志[10]，潇洒送日月。生逢尧舜君[11]，不忍便永诀。当今廊庙具[12]，构厦岂云缺？葵藿倾太阳[13]，物性固难夺。顾惟蝼蚁辈[14]，但自求其穴。胡为慕大鲸[15]，辄拟偃溟渤？以兹悟生理[16]，独耻事干谒。兀兀遂至今[17]，忍为尘埃没。终愧巢与由[18]，未能易其节。沉饮聊自适，放歌破愁绝[19]。岁暮百草零，疾风高冈裂。天衢阴峥嵘[20]，客子中夜发[21]。霜严衣带断，指直不得结。凌晨过骊山[22]，御榻在嵽嵲[23]。蚩尤塞寒空[24]，蹴踏崖谷滑。瑶池气郁律[25]，羽林相摩戛[26]。君臣留欢娱，乐动殷胶葛[27]。赐浴皆长缨[28]，与宴非短褐[29]。彤庭所分帛[30]，本自寒女出。鞭挞其夫家，聚敛贡城阙[31]。圣人筐篚恩[32]，实欲邦国活。臣如忽至理[33]，君岂弃此物？多士盈朝廷，仁者宜战栗[34]。况闻内金盘[35]，尽在卫霍室[36]。中堂有神仙[37]，烟雾蒙玉质[38]。暖客貂鼠裘，悲管逐清瑟[39]。劝客驼蹄羹，霜橙压香橘。朱门酒肉臭，路有冻死骨！荣枯咫尺异[40]，惆怅难再述[41]。北辕就泾渭[42]，官渡又改辙[43]。群水从西下，极目高崒兀[44]。疑是崆峒来[45]，恐触天柱折[46]。河梁幸未拆[47]，枝撑声窸窣[48]。行旅相攀援，川广不可越。老妻寄异县[49]，十口隔风雪。谁能久不顾，庶往共饥渴[50]。入门闻号咷，幼子饥已卒！吾宁舍一哀[51]，里巷亦呜咽。所愧为人父，无食致夭折。岂知秋禾登，贫窭有仓卒[52]。生常免租税，名不隶征伐[53]。抚迹犹酸辛[54]，平人固骚屑[55]。默思失业徒[56]，因念远戍卒。忧端齐终南[57]，澒洞不可掇[58]。

1.这诗是天宝十四载（755）十一月杜甫由长安往奉先（今陕西蒲城）探

望家属时所作。这时正当安禄山叛乱前夕，而玄宗偕贵妃还在骊山华清宫纵情享乐。杜甫途经山下忧愤交集，到家后便写了这首诗。　2."杜陵"，在长安东南，杜甫的远祖杜预是京兆杜陵人，杜甫因此自称"京兆杜甫"，或"杜陵布衣"。　3."拙"，与机巧相对而言，其实是真率、诚实的意思。　4."许身"，期望自己。　5."稷"，舜时农官。"契"，音 xiè，舜时司徒。都是贤臣。　6."濩落"，大而无当。"濩"，音 huò。　7."契阔"，音 qièkuò。《诗经·邶风·击鼓》："死生契阔，与子成说。"《毛传》："契阔，勤苦也。"　8."觊豁"，希望施展。"觊"，音 jì。　9."穷年"，一年到头。"黎元"，人民。　10."江海志"，隐遁江海的愿望。　11."尧舜君"，指唐玄宗。　12."当今"二句：是说如今朝廷上都是栋梁之材，建筑大厦难道说就缺我一人吗？"廊庙"，朝廷。"廊庙具"，栋梁之材。　13."葵藿"二句：自比葵藿，说忠君的本性难以勉强改变。"葵"，向日葵。"藿"，豆叶，并不向日，因葵连类及之。"固"，故，本。　14."顾"，视。"惟"，思。"蝼蚁辈"，比喻苟且偷生的小人。　15."胡为"二句：是反说，意思是何必要羡慕大鲸，常想游息在大海之中呢？"大鲸"，喻有为之士。"辄"，每，则。　16."以兹"二句：是说自己从此懂得世人的谋生之道，就更不肯从俗干谒。"悟"，一作"误"。"生理"，生计。　17."兀兀"，勤苦的样子。　18."终愧"二句：是说自己还是不忍改变初志而隐遁。"巢"，巢父。"由"，许由。他们是传统上被认为最清高的隐者。　19."愁绝"，极愁。从开始至此为第一段，自叙怀抱。　20."天衢"，天空，或帝都。"峥嵘"，高峻，这里形容云层叠起。　21."客子"，杜甫自谓。"发"，出发。22."骊山"，在今陕西省西安市临潼区，距长安六十里。　23."嵽嵲"，音 diéniè，形容山高。这里指骊山。玄宗和杨贵妃每年十月都到骊山华清宫避寒。　24."蚩尤"，传说蚩尤与黄帝战，作大雾。这里指雾。　25."瑶池"，神话中西王母与周穆王宴会之地，即指骊山温泉。"郁律"，形容暖气氤氲。　26."羽林"，皇帝的近卫军。"摩戛"，挨挤在一起，形容其多。27."殷"，盛，犹雷声。"胶葛"，广大的样子。　28."缨"，帽带。"长缨"，指权贵。　29.“短褐”，粗布短衣，指平民。　30.“彤庭”，指朝廷。宫廷多用朱红涂饰。　31.“城阙”，指京城。　32.“圣人”，唐人对天子的习惯称谓。“筐”“篚”，都是竹器。篚，音 fěi。古礼：皇帝宴会，用筐篚盛币帛赏赐群臣。　33.“忽”，忽视。“至理”，深义，即指“实欲邦国活”的道理。　34.“仁者”句：是说有良心的朝臣都应该怀目惊心。　35.“内金盘”，内廷的金盘。　36.“卫”，卫青。“霍”，霍去病。他们都是汉武帝的外戚。此指杨氏家族。　37.“神仙”，指杨贵妃姊妹。　38.“烟雾”，形容衣裳的轻飘。“玉质”，洁美的身体。　39.“逐”，伴随，此指管乐弦乐相互伴奏。　40.“荣”，指朱门的荣华。“枯”，指冻死骨。　41.自“岁暮”句至此为第二段，写途经骊山的感触。　42.“北辕”，车向北行。“就”，近。“泾渭”，二水名，汇合于昭应县（今临潼）。　43.“官渡”，公家设立的渡口。“改辙”，改道。指渡口换到另一条道上。这里指昭应县泾渭二水的渡口，唐时屡迁徙不定。　44.“崒兀”，音 zúwù，危峻的样子，这里形容水势。45.“崆峒”，音 kōngtóng，山名，在甘肃平凉西。　46.“恐触”句：《淮南子·天文训》：“昔者共工与颛顼争为帝，怒而触不周之山，天柱折，地维绝。”　47.“拆”，毁。　48.“枝撑”，支桥的交柱。“窸窣”，音 xīsū，摇动声。　49.“寄”，客居。“异县”，指奉先。　50.“庶”，希望。　51.“吾宁”句：是说看见家里人这样悲恸，我宁可忍住一场哭。“一哀”，《礼记·檀弓》：“遇于一哀而出涕。”又“宁”，岂。则是怎能不哭一场的意思。52.“窭”，音 jù，贫。“仓卒”，突然，这里指幼子之死。“卒”，音 cù。53.“隶”，属。　54.“抚迹”，追抚过去的事，指幼子饿死。　55.“平人”，平民。“骚屑”，不安。　56.“失业徒”，失去产业的人。　57.“忧端”，愁绪。“终南”，山名，在长安南。　58.“颎洞”，浩大的样子。“颎”，音 hòng。“掇”，收拾。自“北辕”句至终为第三段，叙述回家情况。

后出塞¹（五首选一）

其二

朝进东门营²，暮上河阳桥³。落日照大旗，马鸣风萧萧。平沙列万幕，部伍各见招⁴。中天悬明月，令严夜寂寥。悲笳数声动⁵，壮士惨不骄。借问大将谁？恐是霍嫖姚⁶。

1. 这组诗是天宝十四载（755）冬，安禄山谋叛时所作。本篇追写前此一个士兵被征入伍的经历和感想。　2. "东门营"，洛阳上东门的军营。　3. "河阳桥"，河阳县黄河上的浮桥，是通往河北的要道。"河阳"，在今河南孟州。　4. "部伍"句：是说士兵们各被集合起来宿营。　5. "笳"，指静营的号角。　6. "霍嫖姚"，汉武帝时名将霍去病。他曾为剽姚校尉，从大将军卫青出塞。这里借指未叛变前的安禄山。"嫖姚"同"剽姚"。

羌村¹（三首选一）

其一

峥嵘赤云西，日脚下平地²。柴门鸟雀噪，归客千里至³。妻孥怪我在⁴，惊定还拭泪。世乱遭飘荡，生还偶然遂⁵。邻人满墙头，感叹亦歔欷⁶。夜阑更秉烛⁷，相对如梦寐。

1. 至德二载（757）八月，杜甫从凤翔回到鄜州家中时作了这组诗。"羌村"，鄜州的一个村名。　2."日脚"，射到地面的阳光。　3."归客"，杜甫自指。　4."孥"，音 nú，子女。"怪"，惊疑。　5."遂"，如愿。　6."歔欷"，抽泣声。　7."夜阑"，夜深。"秉"，掌。

北　征 [1]

　　皇帝二载秋 [2]，闰八月初吉 [3]。杜子将北征，苍茫问家室 [4]。维时遭艰虞 [5]，朝野少暇日。顾惭恩私被 [6]，诏许归蓬荜 [7]。拜辞诣阙下 [8]，怵惕久未出 [9]。虽乏谏净姿 [10]，恐君有遗失。君诚中兴主，经纬固密勿 [11]。东胡反未已 [12]，臣甫愤所切 [13]。挥涕恋行在 [14]，道途犹恍惚 [15]。乾坤含疮痍 [16]，忧虞何时毕 [17]！靡靡逾阡陌 [18]，人烟眇萧瑟 [19]。所遇多被伤，呻吟更流血。回首凤翔县，旌旗晚明灭。前登寒山重 [20]，屡得饮马窟 [21]。邠郊入地底 [22]，泾水中荡潏。猛虎立我前 [23]，苍崖吼时裂 [24]。菊垂今秋花，石戴古车辙。青云动高兴，幽事亦可悦 [25]。山果多琐细，罗生杂橡栗。或红如丹砂，或黑如点漆。雨露之所濡 [26]，甘苦齐结实。缅思桃源内 [27]，益叹身世拙 [28]。坡陀望鄜畤 [29]，岩谷互出没。我行已水滨 [30]，我仆犹木末。鸱鸟鸣黄桑，野鼠拱乱穴 [31]。夜深经战场，寒月照白骨。潼关百万师 [32]，往者散何卒！遂令半秦民 [33]，残害为异物。况我堕胡尘 [34]，及归尽华发 [35]。经年至茅屋 [36]，妻子衣百结。恸哭松声回，悲泉共幽咽。平生所娇儿，颜色白胜雪。见耶背面啼，垢腻脚不袜。床前两小女，补绽才过膝 [37]。海图拆波

涛 [38]，旧绣移曲折。天吴及紫凤 [39]，颠倒在短褐。老夫情怀恶，呕泄卧数日。那无囊中帛 [40]，救汝寒凛栗 [41]？粉黛亦解苞 [42]，衾裯稍罗列 [43]。瘦妻面复光，痴女头自栉 [44]。学母无不为，晓妆随手抹。移时施朱铅 [45]，狼藉画眉阔 [46]。生还对童稚，似欲忘饥渴。问事竟挽须，谁能即嗔喝 [47]？翻思在贼愁 [48]，甘受杂乱聒 [49]。新归且慰意，生理焉得说 [50]？至尊尚蒙尘 [51]，几日休练卒 [52]？仰观天色改，坐觉妖氛豁 [53]。阴风西北来，惨澹随回纥 [54]。其王愿助顺 [55]，其俗善驰突。送兵五千人，驱马一万匹。此辈少为贵 [56]，四方服勇决 [57]。所用皆鹰腾 [58]，破敌过箭疾。圣心颇虚伫 [59]，时议气欲夺。伊洛指掌收 [60]，西京不足拔 [61]。官军请深入 [62]，蓄锐可俱发。此举开青徐 [63]，旋瞻略恒碣 [64]。昊天积霜露 [65]，正气有肃杀。祸转亡胡岁，势成擒胡月。胡命其能久？皇纲未宜绝 [66]！忆昨狼狈初 [67]，事与古先别。奸臣竟菹醢 [68]，同恶随荡析 [69]。不闻夏殷衰 [70]，中自诛褒妲。周汉获再兴，宣光果明哲 [71]。桓桓陈将军 [72]，仗钺奋忠烈 [73]。微尔人尽非 [74]，于今国犹活。凄凉大同殿 [75]，寂寞白兽闼 [76]。都人望翠华 [77]，佳气向金阙 [78]。园陵固有神 [79]，扫洒数不缺 [80]。煌煌太宗业 [81]，树立甚宏达！

1.至德二载（757）杜甫因上疏救房琯，触忤肃宗，从凤翔放还鄜州。这首诗写了途中的经历和感想，到家后的情事，以及自己对时局的看法。"征"，旅行。鄜州在凤翔东北，所以称"北征"。 2."二载"，指肃宗至德二载。 3."初吉"，朔日，初一。 4."苍茫"，渺茫。"问"，探望。 5."维"，发语辞。"艰虞"，艰苦忧虞。 6."顾惭"，感到惭愧。"恩私被"，皇恩独加于自己。　7.“蓬荜”，蓬户荜门，指穷人的住处。这里指自己的家。
8.“诣”，至。“阙”，宫阙，指朝廷。　9.“怵惕”，惶恐不安。　10.“谏
诤姿”，谏诤的表现。杜甫官左拾遗，负责谏诤。　11.“经纬”，组织安排。
“固”，本来。“密勿”，周密勤勉。　12.“东胡”，指安禄山的儿子安庆绪。
这年正月他杀父僭称帝号，盘踞洛阳。　13.“愤所切”，所切心痛恨的。
14.“行在”，皇帝的临时驻地，指凤翔。　15.“道途”句：写身在途中，
心悬阙下的迷惘心情。　16.“乾坤”句：是说天地间到处遗留着战乱的创
伤。　17. 自开始至此为第一段，叙述离开朝廷伤时忧国的心情。　18.“靡
靡”，迟迟。“逾”，越过。　19.“眇”，少。　20.“重”，重叠。　21.“饮
马窟”，行军饮马的水洼。　22.“邠郊”二句：泾水从邠州（今陕西彬州）
北部流过，形成盆地。杜甫从山上望下去如入地底。“郊”，郊原，盆地。
“荡潏”，河水涌流的样子。“潏”，音 jué。　23.“猛虎”，指蹲踞似虎的苍
崖怪石。　24.“吼时裂”，裂着缝像在怒吼。　25.“幽事”，山间幽静的景物。
26.“濡”，滋润。　27.“缅思”，遥想。“桃源”，桃花源。　28.“拙”，不
长于处世。这是愤慨的话。　29.“坡陀”，山冈起伏不平处。“鄜畤”，即
鄜州。“畤”，音 zhì，祭祀天神的祭坛。这是春秋时秦国在鄜州祭白帝的
地方。　30.“我行”二句：写山路起伏的情形。“木末”，树梢，指高处。
31.“拱乱穴”，拱立于乱穴之间。　32.“潼关”二句：天宝十五载（756）
六月，哥舒翰率二十万大军拒安军于潼关，全军覆没。“往者”，过去那时。
“卒”，仓猝。　33.“遂令”二句：“半秦民”，关中一半的人民。“异物”，
人死成鬼。自“靡靡”句至此为第二段，叙述沿途的感触。　34.“堕胡
尘”，指前一年八月从鄜州往武途中被俘之事。　35.“华发”，花白头发。
36.“经年”，杜甫从至德元载八月离鄜州至此时整一年。　37.“补绽”句：
穿着补绽的衣服，又很短小。　38.“海图”二句：是说旧日的图障和绣织
品拆做补丁，上面的海波图案和各种绣纹都被拆散了，挪了位置。“曲折”，
指衣上的绣纹。　39.“天吴”二句：“天吴”，虎面人身的水神。天吴、紫
凤是海图上的图案，都颠倒地补在短褐上。　40.“那无”，哪无，岂无。

41.“寒凛栗”，冷得发抖。 42.“黛”，画眉的青色颜料。“苞”，同“包”。
43.“衾”，被。“裯”，音chóu，床帐。 44.“栉”，梳头。 45.“移时”，
费了好多时间。“朱铅”，红粉。 46.“狼藉”，散乱。 47.“嗔喝”，怒
斥。 48.“翻思”，回想。 49.“聒”，音guō，吵闹。 50.自“况我”
句至此为第三段，叙述回家后的情形。 51.“至尊”，指皇帝。“蒙尘”，
奔走在外。 52.“休练卒”，停止练兵，结束战争。 53.“妖氛”，指叛
乱的不祥之气。“豁”，开朗。 54.“阴风”二句：形容西北的回纥来势凶
猛。“惨澹”，惨暗无色。“回纥”，部族名，也是国名。地处唐帝国正北，
唐末入今新疆境内，逐渐定居。 55.“其王”句：这年九月回纥王怀仁可
汗，遣其子叶护及将军帝德等将精兵四千余人至凤翔，帮助唐军平复叛乱。
56.“少为贵”，指少而精。 57.“勇决”，勇敢坚决。 58.“鹰腾”，鹰一
般地腾健。 59.“圣心”二句：“虚伫”，虚心期待。肃宗对回纥寄予很大
希望，当时的舆论虽不赞同，却不敢坚持。 60.“伊洛”，指伊水、洛水
流域，即洛阳一带。“指掌”，比喻容易。 61.“西京”，长安。“不足拔”，
不值一拔，容易收复的意思。 62.“官军”二句：说官军也纷纷请求进军，
一旦锐气蓄足便可与回纥军一齐出动。 63.“青”，青州，在今山东。“徐”，
徐州，在今江苏北部。“开青徐”与下句中的“略恒碣”都是指打入安史叛
军的后方。 64.“旋瞻”，不久即可看到。“略”，取。“恒”，恒山，在今
山西。“碣”，碣石山，在今河北。 65.“昊天”二句：“昊天”，秋天。秋
天霜露降，草木凋残，一片肃杀气象，正好用兵平叛。 66.“皇纲”，皇
帝的纲维，指唐帝国的政权法度。自“至尊”句至此为第四段，议论时局。
67.“忆昨”句：指潼关失守及玄宗奔蜀事。 68.“奸臣”，指杨国忠。“菹
醢”，音zūhǎi，肉酱。杨国忠在马嵬坡被军士所杀。 69.“同恶”，指杨氏
家族及其党羽。“荡析”，一扫光。 70.“不闻”二句：“衰”，末世。“褒”，
褒姒，周幽王的妃子。幽王宠褒姒，招致犬戎入侵，西周亡。“妲”，妲己，
殷纣王的妃子。纣王宠妲己，殷朝亡。夏因妹喜，殷因妲己，周因褒姒而
亡，如出一辙。这里说在危亡关头玄宗能诛戮杨氏，所以没有陷入夏殷的

覆辙。　71.“宣光”，中兴周汉的宣王和光武帝，指肃宗。　72.“桓桓”，威武的样子。“陈将军”，杀死杨氏兄妹的龙武将军陈玄礼。　73.“钺”，音 yuè，斧一类的武器。　74.“微尔”，没有你。　75.“大同殿”，在长安南内兴庆宫勤政楼北，玄宗朝见群臣处。　76.“白兽闼”，即宫中的白兽门。77.“翠华”，皇帝的旌旗。　78.“金阙”，金饰的阙门。　79.“园陵”二句：“园陵”，指高祖、太宗等先帝的陵墓。　80.“数”，礼数。这二句说先帝的神灵常在，肃宗定能归扫园陵。　81.“煌煌”二句：说唐朝根基巩固，国势煊赫，前途远大。自“忆昨”句至此为第五段，说唐朝中兴有望。

赠卫八处士 [1]

人生不相见，动如参与商 [2]。今夕复何夕，共此灯烛光。少壮能几时，鬓发各已苍。访旧半为鬼 [3]，惊呼热中肠 [4]。焉知二十载，重上君子堂。昔别君未婚，儿女忽成行。怡然敬父执 [5]，问我来何方。问答乃未已，儿女罗酒浆。夜雨剪春韭，新炊间黄粱 [6]。主称会面难，一举累十觞 [7]。十觞亦不醉，感子故意长。明日隔山岳，世事两茫茫！

1.这诗大约是肃宗乾元二年（759）杜甫任华州司功参军时所作。“处士”，隐士。“卫八”，不详。　2.“动”，往往。“参与商”，两星名，一出一没，永不相见。　3.“访旧”，打听故旧亲友。　4.“热中肠”，心里火辣辣的。5.“父执”，父亲的好友。　6.“黄粱”，黄米。“间”，音 jiàn，掺。　7.“累”，接连。“觞”，酒杯。

新安吏 [1]

客行新安道 [2]，喧呼闻点兵。借问新安吏，县小更无丁 [3]。府帖昨夜下 [4]，次选中男行 [5]。中男绝短小，何以守王城！肥男有母送，瘦男独伶俜 [6]。白水暮东流，青山犹哭声。莫自使眼枯 [7]，收汝泪纵横。眼枯即见骨，天地终无情。我军取相州 [8]，日夕望其平 [9]。岂意贼难料，归军星散营。就粮近故垒 [10]，练卒依旧京 [11]。掘壕不到水，牧马役亦轻。况乃王师顺，抚养甚分明。送行勿泣血，仆射如父兄 [12]。

1. 乾元二年（759）三月，围攻邺城的六十万官军溃退，局势十分危急。杜甫从洛阳到华州途中，经过新安（今河南新安）时写了这首诗。和它同时写成的还有《潼关吏》《石壕吏》《新婚别》《垂老别》《无家别》，这六首诗被后人称为"三吏""三别"。　2. "客行"，旅途经过。　3. "县小"句：是说问了县吏才知道已经没有适龄的壮丁可征调了。或说这句仍是杜甫的问话，下两句才是县吏的解答。供参考。　4. "府帖"，即军帖，唐为府兵制，所以称"府帖"。　5. "中男"，天宝初兵役制，十八岁以上为中男，二十三岁成丁。　6. "伶俜"，孤零。　7. "莫自"句：从这里以下是杜甫劝慰瘦男和送行的人的话。　8. "相州"，即邺城。　9. "日夕"，日夜。"平"，平复。　10. "就粮"，就食。　11. "练卒"句：相州败后郭子仪退守洛阳。"旧京"，指洛阳。　12. "仆射"，指郭子仪，曾任左仆射。

石壕吏

暮投石壕村¹，有吏夜捉人。老翁逾墙走，老妇出门看。吏呼一何怒，妇啼一何苦。听妇前致词：三男邺城戍²。一男附书至³，二男新战死。存者且偷生⁴，死者长已矣⁵！室中更无人，惟有乳下孙。有孙母未去，出入无完裙。老妪力虽衰，请从吏夜归。急应河阳役⁶，犹得备晨炊⁷。夜久语声绝，如闻泣幽咽⁸。天明登前途，独与老翁别⁹。

1."投"，投宿。"石壕村"，在陕州（今河南省三门峡市陕州区）东。　2."三男"，三个儿子。　3."附书"，带信。　4."存者"，指上文"一男"。　5."长已矣"，永远完了。　6."急应"句：急去河阳的兵营服役。"河阳"，今河南孟州。　7."犹得"句：还能够做早饭。"备"，供。　8."泣幽咽"，吞声而哭。　9."独与"句：表明老妇已被捉走。

垂老别¹

四郊未宁静，垂老不得安。子孙阵亡尽，焉用身独完²？投杖出门去，同行为辛酸。幸有牙齿存，所悲骨髓干。男儿既介胄³，长揖别上官⁴。老妻卧路啼，岁暮衣裳单。孰知是死别⁵，且复伤其寒。此去必不归，还闻劝加餐。土门壁甚坚⁶，杏园度亦难⁷。势异邺城下⁸，纵死时犹宽。人生有离合⁹，岂择衰盛端？忆昔少壮日，迟回竟长叹¹⁰。万国尽征戍，烽火被冈峦。积尸草木腥，流血川原丹。何乡为乐土，安敢尚盘桓¹¹？弃绝蓬室居，塌然摧肺肝¹²。

1."垂老"，将老。全篇都是老人的自述。　2."焉用"，何以。"完"，活。
3."介"，甲。"胄"，头盔。　4."长揖"，拱手礼。介胄之士长揖不拜。"上官"，指地方官吏。　5."孰知"二句：是说明知以后再难相见，还可怜老妻衣服单薄，怕她寒冷。"孰知"，深知。　6."土门"，在河阳附近。"壁"，壁垒。　7."杏园"，在河南卫辉。　8."势异"二句：是说形势与邺下败退时不同，不会马上就战死。　9."人生"二句：是说离合是人生中难免的，哪管是老或是少呢？"衰"，老年。"盛"，壮年。　10."迟回"，徘徊。"竟"，终。　11."盘桓"，留恋不进。　12."塌然"，颓然，形容肺肝摧毁的样子。

佳　人¹

绝代有佳人²，幽居在空谷。自云良家子，零落依草木。关中昔丧乱³，兄弟遭杀戮。官高何足论，不得收骨肉。世情恶衰歇⁴，万事随转烛。夫婿轻薄儿，新人美如玉。合昏尚知时⁵，鸳鸯不独宿。但见新人笑，那闻旧人哭？在山泉水清⁶，出山泉水浊。侍婢卖珠回，牵萝补茅屋。摘花不插发⁷，采柏动盈掬⁸。天寒翠袖薄，日暮倚修竹。

1. 乾元二年（759）秋作于秦州。写一个在战乱中被遗弃的女子，同时寄寓了诗人的不遇之感。　　2. "绝代"，绝世，举世无双。　　3. "丧乱"，指安史之乱。　　4. "世情"二句：慨叹世态炎凉。说母家一旦衰歇失势，自己也就被人厌恶了。"转烛"，因风转向的烛光。　　5. "合昏"，即合欢树，复叶朝开夜合，所以说"知时"。　　6. "在山"二句：比喻守贞则清，改节则浊。7. "摘花"句：是说无心修饰。　　8. "采柏"句：是说自己孤独茫然而坚贞不移。"动"，常常的意思。"掬"，把。

梦李白[1]（二首选一）

其一

　　死别已吞声[2]，生别常恻恻。江南瘴疠地，逐客无消息。故人入我梦，明我长相忆。恐非平生魂[3]，路远不可测。魂来枫林青[4]，魂返关塞黑。君今在罗网，何以有羽翼？落月满屋梁[5]，犹疑照颜色。水深波浪阔，无使蛟龙得[6]！

1. 乾元二年（759）秋作于秦州。前一年李白因参加永王李璘的军队而流放夜郎（今贵州桐梓），乾元二年春夏间遇赦放还。但杜甫没有得到他遇赦的消息，因而忧念成梦写成这两首诗。　　2. "死别"二句：是说人遇到死别，放声恸哭一场也就无可奈何了，而生别则总是放心不下，这里点出死生未卜的意思。　　3. "恐非"二句：疑心李白已死。"平生魂"，平时的魂，指生魂。　　4. "魂来"二句：设想魂往返时沿途情况。这里用《招魂》中"湛湛江水兮上有枫"的联想。"青"，形容枫叶青翠。"黑"，形容关塞的夜影深沉。　　5. "落月"二句：写初醒时情状。"颜色"，指李白的容颜。　　6. "蛟龙得"，吴均《续齐谐记》："见一人自称三闾大夫曰：吾尝见祭甚盛，然为蛟龙所苦。"这里隐然以屈原的流放以致死亡暗喻李白可能的遭遇。

客 从 [1]

客从南溟来 [2]，遗我泉客珠 [3]。珠中有隐字 [4]，欲辨不成书。缄之箧笥久 [5]，以俟公家须 [6]。开视化为血，哀今征敛无 [7]！

1. 这首诗大概是代宗大历四年（769）杜甫在潭州所作，通过寓言反映统治阶级对人民的残酷剥削。　2. "南溟"，南海。　3. "遗"，赠。"我"，泛指。"泉客"，即鲛人。《述异记》："鲛人即泉先也，又名泉客。"又："南海中有鲛人室，水居如鱼，不废机织，其眼能泣则出珠。"　4. "珠中"二句：由"泣则出珠"暗喻珠中含有珠人的隐痛。"不成书"，认不出是什么字。5. "箧笥"，音 qièsì，竹箱子。　6. "俟"，备。"须"，需求。　7. "征敛无"，无以对付征敛。

送孔巢父谢病归游江东兼呈李白 [1]

巢父掉头不肯住，东将入海随烟雾。诗卷长留天地间 [2]，钓竿欲拂珊瑚树。深山大泽龙蛇远 [3]，春寒野阴风景暮。蓬莱织女回云车 [4]，指点虚无是征路。自是君身有仙骨，世人那得知其故。惜君只欲苦死留 [5]，富贵何如草头露。蔡侯静者意有余 [6]，清

唐　125

夜置酒临前除 7。罢琴惆怅月照席，几岁寄我空中书 8。南寻禹穴见李白 9，道甫问讯今何如。

1. 孔巢父，字弱翁，冀州人。早年与李白等隐居山东徂徕山，号称"竹溪六逸"。天宝间在长安，辞官归隐，蔡侯为他饯行，杜甫于座中写了这首诗送他。这时李白已先在江东（浙江会稽一带），所以也托他致候。大约写于天宝六载（747）。　2. "诗卷"二句：是说孔巢父留其《徂徕集》行于世，而他本人却要归隐东海了。　3. "深山"句：《左传》："深山大泽，实生龙蛇。"这里是用龙蛇远居深山大泽，比喻巢父归隐。　4. "蓬莱"二句："蓬莱"，神山名，传说在东海中。"织女"，星名，是吴越的分野。"虚无"，指虚无缥缈的仙界。"征路"，去路。巢父东游志在遁世延年，所以用神仙事、缥缈语。　5. "惜君"二句：是说人们爱惜巢父，只想苦苦挽留，可是功名富贵又何尝比草上的露水更长久！　6. "蔡侯"句：是说蔡侯也是恬淡的人，却深于友情。"侯"，对男子的美称。蔡侯其人不详。　7. "前除"，庭前阶。　8. "空中书"，从仙界寄来的书信，指巢父的来信。　9. "禹穴"，在浙江会稽宛委山，相传禹葬在那里。

兵车行 1

车辚辚 2，马萧萧 3，行人弓箭各在腰。耶娘妻子走相送 4，尘埃不见咸阳桥 5。牵衣顿足拦道哭，哭声直上干云霄。道傍过者问行人，行人但云点行频 6。或从十五北防河 7，便至四十西营田。去时里正与裹头 8，归来头白还戍边。边庭流血成海水，武皇开边意未已 9。君不闻汉家山东二百州 10，千村万落生荆杞 11。

纵有健妇把锄犁，禾生陇亩无东西¹²。况复秦兵耐苦战¹³，被驱不异犬与鸡。长者虽有问，役夫敢申恨？且如今年冬，未休关西卒¹⁴。县官急索租，租税从何出？信知生男恶¹⁵，反是生女好。生女犹得嫁比邻，生男埋没随百草。君不见青海头¹⁶，古来白骨无人收。新鬼烦冤旧鬼哭，天阴雨湿声啾啾¹⁷！

1.这首诗反映了天宝年间对外用兵频繁给人民带来的痛苦。大约作于天宝十载（751），这年四月，剑南节度使鲜于仲通伐南诏，兴兵八万，大败，死者六万。杨国忠反称仲通有功，在关中大举募兵再攻南诏。人民听说云南多瘴疠，不肯应募。杨国忠就下令分道捕人，连枷送至军所。父母妻子走送，哭声震野。这首诗可能是结合这件事而作的。　2.“辚辚”，车声。3.“萧萧”，马鸣声。　4.“耶娘”，同“爷娘”。　5.“咸阳桥”，在今陕西咸阳西南十里渭水上。　6.“点行频”，征调频繁。自此至篇终全是役夫的话。　7.“或从”二句：是说应征入伍的人，从十五岁就远戍西北，直到四十岁还没回来。“北防河”“西营田”，均泛指西北边防。当时为防吐蕃入侵，曾召兵在黄河以西今甘肃一带屯驻，地当西北一带。“营田”，屯田。8.“去时”二句：是说走的时候年纪太小，还得里正给他裹头，回来的时候头发全白了，但仍不免兵役。“里正”，唐制百户为一里，设里正，即里长。“裹头”，古以皂罗三尺裹头，叫作头巾。　9.“武皇”，汉武帝，这里指唐玄宗。唐诗中多用武帝喻玄宗。“开边”，以武力扩张疆土。　10.“山东”，指华山以东。　11.“荆杞”，荆棘、枸杞。　12.“禾生”句：是说庄稼种得不成行列。　13.“况复”二句：是说因为这个地方的兵丁素来耐战，所以更是无休止地被征调。“秦兵”，即眼前征调的陕西一带的兵丁。14.“未休”句：是说不肯停止对秦兵的征调。“关西卒”，函谷关以西的兵，也即秦兵。　15.“信知”，确知。　16.“青海头”，青海湖边，在今青海东部，是古战场，唐与吐蕃常搏战于此。　17.“啾啾”，音 jiūjiū，哭声。

丽人行 [1]

　　三月三日天气新 [2]，长安水边多丽人。态浓意远淑且真 [3]，肌理细腻骨肉匀 [4]。绣罗衣裳照暮春，蹙金孔雀银麒麟 [5]。头上何所有？翠为匌叶垂鬓唇 [6]。背后何所见？珠压腰衱稳称身 [7]。就中云幕椒房亲 [8]，赐名大国虢与秦 [9]。紫驼之峰出翠釜 [10]，水精之盘行素鳞 [11]。犀箸厌饫久未下 [12]，鸾刀缕切空纷纶 [13]。黄门飞鞚不动尘 [14]，御厨络绎送八珍。箫鼓哀吟感鬼神，宾从杂遝实要津 [15]。后来鞍马何逡巡 [16]，当轩下马入锦茵。杨花雪落覆白蘋 [17]，青鸟飞去衔红巾。炙手可热势绝伦 [18]，慎莫近前丞相瞋。

1. 天宝十一载（752）十一月，杨国忠任右丞相。这首诗大约作于次年春，揭露杨家兄妹的骄奢。　2. "三月"二句：古有祓禊之俗，三月三日上巳，官民皆洁于东流水上，以祓除不祥。开元时长安士女多于此日至曲江游赏。"水边"，指曲江和芙蓉苑一带。　3. "态浓"，妆扮浓艳。"意远"，神气高远不凡。"淑"，娴美。"真"，不做作。这里有反话。　4. "理"，纹理。"骨肉匀"，体格匀称。　5. "蹙"，音 cù，嵌绣。　6. "翠"，翡翠。"匌叶"，鬓上的花饰。"匌"，音 è。"鬓唇"，鬓角。　7. "珠压"句：腰旁的后襟上缀着珍珠，压垂下来，紧贴着腰身。"衱"，音 jié，衣后襟。8. "就中"句：以下专写杨氏姊妹。"就中"，其中。"云幕"，如云的帐幕。"椒房亲"，皇亲国戚。"椒房"，汉未央宫有椒房殿，以椒（香料）和泥涂壁，是皇后居处。　9. "赐名"句：玄宗赐封杨贵妃的三姐为"虢国夫人"，八姐为"秦国夫人"。"虢"，音 guó。　10. "紫驼之峰"，是珍美食物。"翠釜"，形容锅的华美。　11. "水精"，即水晶。"素鳞"，白色的鱼。　12."犀箸"，犀牛角做的筷子。"厌饫"，吃腻了。饫，音 yù。"下"，下箸。　13."銮刀"，带有小铃的刀。"缕切"，切丝。"空纷纶"，空忙一阵。　14."黄门"二句：是说皇帝派宦官不断送来御厨中珍贵的食品。"黄门"，即宦官。"飞鞚"，飞驰的马。"鞚"，音 kòng，马勒。"不动尘"，没有扬起尘土。"御厨"，皇帝的厨房。"八珍"，八种珍贵的食品。　15."宾从"，宾客。"杂遝"，众多的样子。"遝"，音 tà。"实要津"，满通道，这里也暗喻占据着显要的官职。　16."后来"二句：写杨国忠大模大样地最后骑马来到。"逡巡"，音 qūnxún，徘徊。"轩"，小室。"锦茵"，锦绣的地毯。　17."杨花"二句：点暮春景物，同时暗示杨国忠与虢国夫人的暧昧私通关系。"杨花"，谐杨姓。古人有杨花入水化为浮萍之说，所以这里是暗喻他们原来是兄妹。"青鸟"，西王母使者。因为西王母和汉武帝的故事，后来被用作男女之间的信使。"红巾"，妇女所用的红手帕。　18."炙手"二句：写杨国忠的权势气焰。"炙手可热"，热得烫手。"绝伦"，无与伦比。"瞋"，音 chēn，怒视。

悲陈陶 [1]

孟冬十郡良家子 [2]，血作陈陶泽中水。野旷天清无战声，四万义军同日死。群胡归来血洗箭 [3]，仍唱胡歌饮都市。都人回面向北啼 [4]，日夜更望官军至。

1. 至德元载（756）十月，房琯军与安史叛军战于陈陶斜，大败，死者四万。杜甫在长安听到这个消息后写了这首诗。陈陶斜，又名陈陶泽，在咸阳东。　2."孟冬"，初冬，即十月。"十郡"，泛指西北各郡。"良家子"，指新召募的义军。　3."群胡"，指安禄山的部下。　4."向北啼"，当时肃宗在长安西北的彭原（今甘肃宁县）。

哀江头 [1]

少陵野老吞声哭 [2]，春日潜行曲江曲 [3]。江头宫殿锁千门，细柳新蒲为谁绿？忆昔霓旌下南苑 [4]，苑中万物生颜色 [5]。昭阳殿里第一人 [6]，同辇随君侍君侧。辇前才人带弓箭 [7]，白马嚼啮黄金勒。翻身向天仰射云，一笑正坠双飞翼。明眸皓齿今何在 [8]？血污游魂归不得！清渭东流剑阁深 [9]，去住彼此无消息。人生有情泪沾臆 [10]，江水江花岂终极？黄昏胡骑尘满城 [11]，欲往城南望城北。

1. 至德二载（757）春作于沦陷的长安。　2."少陵"，汉宣帝许皇后的陵墓，在长安东南。杜甫曾在附近住家，所以自称"少陵野老"。"野老"，乡野老人。杜甫时年四十六岁。　3."潜行"，偷偷地走。"曲江"，在长安东南郊。"曲"，水弯曲处。　4."霓旌"，色同虹霓的彩旗，是皇帝的仪仗。"南苑"，即芙蓉苑，在曲江南。　5."生颜色"，增光辉。　6."昭阳"二句："昭阳殿"，汉成帝时宫殿名。"第一人"，指成帝妃赵飞燕，此喻贵妃。"辇"，音niǎn，皇帝所乘的车。　7."辇前"四句：描写随从。"才人"，宫中女官名。"啮"，音niè，咬。"一笑"，指贵妃。"双飞翼"，双飞鸟。　8."明眸"二句：指杨贵妃缢死在马嵬驿。　9."清渭"二句："渭"，渭水，流经马嵬驿南。"剑阁"，在今四川剑阁县北，玄宗入蜀必经之地。贵妃葬于渭滨，玄宗西入四川，一留一去，两无消息。　10."人生"二句：是说人生而有情，抚今追昔不禁泪流沾胸。江水江花却不管世事的变迁和人的悲伤，年年依旧。 11."黄昏"二句：写自己怅惘的心情。"胡骑"，指安禄山的骑兵。"城南"，指自己住的地方。"城北"，指宫阙所在。

洗兵马 [1]

中兴诸将收山东 [2]，捷书夜报清昼同 [3]。河广传闻一苇过 [4]，胡危命在破竹中。只残邺城不日得 [5]，独任朔方无限功 [6]。京师皆骑汗血马 [7]，回纥喂肉葡萄宫。已喜皇威清海岱 [8]，常思仙仗过崆峒 [9]。三年笛里关山月 [10]，万国兵前草木风 [11]。成王功大心转小 [12]，郭相谋深古来少 [13]。司徒清鉴悬明镜 [14]，尚书气与秋天杳 [15]。二三豪俊为时出，整顿乾坤济时了。东走无复忆鲈鱼 [16]，南飞觉有安巢鸟 [17]。青春复随冠冕入 [18]，紫禁正耐烟花绕。鹤驾通宵凤辇备 [19]，鸡鸣问寝龙楼晓。攀龙附凤势莫当 [20]，天下尽化为侯王。汝等岂知蒙帝力 [21]，时来不得夸身强 [22]。关中既留萧丞相 [23]，幕下复用张子房。张公一生江海客 [24]，身长九尺须眉苍。征起适遇风云会 [25]，扶颠始知筹策良。青袍白马更何有 [26]，后汉今周喜再昌 [27]。寸地尺天皆入贡 [28]，奇祥异瑞争来送。不知何国致白环，复道诸山得银瓮。隐士休歌《紫芝曲》[29]，词人解撰《河清颂》[30]。田家望望惜雨干，布谷处处催春种。淇上健儿归莫懒 [31]，城南思妇愁多梦。安得壮士挽天河，净洗甲兵长不用 [32]！

1. 一作《洗兵行》。原注"收京后作"。两京收复在至德二载（757）九十月间，这首诗大约是乾元元年（758）春作于长安。"洗兵马"，即篇末"净洗甲兵长不用"之意。 2. "中兴"句："诸将"，指郭子仪等。"山东"，华山以东，这里指河北一带。至德二载十二月，史思明以所部十三郡及兵八万归降。虽相州未克，河北大都归唐所有了。这句即指这个时期的形势。3. "捷书"句：说捷书频传，昼夜不绝。 4. "河广"句：《诗经·卫风·河广》："谁谓河广？一苇杭之。""苇"，芦苇。"一苇"，比喻一只小船。"一苇过"，是说容易渡过。 5. "邺城"，即相州，今河北临漳。 6. "任"，任用。"朔方"，指朔方节度副大使郭子仪。 7. "京师"二句："汗血马"，西域出产的一种名马。"葡萄宫"，汉上林苑中宫名，汉元帝曾宴单于于此。至德二载十月，回纥叶护自东京还长安，肃宗与之宴于宣政殿。叶护请留兵于沙苑（今陕西大荔县南），自归取马再来助战。这二句即指此事。 8. "海岱"，今山东沿海一带。《尚书·禹贡》："海岱惟青州。" 9. "思"，这里是回想的意思。"仙仗"，皇帝的仪仗。"崆峒"，山名，在今甘肃，收京前肃宗常辗转于这一带。 10. "三年"句：是说打了三年仗。"关山月"，汉《横吹曲》名，多写征人离别之情。 11. "万国"句：是说各地都受到战争的骚扰，人心惶惶。"万国"，即万方。"国"，乡国。"草木风"，《晋书·苻坚载记》："坚与苻融登城而望王师……又北望八公山上草木，皆类人形。顾谓融曰：'此亦劲敌也。'"又坚败后"闻风声鹤唳，皆谓晋师之至"。 12. "成王"，李俶，即后来的唐代宗，当时是天下兵马元帅。 13. "郭相"，中书令郭子仪。 14. "司徒"，指检校司徒李光弼。"清鉴"，见识英明。 15. "尚书"，指兵部尚书王思礼。"气"，气度。"杳"，高远爽朗。 16. "东走"句：是说战乱将息，想东归的人便可东归，不必思乡了。西晋末吴人张翰在洛阳，见秋风起而想起家乡的莼羹鲈鱼，于是辞官东归，传为佳话。 17. "南飞"句：是说想南归的人便可回乡安居。古诗："越鸟巢南枝。"曹操《短歌行》："月明星稀，乌鹊南飞，绕树三匝，何枝可依。" 18. "青春"二句：是说春光又随着君臣一齐回到长安，宫廷一片朝气，与春日的烟花恰能相称。至德二载十月肃宗还西京，这是写次年春天朝仪重整、万象更新的情形。"冠冕"，借指上朝的臣僚。"紫禁"，皇宫。"耐"，禁受，有禁得起的意思，如说耐看。　19."鹤驾"二句：写宫中一切正上轨道，太子李俶和皇帝肃宗夜里就备好车驾，一清早便向太上皇玄宗问安去了。"鹤驾"，太子的车。"凤辇"，皇帝的车。"问寝"，问候起居。"龙楼"，玄宗住处。　20."攀龙"二句：斥责李辅国等人仰仗拥戴肃宗即位之功，飞扬跋扈，肃宗滥赐爵赏。21."汝等"，指攀龙附凤者。"蒙帝力"，仰仗了皇帝。　22."时"，时运。23."关中"二句："萧丞相"，萧何，刘邦曾以他留守关中。这里指房琯。琯自蜀奉传国宝及玉册至灵武传位，留任丞相。"张子房"，汉张良，这里指张镐。两京收复正是张镐任宰相时。这二句说因为任用了房、张这样的贤臣，所以才有今日的中兴。　24."江海客"，说张镐本是在野的人。　25."征起"，被征召入仕。天宝十四载（755），张镐自布衣召拜左拾遗。"风云会"，风云际会。《周易·乾》："云从龙，风从虎，圣人作而万物睹。"后来用以比喻动乱时期贤臣与明主的遇合。　26."青袍"句：梁朝侯景作乱，为暗应当时的童谣，都穿青袍、骑白马。这里以侯景比安、史。　27."后汉"句：用后汉、东周的中兴比唐。　28."寸地"四句：有讽戒的意思。"白环"，《竹书纪年》说：帝舜九年，西王母来朝，献白环、玉玦。"银瓮"，《孝经援神契》说：神灵滋液有银瓮，不汲自满。　29."隐士"句：是说隐士们不要再有退隐的念头。"紫芝曲"，西汉初年"商山四皓"隐居时所唱的歌。30."词人"句：是说诗人们理解到这时该歌颂什么。事实上杜甫这首诗本身就是一篇示范性的"河清颂"。"河清颂"，宋文帝元嘉时，黄河和济水澄清，被认为是清明时代的征兆。鲍照遂作《河清颂》。　31."淇"，淇水，在邺城附近。"淇上健儿"，指围攻邺城的兵士。　32."洗甲兵"，《北堂书钞》引《六韬》："武王伐殷，兵行之日大雨，太公曰：'是洗濯甲兵。'"这里有获得胜利结束战争的意思。

茅屋为秋风所破歌 [1]

八月秋高风怒号，卷我屋上三重茅 [2]，茅飞渡江洒江郊。高者挂罥长林梢 [3]，下者飘转沉塘坳 [4]。南村群童欺我老无力，忍能对面为盗贼 [5]，公然抱茅入竹去。唇焦口燥呼不得 [6]，归来倚杖自叹息。俄顷风定云墨色 [7]，秋天漠漠向昏黑 [8]。布衾多年冷似铁，娇儿恶卧踏里裂 [9]。床头屋漏无干处，雨脚如麻未断绝。自经丧乱少睡眠 [10]，长夜沾湿何由彻 [11]！安得广厦千万间，大庇天下寒士俱欢颜，风雨不动安如山。呜呼！何时眼前突兀见此屋 [12]，吾庐独破受冻死亦足！

1. 上元二年（761）作于成都。"茅屋"，指成都草堂。 2. "三重"，三层。3. "罥"，音 juàn，挂结。 4. "塘坳"，低洼积水之处。"坳"，音 ào。 5. "忍能"，竟能的意思。 6. "呼不得"，喝不住。 7. "俄顷"，一会儿。 8. "漠漠"，阴沉迷蒙的样子。"向"，将近。 9. "恶卧"，睡态不好。"里"，被里。10. "丧乱"，指安史之乱。 11. "彻"，通，度过。 12. "突兀"，高耸的样子。"见"，同"现"。

丹青引赠曹将军霸 [1]

将军魏武之子孙，于今为庶为清门 [2]。英雄割据虽已矣 [3]，文采风流今尚存 [4]。学书初学卫夫人 [5]，但恨无过王右军 [6]。丹青不知老将至[7]，富贵于我如浮云[8]。开元之中常引见[9]，承恩数上南薰殿[10]。凌烟功臣少颜色[11]，将军下笔开生面[12]。良相头上进贤冠[13]，猛将腰间大羽箭[14]。褒公鄂公毛发动[15]，英姿飒爽来酣战[16]。先帝御马玉花骢[17]，画工如山貌不同[18]。是日牵来赤墀下[19]，迥立阊阖生长风[20]。诏谓将军拂绢素[21]，意匠惨澹经营中[22]。斯须九重真龙出[23]，一洗万古凡马空[24]。玉花却在御榻上[25]，榻上庭前屹相向。至尊含笑催赐金，圉人太仆皆惆怅[26]。弟子韩幹早入室[27]，亦能画马穷殊相[28]。幹惟画肉不画骨[29]，忍使骅骝气凋丧。将军善画盖有神，偶逢佳士亦写真[30]。即今飘泊干戈际，屡貌寻常行路人[31]。途穷反遭俗眼白[32]，世上未有如公贫。但看古来盛名下，终日坎壈缠其身。

1. 这首诗大约作于代宗广德二年（764）。"丹青"，原是绘画颜料，引申为绘画。"引"，曲调名。"曹霸"，魏武帝曹操的后人，当时的名画家，曾任左武卫将军。 2."庶"，平民。"清门"，寒门。 3."英雄"，指曹操。 4."文采风流"，指曹操的文学才能。 5."卫夫人"，卫铄，东晋名书法家。 6."王右军"，王羲之，曾为右军将军，东晋大书法家。 7."丹青"句：说曹霸专心致志地从事绘画。《论语·述而》："发愤忘食，乐以忘忧，不知老之将至。" 8."富贵"句：说曹霸轻视富贵。《论语·述而》："不义而富且贵，于我如浮云。" 9."引见"，被带领着去见皇帝。 10."南薰殿"，兴庆宫的内殿。 11."凌烟功臣"，唐太宗贞观十七年（643），画功臣像于凌烟阁，共二十四人。"少颜色"，画色暗淡。 12."开生面"，是说曹霸重画新像，别开生面。 13."进贤冠"，文官所戴之冠。 14."大羽箭"，唐太宗时所用四羽大竿长箭。 15."褒公"，褒国公段志元。"鄂公"，鄂国公尉迟敬德。 16."飒爽"，威风凛凛。 17."先帝"，指唐玄宗。"玉花骢"，骏马名。　18.“貌”，描摹。“不同”，不像。　19.“赤墀”，宫中的红台阶。“墀”，音 chí。　20.“迥立”，昂头卓立。“阊阖”，宫门。“生长风”，形容骏马抖擞的神态。　21.“诏谓”句：皇帝命曹霸展开绢素准备画马。　22.“意匠”，构思。“惨澹经营”，苦心布局。　23.“斯须”，一会儿。“九重”，宫门九重，这里指宫廷。“真龙”，指画的马，马高八尺叫龙。　24.“一洗”句：是说曹霸所画的马比一切马都好。　25.“玉花”二句：是说放在御榻上的画中的马，和庭前的真马屹立相对。　26.“圉人”，养马的人。“圉”，音 yǔ。“太仆”，掌管皇帝车马的官。“惆怅”，赞叹。　27.“韩幹”，善画人物、鞍马，初以曹霸为师，后来独创一派。“入室”，古来称最得师传的学生叫“入室弟子”。　28.“穷殊相”，画尽各种不同的形态。　29.“幹惟”二句：韩幹画的马多患肥大，杜甫认为这样使马失掉了神气。　30.“写真”，指画人像。31.“屡貌”句：常为一般路人画像。　32.“俗眼白”，俗眼的卑视。

月　夜 [1]

今夜鄜州月 [2]，闺中只独看 [3]。遥怜小儿女 [4]，未解忆长安。香雾云鬟湿 [5]，清辉玉臂寒。何时倚虚幌 [6]，双照泪痕干 [7]。

1. 至德元载（756）秋，作于沦陷的长安。全篇是想象妻子思念自己的情形。　2.“鄜州”，今陕西富县，当时杜甫的家在这里。“鄜”，音 fū。　3.“闺中”，指妻。　4.“遥怜”二句：是说小儿女不懂得母亲思念长安的心情。“怜”，怜惜。“解”，懂得。　5.“香雾”二句：想象妻子久立月下的情景。“云鬟”，蓬松如云的发鬟。“清辉”，指月光。　6.“虚幌”，薄到透明的帘帷。　7.“双照”，共照两人。

春 望[1]

国破山河在，城春草木深。感时花溅泪[2]，恨别鸟惊心。烽火连三月[3]，家书抵万金[4]。白头搔更短[5]，浑欲不胜簪。

1. 至德二载（757）三月作于沦陷的长安。　2."感时"二句：是拟人写法，意思是：自己感叹时局，见花而溅泪，觉得花也在溅泪；怅恨离别，闻鸟而惊心，觉得鸟也在心惊。　3."连三月"，接连三个月，即整整一春。4."抵"，值。　5."白头"二句：形容自己的焦虑不安。是说白发越搔越少，简直连簪子也要插不住了。"簪"，音 zān，古时用来束发连冠。

春夜喜雨[1]

好雨知时节，当春乃发生。随风潜入夜[2]，润物细无声。野径云俱黑[3]，江船火独明。晓看红湿处，花重锦官城[4]。

1. 这诗大约是上元二年（761）在成都时所作。　2."随风"句：说春雨在夜间悄悄地随风而来。　3."野径"句：说田野的道路上乌云漆黑一片。4."花重"，花因饱含雨水而重。"重"，也有浓的意思。

旅夜书怀 [1]

　　细草微风岸，危樯独夜舟 [2]。星垂平野阔，月涌大江流。名岂文章著 [3]，官应老病休 [4]。飘飘何所似？天地一沙鸥。

1. 这首诗大约是永泰元年（765）由成都乘舟东下，途经渝州（今重庆市江津区、璧山区等）、忠州（今重庆忠县）一带时写的。　2."危樯"，高桅杆。
3. "名岂"句：一方面是谦虚之词，一方面是说世上名实并不相符。这里有四层含义：一是自己的名岂是真由于文章？也即徒有虚名的意思。二是世人虽传自己的名，却未必真认识自己的文章。三是文章并没有真正获得应有的名。四是文名本不足道，即名岂以文章而著？意思是应该建立功业来扬名。　4. "官应"句：是愤慨之词。

登岳阳楼 [1]

　　昔闻洞庭水，今上岳阳楼。吴楚东南坼 [2]，乾坤日夜浮 [3]。亲朋无一字，老病有孤舟。戎马关山北 [4]，凭轩涕泗流。

1. 大历三年（768）冬所作。"岳阳楼"，湖南岳阳城西门楼，下临洞庭湖。
2. "吴楚"句：是说吴楚二地被洞庭湖隔开，吴在东，楚在南。"坼"，音chè，分裂。　3. "乾坤"句：指天地，或指日月。　4. "戎马"句：是说北方战事未息。这年吐蕃入侵，郭子仪带兵五万屯奉天防备。

蜀 相 [1]

丞相祠堂何处寻？锦官城外柏森森 [2]。映阶碧草自春色 [3]，隔叶黄鹂空好音。三顾频烦天下计 [4]，两朝开济老臣心 [5]。出师未捷身先死 [6]，长使英雄泪满襟！

1. 这首诗是上元元年（760）春杜甫游成都诸葛武侯祠时所作。"蜀相"，指诸葛亮。　2. "锦官城"，成都的别称。　3. "映阶"二句：说祠堂春色虽好，而往事已成空。也有自己无心赏玩的意思。"黄鹂"，即黄莺。　4. "三顾"，诸葛亮隐居隆中（今湖北襄阳西）时，刘备曾三次访问他，问以天下大计。
5. "两朝"句：赞美诸葛亮先佐刘备开基、后辅刘禅济业的忠心。　6. "出师"句：指234年诸葛亮伐魏，据于武功五丈原（今陕西岐山南斜谷口西侧），病死军中。

闻官军收河南河北 [1]

剑外忽传收蓟北 [2]，初闻涕泪满衣裳。却看妻子愁何在，漫卷诗书喜欲狂 [3]。白日放歌须纵酒，青春作伴好还乡。即从巴峡穿巫峡 [4]，便下襄阳向洛阳 [5]。

1. 广德元年（763）正月，史朝义兵败缢死，河南、河北相继收复，安史之乱终告结束。杜甫在梓州听到消息后写了这首诗。　2. "剑外"，指剑门以南，即蜀地。"蓟北"，泛指蓟州、幽州一带，即今河北省北部，是安、史叛军的根据地。 3."漫卷"，胡乱卷起。 4."巴峡"，四川东北部巴江中的峡。《太平御览》卷六五引《三巴记》曰："阆、白二水合流，自汉中至始宁城下，入武陵，曲折三曲，有如巴字，亦曰巴江。经峻峡中谓之巴峡。""巫峡"，长江三峡中最长的峡，在今重庆、湖北交界。 5."襄阳"，在今湖北省。"洛阳"，句下原注："余田园在东京。"东京即洛阳。

宿　府 [1]

　　清秋幕府井梧寒 [2]，独宿江城蜡炬残 [3]。永夜角声悲自语 [4]，中天月色好谁看？风尘荏苒音书绝 [5]，关塞萧条行路难。已忍伶俜十年事 [6]，强移栖息一枝安 [7]。

1.广德二年（764）在成都严武幕府中所作。时严武任成都尹兼剑南东西川节度使，荐杜甫为节度使参谋、检校工部员外郎。 2."幕府"，古时将帅军中以帐幕为府署。唐节度使为一方统帅，所以称府署为幕府。"井梧"，井边所植梧桐。 3."江城"，指成都。"蜡炬"，蜡烛。 4."永夜"句：是说长夜的号角声音悲凄，好像在自言自语。 5."风尘"，形容战乱游离。"荏苒"，形容时间推移。 6."已忍"句：是说自己已经忍受了十年孤苦的生活。自755年安禄山始乱至此整十年。"伶俜"，音 língpīng，孤独。7."强移"句：是说勉强移就幕府，以求暂时的安定生活。"一枝"，《庄子·逍遥游》："鹪鹩巢于深林，不过一枝。"

白 帝 [1]

白帝城中云出门 [2]，白帝城下雨翻盆。高江急峡雷霆斗，古木苍藤日月昏。戎马不如归马逸 [3]，千家今有百家存。哀哀寡妇诛求尽 [4]，恸哭秋原何处村？

1. 大历元年（766）秋在夔州所作。　2."白帝城"，指夔州东五里白帝山上的古白帝城。　3."戎马"，战马。"归马"，指从事耕稼的马。　4."哀哀"句：是说悲泣的寡妇们都被剥削得一无所有了。

秋兴八首 [1]（选二）

其一

玉露凋伤枫树林 [2]，巫山巫峡气萧森 [3]。江间波浪兼天涌 [4]，塞上风云接地阴 [5]。丛菊两开他日泪 [6]，孤舟一系故园心 [7]。寒衣处处催刀尺 [8]，白帝城高急暮砧 [9]。

1."秋兴八首"，大历元年（766）秋作于夔州。"兴"，感兴。第一首写长江秋色和思念故园的心情。　2."玉露"，白露，指霜。　3."巫山"，在今重庆巫山县东南，大江流经其中，成为巫峡。"气萧森"，气象萧瑟阴森。4."兼"，并，连。　5."塞上"，指西部边塞。　6."丛菊"句：是说菊已两开，泪已数落。"两开"，杜甫从前一年五月离开成都，到这时已经过了两个秋天。"他日泪"，异日泪，指已不是第一次的泪了。 7."孤舟"句：
是说孤舟羁留下来正如系住故园之心。"故园心"，指自己本想早些出峡东
归，但在夔州耽搁下来，久久不能出发。"系"，羁留的意思。 8."催刀
尺"，催人裁制。 9."急暮砧"，使傍晚的捣衣声显得更急促。

其三

千家山郭静朝晖[1]，日日江楼坐翠微[2]。信宿渔人还泛泛[3]，
清秋燕子故飞飞。匡衡抗疏功名薄[4]，刘向传经心事违[5]。同学
少年多不贱，五陵衣马自轻肥[6]。

1."山郭"，山城，指夔州。"晖"，阳光。 2."坐翠微"，坐对青缥的山色。
3."信宿"二句：是说日日所见者同，有无限寂寞之感。"信宿"，停宿两
夜。"故"，仍。 4."匡衡"句："匡衡"，西汉人，元帝初，屡次上疏议论
时政，遂升为光禄大夫、太子少傅。"薄"，微。这句是说自己虽曾像匡衡
那样抗疏直谏，功名却很微薄。 5."刘向"句：刘向，西汉人，宣帝时
讲论五经于石渠阁，成帝时领校内府五经秘书。这句是说自己希望像刘向
那样去传经校书，但这个心愿也不能实现。 6."五陵"，长陵、安陵、阳陵、
茂陵、平陵，都是汉代帝王的陵墓，在长安、咸阳间。其地多富豪之家。

咏怀古迹[1]（五首选一）

其三

群山万壑赴荆门[2]，生长明妃尚有村[3]。一去紫台连朔漠[4]，

独留青冢向黄昏[5]。画图省识春风面[6]，环佩空归月夜魂[7]。千载琵琶作胡语[8]，分明怨恨曲中论。

1.《咏怀古迹》五首，大历元年（766）作于夔州。每首咏一古迹，又都是借古迹以写己怀。 2."赴"，形容山脉连亘，势若奔赴。"荆门"，山名，在今湖北宜都西北。 3."明妃"，即王昭君。昭君名嫱，汉元帝宫人。竟宁元年（前33）被遣嫁匈奴呼韩邪单于。西晋时避司马昭讳改称明君，又称明妃。昭君村在荆门山附近的归州。 4."紫台"，紫宫，这里指汉宫。"朔漠"，北方的沙漠。 5."青冢"，昭君墓，在今内蒙古呼和浩特南。传说塞外草白，独昭君墓上草青，故称"青冢"。 6."画图"句："省识"，察看。《西京杂记》载：元帝命画工画宫女容貌，按图召幸。宫女都贿赂画工，独昭君不贿，画工故意把她画得丑，于是不得召见。后来匈奴入朝，求美人，元帝按图遣昭君，临去时才发现她是后宫第一美人，但已后悔不及了。这句是说元帝只凭画图察看昭君的容貌，造成了遗恨。 7."环佩"句：是说昭君被遣和番，只有她的魂魄月夜归来。"环佩"，佩玉，借指昭君。 8."千载"二句：是说千载之下犹传昭君之恨。"胡语"，即胡音，琵琶原是西域乐器。"曲中论"，曲中诉说。相传昭君在匈奴作有怨思的歌曲。

阁　夜[1]

岁暮阴阳催短景[2]，天涯霜雪霁寒宵[3]。五更鼓角声悲壮[4]，三峡星河影动摇[5]。野哭千家闻战伐[6]，夷歌数处起渔樵[7]。卧龙跃马终黄土[8]，人事音书漫寂寥[9]。

1. 这首诗是大历元年（766）冬，杜甫寓居夔州西阁时，感时伤乱而作的。
2. "岁暮"句：是说日月不停地运转，一天天很快地过去了。"阴阳"，指日月。"短景"，指冬季日短。 3. "天涯"，远离故乡的意思。 4. "鼓角"，军中的鼓声和号角声。 5. "三峡"句：写三峡中星辰和银河的投影摇晃不定。 6. "野哭"句：是说从千家野哭中听到了战争的声音。永泰元年（765）闰十月，四川爆发崔旰之乱，这时尚未平息。 7. "夷歌"，夷人之歌。"起渔樵"，起于渔樵。渔人和樵夫都唱夷歌，足见夔州僻远。 8. "卧龙"，指诸葛亮。"跃马"，指公孙述，也指帝业，西汉末公孙述据蜀称帝，左思《蜀都赋》："公孙跃马而称帝。"夔州有诸葛亮和公孙述二人的遗迹和祠庙。"终黄土"，终归黄土。 9. "人事"句：是说自己的交游和书信任它漫无消息。

又呈吴郎 [1]

堂前扑枣任西邻 [2]，无食无儿一妇人。不为穷困宁有此 [3]，只缘恐惧转须亲 [4]。即防远客虽多事 [5]，便插疏篱却甚真 [6]。已诉征求贫到骨 [7]，正思戎马泪盈巾 [8]！

1. 大历二年（767）秋，杜甫从夔州的瀼西迁居东屯，把瀼西草堂让给亲戚吴郎居住。这诗是在东屯写的，劝他不要禁止西邻来打枣。在这以前已有一首《简吴郎司法》。"郎"，对少年人的通称。 2. "任"，听任。 3. "此"，指打枣。 4. "缘"，因。"恐惧"，指妇人。"转须亲"，反而更应该表示亲切。 5. "即防"句：是说妇人见你一来就惧防你，虽然不免多事。"远客"，指吴郎。 6. "便插"句：是说吴郎你一来就插上稀疏的篱笆，却真像是防范她呢。 7. "已诉"句：是说妇人诉说过可怜的遭遇。"征求"，征敛。

8."正思"句：是说自己正因想到不息的战争而流泪。

登 高[1]

    风急天高猿啸哀，渚清沙白鸟飞回[2]。无边落木萧萧下[3]，不尽长江滚滚来。万里悲秋常作客，百年多病独登台。艰难苦恨繁霜鬓[4]，潦倒新亭浊酒杯[5]。

1.这诗大约作于大历二年（767）秋，杜甫当时卧病夔州。 2."回"，回旋。
3."落木"，落叶。 4."艰难"句：是说生活艰难，穷途抱恨，白发越来越多了。"繁霜鬓"，多增了白发。 5."潦倒"句：是说穷愁潦倒本可借酒排遣，偏偏又因肺病而被迫戒酒。"潦倒"，衰颓。"亭"，通"停"。

绝句四首[1]（选一）

其三
    两个黄鹂鸣翠柳[2]，一行白鹭上青天。窗含西岭千秋雪[3]，门泊东吴万里船[4]。

1.广德二年（764）杜甫在成都所作。 2."黄鹂"，即黄莺。 3."西岭"，泛指岷山，在成都西。 4."门泊"句：写景，同时表达了杜甫这时很想去蜀游吴的心情。

江南逢李龟年 [1]

岐王宅里寻常见 [2]，崔九堂前几度闻 [3]。正是江南好风景，落花时节又逢君。

1. 这首诗大约是大历五年（770）在长沙时所作。李龟年是开元、天宝时代著名的音乐家。杜甫少时曾在洛阳岐王和崔涤宅中听过他歌唱。 2. "岐王"，李范，睿宗子，玄宗弟。 3. "崔九"，殿中监崔涤。

张 巡

张巡（709—757），南阳（今属河南）人。开元末进士，天宝中为真源令。安史乱爆发，起兵抗敌，给敌人以很大的打击。后与许远一同坚守睢阳，最后粮尽援绝，城陷就义。《全唐诗》录存其诗二首。

闻 笛 [1]

岩嶀试一临 [2]，虏骑附城阴 [3]。不辨风尘色 [4]，安知天地心？

营开边月近⁵，战苦阵云深。且夕更楼上，遥闻横笛音。

1. 这首诗是张巡在围城中所作。　2. 岧峣，音 tiáoyáo，高峻的样子，这里指屹立的城楼。　3. "附"，贴近。"城阴"，城北。　4. "不辨"二句：是说孤城与外界隔绝，战局难以预料。"天地心"，天意。　5. "边月近"，形容在"虏骑"重重包围之中，如临荒凉的边境。

无名氏

哥舒歌 ¹

北斗七星高，哥舒夜带刀。至今窥牧马 ²，不敢过临洮。

1. 天宝年间哥舒翰任安西节度使，边防巩固，西鄙人（西部边民）中传唱着这首歌。　2. "至今"二句：是说如今敌军只能远远地窥伺，而不敢越过临洮。"牧马"，胡人往往趁秋高牧马时入侵，这里指敌军的马队。"临洮"，今甘肃岷县。

元　结

元结（719—772），字次山，河南（今河南洛阳）人。天宝十二载（753）进士。安史乱后，以右金吾兵曹参军摄监察御史，充山南西道节度参谋，平乱有功。后任道州刺史，官至容管经略使。他关心民间疾苦，做地方官时，曾为民营舍给田，减免赋税，招抚流亡，办了许多好事。

他的一些诗篇，讽谕时政，反映战乱时期人民的苦痛，意义深刻。他早期和罢官后曾隐居山林，也写了许多表现隐逸生活的诗。他还选了同时作者沈千运等七人的诗二十四首，编成《箧中集》，反映了中唐以来山林隐逸的消极反抗思想。

他曾强调诗歌的讽谕作用，语言通俗质朴，对后来的新乐府运动有所启发和影响。他在散文上也有一定成就。有《元次山集》。

贫妇词 [1]

谁知苦贫夫，家有愁怨妻。请君听其词，能不为酸凄。所怜抱中儿，不如山下麑 [2]。空念庭前地 [3]，化为人吏蹊。出门望山泽 [4]，回头心复迷。何时见府主 [5]，长跪向之啼。

舂陵行[1]

军国多所需，切责在有司[2]。有司临郡县[3]，刑法竞欲施[4]。供给岂不忧[5]？征敛又可悲[6]。州小经乱亡，遗人实困疲。大乡无十家，大族命单羸[7]。朝餐是草根，暮食乃树皮。出言气欲绝[8]，意速行步迟。追呼尚不忍，况乃鞭扑之！邮亭传急符[9]，来往迹相追[10]。更无宽大恩，但有迫促期。欲令鬻儿女[11]，言发恐乱随[12]。悉使索其家，而又无生资[13]。听彼道路言，怨伤谁复知！去冬山贼来，杀夺几无遗。所愿见王官[14]，抚养以惠慈。奈何重驱逐，不使存活为？安人天子命[15]，符节我所持[16]。州县忽乱亡[17]，得罪复是谁？逋缓违诏令[18]，蒙责固其宜。前贤重守分[19]，恶以祸福移[20]。亦云贵守官[21]，不爱能适时[22]。顾惟孱弱者[23]，正直当不亏[24]。何人采国风[25]，吾欲献此辞。

1.广德元年（763）冬，道州被当时称为"西原蛮"的少数民族占领月余。这年作者受命为道州刺史，次年到任。这诗原序说："道州旧四万余户，经贼已来，不满四千，大半不胜赋税。"但朝廷仍不减轻对当地人民的剥削。

作者写作了这首诗，表示宁肯获罪而不愿去逼迫人民。道州州治在今湖南道县。"春陵"，汉县名，故城在今湖南宁远县附近。道州是春陵故地，所以叫《春陵行》。 2."有司"，有职务的人，官吏的通称。这里指地方行政长官。 3."临"，治理。 4."刑法"句：说官吏竞相施用刑法来压榨人民。5."供给"，指供给军国所需。 6."征敛"，征收赋税。 7."单"，指人口稀少。"羸"，音 léi，瘦弱。 8."出言"二句：说难民们说话上气不接下气，想走快点却走不动。 9."邮亭"，传送文书的驿馆。"急符"，紧急的催征文书。"邮"，一作"郭"。 10."来往"句：说来往传送催征文书的人接连不断。 11."鬻"，音 yù，卖。 12."言发"句：这话一出口，人民就会随即作乱。 13."生资"，生活资料。 14."王官"，朝廷命官。 15."安人"句：说安定人民的生活，是天子所给予地方官的使命。 16."符节"句：说自己受朝廷任命来做刺史。 17."州县"二句：说如果因催逼赋税而使得州县人民叛乱，谁负责任？ 18."逋缓"二句：说如果因催征不力而蒙受责罚，那也只好接受。"逋"，音 bū，拖欠。"缓"，延缓。 19."守分"，守本分。 20."恶以"句：说前贤厌恶那些因祸福利害而转移自己行为的人。 21."守官"，严守职责。 22."适时"，适合时宜。 23."顾惟"，顾念。"孱"，音 chán，虚弱。"孱弱者"，指贫病交加的人民。 24."亏"，亏理。 25."采国风"，相传周代各国诸侯命专人采辑民间歌谣，献给天子，以观政治得失。这些歌谣就是《诗经》里的《国风》。

贼退示官吏[1]

昔岁逢太平，山林二十年。泉源在庭户，洞壑当门前。井税有常期[2]，日晏犹得眠。忽然遭世变[3]，数岁亲戎旃[4]。今来典斯郡[5]，山夷又纷然。城小贼不屠，人贫伤可怜。是以陷邻境，此州独见全。使臣将王命[6]，岂不如贼焉？今彼征敛者，迫之如火煎。谁能绝人命，以作时世贤[7]？思欲委符节[8]，引竿自刺船[9]。将家就鱼麦[10]，归老江湖边。

1. 原序说："癸卯岁（763），西原贼入道州，焚烧杀掠，几尽而去。明年，贼又攻永破邵，不犯此州边鄙而退。岂力能制敌欤？盖蒙其伤怜而已。诸使何为忍苦征敛？故作诗一篇以示官吏。"永州治今湖南省永州市零陵区。邵州治今湖南邵阳。都和道州邻近。　2. "井税"，周制以方九百亩之地为一里，分作九区，每区百亩；中为公田，外八区为私田。八家各耕私田一区，并共耕公田，作为赋税，谓之井田制。这里借"井税"来指赋税。3. "世变"，指安史之乱以来的战乱。　4. "亲戎旃"，指经历军旅生活。"旃"，音 zhān，通"毡"。"戎旃"，指军帐。　5. "典"，主管。　6. "使臣"，指催征的租庸使。"将"，奉。　7. "时世贤"，当时所认为的贤才。　8. "委符节"，指弃官。　9. "刺船"，撑船。　10. "将家"，携带家眷。

张　继

　　张继（生卒年未详），字懿孙，襄州（今湖北襄阳）人。天宝十二载（753）进士。做过盐铁判官、检校祠部员外郎等。卒于洪州（今江西南昌）。《全唐诗》录其诗一卷。

枫桥夜泊 [1]

　　月落乌啼霜满天，江枫渔火对愁眠 [2]。姑苏城外寒山寺 [3]，夜半钟声到客船 [4]。

1. "枫桥"，在苏州城西。"夜泊"，夜晚将船靠在岸边。　2. "江枫"，即指水边的枫树。《楚辞·招魂》："湛湛江水兮上有枫。""渔火"，夜晚江上渔人所置的灯火。　3. 苏州亦称"姑苏"，因其地有姑苏山而得名。"寒山寺"，枫桥附近的一个寺院，现在还是苏州名胜之一。　4. "夜半钟声"，当时寺院有半夜敲钟的习惯。

刘方平

　　刘方平（生卒年不详），河南（今河南洛阳）人。和开元、天宝时名士元德秀友善。没有做过官。《全唐诗》录其诗一卷。

夜　月

　　更深月色半人家 [1]，北斗阑干南斗斜 [2]。今夜偏知春气暖，虫声新透绿窗纱。

1.“半人家”，照亮半个人家，即半边庭院。　2.“阑干”，横斜。“南斗”，即二十八宿中的斗宿，共六星。

刘长卿

　　刘长卿（？—约789），字文房，河间（今河北河间）人。开元二十一年（733）进士。性情刚直，曾因得罪权贵下狱，并遭贬谪。官终随州刺史。

　　他的诗多写游宦无成的孤寂之感，有较深的隐逸情调。长于写景，以五言诗为时人所称，誉为“五言长城”。有《刘随州集》。

新年作[1]

　　乡心新岁切[2]，天畔独潸然[3]。老至居人下，春归在客先。岭猿同旦暮，江柳共风烟。已似长沙傅[4]，从今又几年[5]？

1.作者曾因得罪权贵，贬潘州南巴（今广东茂名）尉。诗当作于这时期。

2.“切”，指思乡心切。　3.“潸”，音 shān，流泪的样子。　4.“已似”句：以汉代的贾谊自况。贾谊曾为大臣所忌，贬为长沙王太傅。　5.“又几年”，指贬谪生活不知何时终了。

逢雪宿芙蓉山主人 1

日暮苍山远，天寒白屋贫 2。柴门闻犬吠，风雪夜归人。

1.许多地方都有芙蓉山，不详何处。　2.“白屋”，茅屋，或说指没有任何漆饰的平民住屋。

送灵澈上人 1

苍苍竹林寺，杳杳钟声晚 2。荷笠带夕阳 3，青山独归远。

1.“灵澈”，当时著名的诗僧。“上人”，和尚的尊称。　2.“杳杳”，深远。
3.“荷”，背着。

钱 起

钱起（约720—约782），字仲文，吴兴（今浙江湖州）人。天宝进士。曾任考功郎中、翰林学士等。"大历十才子"之一。长于五言诗，风格清丽。今传《钱考功集》。

省试湘灵鼓瑟 [1]

善鼓云和瑟 [2]，常闻帝子灵。冯夷空自舞 [3]，楚客不堪听 [4]。苦调凄金石 [5]，清音入杳冥 [6]。苍梧来怨慕 [7]，白芷动芳馨 [8]。流水传潇浦 [9]，悲风过洞庭 [10]。曲终人不见，江上数峰青。

1.唐代科举制度：各州县选拔士子进贡京师，试于尚书省，由礼部主持，叫作"省试"。作者在天宝十载（751）登进士第。"湘灵鼓瑟"当是这一次省试诗题。《楚辞·远游》："使湘灵鼓瑟兮。""湘灵"，湘水女神，一说即舜的二妃，舜死于苍梧，投湘水自尽，成为水神。"灵"，神。　2."善鼓"二句：点明"湘灵鼓瑟"题意。"鼓"，弹奏。"云和"，山名。《周礼·春官·大司乐》："云和之琴瑟。""帝子"，指湘灵，《九歌·湘夫人》："帝子降兮北渚。"　3."冯夷"，水神，即河伯。《楚辞·远游》："令海若舞冯夷。"　4."楚客"句：是说音调的悲苦，使迁客不堪卒听。诗题出自《楚辞·远游》，这里点出"楚客"的心情。　5."苦调"句：是说通过瑟所弹出的曲调比金石之声更凄苦。"金石"，指钟、磬之类乐器。　6."杳冥"，高远不可见的地方。　7."苍梧"句：意思是说瑟声哀怨是由于思慕舜。"苍梧"，山名，又名九疑，在湖南宁远。　8."白芷"，一种香草。"馨"，音 xīn，散布很远的香气。　9."潇"，水名，发源于苍梧山。"浦"，水口，暗示一种离别情调。《九歌·河伯》："送美人兮南浦。"　10."洞庭"，湘水注入洞庭湖。《湘夫人》："洞庭波兮木叶下。"

江行无题 [1]（百首选一）

其六十九

咫尺愁风雨 [2]，匡庐不可登 [3]。只疑云雾窟，犹有六朝僧 [4]。

1. 一说是钱珝的诗。　2."咫尺"句：是说离得很近而有风雨的阻隔。周尺八寸叫咫。　3."匡庐"，庐山的别称。相传殷、周时匡俗兄弟七人结庐于此。　4."六朝僧"，东晋僧慧远在庐山结社讲道，盛极一时，六朝以来成为名胜。

韩　翃

韩翃（生卒年不详），字君平，南阳（今属河南）人。天宝进士。曾在节度使幕中做过事。德宗时除驾部郎中，知制诰。官至中书舍人。"大历十才子"之一。诗歌词采华丽。《全唐诗》录其诗为三卷。

寒 食[1]

春城无处不飞花，寒食东风御柳斜[2]。日暮汉宫传蜡烛[3]，轻烟散入五侯家。

1.题一作《寒食即事》。"寒食"，节名，在清明前两日。古人每逢这节日，前后三天不生火，只吃冷食物，故称。　2."御柳"，御苑中的杨柳。　3."日暮"二句：据说汉时寒食禁火，朝廷特赐侯家蜡烛。"传"，挨家传赐。"五侯家"，东汉顺帝梁皇后兄梁冀为大将军，他的儿子梁胤，叔父梁让、梁淑、梁忠、梁戟都封侯，世称梁氏五侯。这里泛指许多王侯之家。

顾　况

顾况（约730—806后），字逋翁，苏州海盐（今属浙江）人。至德年间进士。长于诗歌，善画山水，性好诙谐。曾任著作佐郎，郁郁不得志。因作诗调谑得罪，贬饶州司户参军。后隐居茅山，号华阳真逸。

他重视诗歌的政治意义，认为不应只有"文采之丽"，因此有不少反映现实的作品，对于白居易有一定的影响。风格质朴平易，不避俚俗，喜用口语。有《华阳集》。

囝[1]

囝生闽方，闽吏得之，乃绝其阳[2]。为臧为获[3]，致金满屋。为髡为钳[4]，视如草木。天道无知，我罹其毒[5]；神道无知，彼受其福[6]。郎罢别囝："吾悔生汝！及汝既生，人劝不举[7]。不从人言，果获是苦。"囝别郎罢，心摧血下[8]。隔地绝天，及至黄泉[9]，不得在郎罢前！

1.这诗是《上古之什补亡训传十三章》的第十一章。原序："囝，哀闽也。"自注："'囝'，音蹇（jiǎn）。闽俗呼子为囝，父为郎罢。"当时闽中（今福建）存在着严重的掠夺、贩卖奴隶的现象。　2."绝"，割断。"阳"，男性生殖器。　3."臧""获"，都是奴隶的别称。　4."髡"，音 kūn，剃掉头发。"钳"，用铁圈套在颈上。都是古代的刑罚，奴隶身份的标志。　5."我"，指囝。"罹"，音 lí，遭受。"毒"，毒害。　6."彼"，指闽吏。　7."举"，养育。　8."摧"，伤。"血"，血泪。　9."及至"句：意指一直到死。"黄泉"，深到见泉水的黄土中，指人死埋葬地下。

戴叔伦

戴叔伦（732—789），字幼公，金坛（今江苏省常州市金坛区）人。德宗贞元进士。曾任抚州刺史，官终容管经略使。晚年上表自请出家做道士。

他当时诗名很大，写过一些反映民间疾苦的作品。《全唐诗》录其诗二卷。

女耕田行

乳燕入巢笋成竹，谁家二女种新谷。无人无牛不及犁[1]，持刀斫地翻作泥[2]。自言："家贫母年老，长兄从军未娶嫂。去年灾疫牛囤空[3]，截绢买刀都市中[4]。头巾掩面畏人识[5]，以刀代牛谁与同[6]？"姊妹相携心正苦，不见路人唯见土[7]。疏通畦垄防乱苗[8]，整顿沟塍待时雨[9]。日正南冈午饷归[10]，可怜朝雉扰惊飞[11]。东邻西舍花发尽，共惜余芳泪满衣。

1."人"，指男劳动力。"不及犁"，不能犁田。 2."斫"，音 zhuó，砍。 3."牛囤"，牛栏。 4."截绢"，割下一段绢。当时可用绢交换货物。 5."头巾"句：封建时代不许妇女抛头露面。 6."谁与同"，是说无人分担她们的艰苦。

7.“不见”句：说她们整天在低头翻地。 8.“畦”，音 qí，田园中分成的小区。“垄”，田土分界处。 9.“沟”，沟渠。“塍”，音 chéng，稻田间的土埂子。10.“午饷归”，回家吃午饭。“饷”，食。 11.“朝雉”句：写朝雉双飞惊扰了贫女无偶的悲苦心情。《雉朝飞操》，乐府《琴曲歌辞》。崔豹《古今注》:《雉朝飞》者，犊牧子所作也。齐处士，湣宣时人，年五十无妻，出薪于野，见雉雄雌相随而飞，意动心悲，乃作《朝飞》之操。”一说是有女子随其未婚夫死，自墓中化为双雉飞出，女之母见而作此曲。

韦应物

韦应物（约 737—791），京兆万年（今陕西西安）人。少年时做过玄宗的三卫郎，狂放不羁。后来折节读书。中唐以来曾历任滁州、江州、苏州刺史，世称“韦苏州”。

他和顾况、刘长卿等人友善，常有唱和。诗以描写景物和隐逸生活著称，风格恬淡高远。也有反映民间疾苦的作品。是中唐初期艺术成就较丰富的作家。有《韦苏州集》。

长安遇冯著

客从东方来，衣上灞陵雨¹。问客何为来？采山因买斧²。冥冥花正开³，飏飏燕新乳⁴。昨别今已春，鬓丝生几缕。

1. "灞陵"，在长安东，汉文帝陵墓所在。　2. "采山"，采樵，意指隐居。
3. "冥冥"句：形容不知不觉地遍地花开。　4. "飏飏"句：形容乳燕也开始会飞。"乳"，指鸟初生。

观田家

微雨众卉新¹，一雷惊蛰始²。田家几日闲？耕种从此起。
丁壮俱在野，场圃亦就理³。归来景常晏⁴，饮犊西涧水⁵。饥劬
不自苦⁶，膏泽且为喜⁷。仓廪无宿储⁸，徭役犹未已。方惭不耕
者，禄食出闾里⁹。

1. "卉"，草的总称。　2. "惊蛰"，阴历二月的节气。据说这天开始响雷，
将潜蛰在地下的蛇虫惊醒。　3. "场圃"，场地和菜园。"就理"，整理完毕。
4. "景"，日光。"晏"，晚。　5. "犊"，音 dú，小牛。这里泛指牛。　6. "劬"，
音 qú，劳苦。　7. "膏"，油。"膏泽"，指贵如油的春雨。　8. "廪"，音
lǐn，米仓。"宿储"，旧存。　9. "出闾里"，来自民间。

寄李儋、元锡

去年花里逢君别，今日花开又一年。世事茫茫难自料，春

愁黯黯独成眠。身多疾病思田里[1]，邑有流亡愧俸钱[2]。闻道欲来相问讯[3]，西楼望月几回圆。

1. "思田里"，归隐的意思。"田里"，田园乡里。　2. "邑"，泛指自己所管辖的地区。作者曾经做过几任刺史。"愧俸钱"，拿了俸禄而没尽到职责，感到惭愧。　3. "问讯"，探望。

滁州西涧[1]

独怜幽草涧边生，上有黄鹂深树鸣。春潮带雨晚来急，野渡无人舟自横。

1. 德宗建中二年（781），作者出任滁州刺史。滁州州治在今安徽滁州。

调笑令[1]（二首选一）

其一

胡马，胡马，远放燕支山下[2]。跑沙跑雪独嘶，东望西望路迷。迷路，迷路，边草无穷日暮[3]。

1. "调笑令"，词牌名。　2. "燕支山"，在今甘肃山丹东南。　3. "边"，边塞。

卢 纶

卢纶（约742—约799），字允言，河中蒲（今山西永济西南）人。"大历十才子"之一。屡举进士，不第。宰相元载赏识他的文学，得补阌乡尉。后在河中任元帅府判官。官至检校户部郎中。

他的诗多送别酬答之作，也有一些较优美的景物描写和边塞诗。有《卢户部诗集》，《全唐诗》录存其诗五卷。

塞下曲[1]（六首选二）

其二[2]

林暗草惊风，将军夜引弓[3]。平明寻白羽[4]，没在石棱中[5]。

1.题一作《和张仆射塞下曲》。　2.本首借李广事以写将军的英武。　3."引弓"，拉弓。　4."平明"，清早。"白羽"，指箭。　5."没"，指箭镞嵌入。"棱"，音 léng，棱角，指最刚硬的地方。

其三

月黑雁飞高，单于夜遁逃。欲将轻骑逐[1]，大雪满弓刀。

1."轻骑"，轻装迅疾的骑兵。

李 益

　　李益（746—829），字君虞，陇西姑臧（今甘肃武威）人。大历时期进士。任郑县尉，久不升迁，颇不得意，弃官客游燕、赵间。后曾参佐军幕。宪宗时做过秘书少监等。最后官至礼部尚书。

　　他的诗风格明快豪放，有很多杰出的边塞诗，尤工七绝。每作一篇，教坊乐人争唱。《全唐诗》录其诗二卷。

过五原胡儿饮马泉 [1]

　　绿杨著水草如烟 [2]，旧是胡儿饮马泉。几处吹笳明月夜，何人倚剑白云天 [3]？从来冻合关山路 [4]，今日分流汉使前 [5]。莫遣行人照容鬓，恐惊憔悴入新年 [6]。

---

1. 原注说："鸊鹈泉在丰州城北，胡人饮马于此。""五原"，丰州的州治，今内蒙古五原。题一作《盐州过胡儿饮马泉》。　2."著水"，垂拂水面。3."何人"句：是说边塞需要英雄，并暗示自己的怀抱。宋玉《大言赋》："长剑耿介，倚天之外。"　4."从来"句：是说边关长年在冰雪之中。5."今日"句：是说今日春暖解冻，自己正从这里经过。　6."恐惊"句：感叹自己风尘仆仆，又是一年。"新年"，一作"华年"。

塞下曲（四首选一）

其一

蕃州部落能结束[1]，朝暮驰猎黄河曲。燕歌未断塞鸿飞[2]，牧马群嘶边草绿。

1.“蕃州”，胡地。“结束”，指戎装打扮。　2.“燕歌”，即《燕歌行》。燕是北方边地，《燕歌行》多半写边塞之苦和思妇对征夫的思念。这里用来烘托边塞情调。

听晓角

边霜昨夜堕关榆[1]，吹角当城片月孤[2]。无限塞鸿飞不度[3]，秋风卷入小单于。

1.“堕关榆”，泛指严霜使关塞上的树叶凋落。“边”，一作“繁”。　2.“片”，一作“汉”。　3.“无限”二句：说秋风中送来晓角声，曲调哀怨，连飞鸿也徘徊不前。唐《大角曲》有《大单于》《小单于》曲调。

宫　怨

　　露湿晴花春殿香[1]，月明歌吹在昭阳。似将海水添宫漏[2]，共滴长门一夜长。

1.“露湿”二句：写得宠后妃所居之处日夜欢娱的情景。“昭阳”，汉殿名，见前王昌龄《长信秋词》注，这里是泛指。　2.“似将”二句：是说失宠后妃愁多不寐，感到夜晚特别长，好像铜壶中有滴不尽的海水似的。“长门”，汉宫名，汉武帝时陈皇后失宠居此。后泛指冷宫。“宫漏”，古代宫中以铜壶滴漏计时。

夜上受降城闻笛[1]

　　回乐峰前沙似雪[2]，受降城外月如霜。不知何处吹芦管[3]，一夜征人尽望乡。

1.唐代有中、东、西三个受降城。这里指灵州（今宁夏灵武）的西受降城。
2.“回乐峰”，回乐县附近的山峰。回乐县故城在今宁夏灵武西南。　3.“芦管”，指笛。

张志和

张志和（生卒年不详），字子同，婺州金华（今浙江金华）人。十六岁举明经。肃宗时待诏翰林。后因事贬官，赦还；隐居江湖间，自号"烟波钓叟"。《全唐诗》录其诗词共九首。

渔父歌[1]（五首选一）

其一

西塞山前白鹭飞[2]，桃花流水鳜鱼肥[3]。青箬笠[4]、绿蓑衣，斜风细雨不须归。

1.一作《渔歌子》。　2."西塞山"，有两处，一在今湖北大冶东。这里是指今浙江省湖州市吴兴区妙西镇的道士矶。　3."鳜鱼"，是一种大口，细鳞，淡黄带褐，有黑斑的鱼。味鲜美。"鳜"，音 guì。　4."箬笠"，竹篾编制的斗笠。"箬"，音 ruò，竹篾。

孟 郊

孟郊（751—814），字东野，湖州武康（今浙江德清）人。少年时隐居嵩山。性耿介寡合，和韩愈一见如故。年近五十才中进士，曾任溧阳尉。宪宗元和初，郑余庆为河南尹，奏为水陆转运判官。郑余庆镇兴元，奏为参谋。前往时暴卒于途中。

他一生困顿。诗多不平之鸣，也有一些反映民间疾苦的作品。长于五言古诗。语言力求奇僻，形成独特的风格，但时时流于艰涩。当时和贾岛齐名，而成就远过于贾。有《孟东野集》。

长安羁旅行 [1]

十日一理发 [2]，每梳飞旅尘 [3]。三旬九过饮 [4]，每食唯旧贫 [5]。万物皆及时，独余不觉春。失名谁肯访？得意争相亲。直木有恬翼 [6]，静流无躁鳞 [7]。始知喧竞场 [8]，莫处君子身。野策藤竹轻 [9]，山蔬薇蕨新 [10]。潜歌归去来 [11]，事外风景真 [12]。

1. 贞元八年（792）作者于长安应进士试下第。这诗可能是当时之作。2. "理"，梳理。 3. "旅尘"，客中奔走所沾上的尘土。 4. "旬"，十天为一旬。"九"，九次。"过饮"，喝了酒。"过"，有"了"的意思，如"过瘾"之"过"。古人经常饮酒，有如今人喝茶，这里是言其少。 5."旧贫"，照旧的粗劣食物。 6."恬"，静。"翼"，指鸟。 7."鳞"，指鱼。 8."喧竞场"，争名夺利的场所，指长安。 9."策"，手杖。 10."薇""蕨"，都是羊齿类草本植物。茎叶嫩时卷曲如拳，可当菜吃。根茎可制淀粉。相传周初伯夷、叔齐隐于首阳山，采薇而食。后多以薇、蕨指隐士的食物。"新"，鲜。 11."潜歌"，心中暗暗歌咏，表示向往之情。"归去来"，指陶渊明的《归去来兮辞》。 12."事"，人事，指尘世。

游子吟 [1]

慈母手中线，游子身上衣。临行密密缝，意恐迟迟归。谁言寸草心 [2]，报得三春晖 [3]。

1. 自注："迎母溧上作。"这时作者五十岁，做溧阳（今江苏溧阳）尉。
2. "寸草心"，小草嫩心。双关。 3. "三春"，春季三个月。"晖"，阳光。

织妇辞

夫是田中郎，妾是田中女。当年嫁得君，为君秉机杼 [1]。筋力日已疲，不息窗下机。如何织纨素 [2]，自著蓝缕衣 [3]？官家榜村路 [4]，更索栽桑树 [5]。

1.“秉”，操持。“杼”，织布机上理经的工具。 2.“纨素”，细白的绢。
3.“蓝缕衣”，破衣。 4.“榜”，贴告示。 5.“索”，要。“栽桑树”，指
多养蚕缲丝。

寒地百姓吟

　　无火炙地眠[1]，半夜皆立号[2]。冷箭何处来？棘针风骚劳[3]。
霜吹破四壁[4]，苦痛不可逃。高堂捶钟饮[5]，到晓闻烹炮[6]。寒者
愿为蛾，烧死彼华膏[7]。华膏隔仙罗[8]，虚绕千万遭。到头落地
死，踏地为游遨[9]。游遨者是谁？君子为郁陶[10]！

1.“炙地眠”，穷苦人无炉、炕，只得用柴火将地烘热，然后睡卧。 2.“立”，
冷得睡不下去，只好站着。“号”，叫。 3.“棘针”，形容冷风如刺如针。
“骚劳”，一作“骚骚”，风声。 4.“霜吹”，霜风。 5.“高堂”句：指富
贵人家鸣钟宴饮。 6.“到晓”，通宵。“闻烹炮”，闻到或听到在烹炮食物。
7.“华膏”，指富贵人家的灯火。“膏”，灯油。 8.“仙罗”，指富贵人家
华丽的纱罗帷幔。 9.“踏地”，指舞。“游遨”，游戏，娱乐。《史记·律
书》：“游敖嬉戏，如小儿状”。又《诗经·王风·君子阳阳》是一首写舞的
诗，其中说：“右招我由敖，其乐只且。”“游”，古通作“由”，则更是指舞
而言。 10.“君子”句：是说舞乐者如果是君子，应当有思念百姓的忧心。
又《孟子·万章》：“郁陶思君尔”。“君子”也可指作者自己或泛指，而隐
指“游遨者”是皇帝的宠幸之人。“郁陶”，忧闷思念。“陶”，音 yáo。

有所思 [1]

桔槔烽火昼不灭 [2]，客路迢迢信难越 [3]。古镇刀攒万片霜 [4]，寒江浪起千堆雪。此时西去定如何 [5]？空使南心远凄切 [6]。

1."有所思"，乐府旧题。　2."桔槔"，音 jiégāo，一种简单的举物工具。在架上支一横木，一头重一头轻，放开手即能自动翘起。古代边防上设烽火台，上置桔槔，举烽火以报警。　3."客路"，指戍客赴边所经过的道路。"信"，真。　4."古镇"句：形容寒霜刺人，锋利如刀。"攒"，音 cuán，聚起。　5."西去"，指远戍西北。"定"，究竟。　6."南心"，指闺人。

洛桥晚望 [1]

天津桥下冰初结，洛阳陌上人行绝。榆柳萧疏楼阁闲，月明直见嵩山雪 [2]。

1."洛桥"，就是天津桥，是洛水上的一条浮桥，故址在今河南洛阳西南。
2."嵩山"，在洛阳东南，是五岳中的中岳。

韩 愈

韩愈（768—824），字退之，河内河阳（在今河南孟州南）人，昌黎为其郡望。贞元进士，曾任监察御史，因上疏被谗，贬阳山（今广东阳山）令。宪宗时随宰相裴度平定淮西，迁刑部侍郎。因上表谏阻迎佛骨，贬为潮州刺史。穆宗时召为国子监祭酒，官至吏部侍郎。

他反对藩镇割据，力排佛教，当时有一定进步意义。在散文方面，提倡古文，反对骈俪，是唐代古文运动的大师。

他的诗力求新奇，印象强烈，自开一派，重气势，有"以文为诗"之称，但时时流于险怪。有《昌黎先生集》。

调张籍 [1]

李杜文章在 [2]，光焰万丈长。不知群儿愚，那用故谤伤 [3]！蚍蜉撼大树 [4]，可笑不自量。伊我生其后 [5]，举颈遥相望。夜梦多见之，昼思反微茫。徒观斧凿痕 [6]，不睹治水航。想当施手时 [7]，巨刃摩天扬 [8]。垠崖划崩豁 [9]，乾坤摆雷硠 [10]。惟此两夫子，家居率荒凉 [11]。帝欲长吟哦 [12]，故遣起且僵 [13]；翦翎送笼中 [14]，使看百鸟翔。平生千万篇，金薤垂琳琅 [15]。仙官敕六丁 [16]，雷电下取将。流落人间者，太山一毫芒[17]。我愿生两翅，捕逐出八荒[18]。精诚忽交通[19]，百怪入我肠。刺手拔鲸牙[20]，举瓢酌天浆[21]。腾身跨汗漫[22]，不著织女襄[23]。顾语地上友[24]，经营无太忙[25]！乞君飞霞佩[26]，与我高颉颃[27]。

1."调"，戏赠。　2."李"，李白。"杜"，杜甫。　3."那用"句：谤伤何用的意思。　4."蚍蜉"，音 pífú，大蚂蚁。　5."伊"，语助词。　6."徒观"二句：是说如今虽能见到李、杜的创作，但无法得知他们的创作过程，犹如能见到夏禹开山凿河的痕迹，却见不到他当时治水的航程一样。"瞩"，音 zhǔ，看见。　7."施手"，动手开凿山河，比喻创作。　8."巨刃"，指巨斧。"摩天"，贴着天空。　9."垠"，岸。"崖"，山边。"划"，劈开。"崩豁"，裂开大豁口。　10."摆"，开。"雷硠"，山崩声。"硠"，音 láng。11."家居"，指平时生活。"率"，大抵。"荒凉"，冷落。　12."帝欲"句：说天帝想使李、杜长作诗。　13."起"，崛起，指露头角。"僵"，跌倒，指受挫折。意思是天才受压抑，感慨必深，更会写出好诗来。　14."翦翎"二句：指天帝故意使他们局促不得志。"翦翎"，剪掉鸟的翎毛。　15."金薤"句："金"，指金错书。"薤"，音 xiè，指倒薤书。都是篆隶书法名。"琳琅"，美玉石。这句说李、杜的文章，都和金石文字一样，永垂不朽。16."仙官"二句：说仙官敕令六丁神雷电交作地到人间来将李、杜的文章取去献给天帝。　17."太山"，大山。指李、杜诗歌创作成就之大。"毫芒"，指人间对于李、杜的理解远远不够。　18."捕逐"，指追踪李、杜。"八荒"，指四海之外极远的地方。　19."精诚"二句：说自己的精神忽与李、杜相通，于是就获得了种种奇异的灵感。　20."刺手"，反手。"刺"，乖戾，背扭的意思。　21."天浆"，天帝的酒浆。　22."汗漫"，无边无际的空间。　23."不著"句：指不作无用陈言。《诗经·小雅·大东》："跂彼织女，终日七襄。虽则七襄，不成报章。"以上四句写作者受到李、杜的影响后，创造性达到了雄伟高超的境界。　24.“地上友”，泛指，或隐指前面所说的“群儿”。　25.“经营”，指庸俗的追求，或指“故谤伤”一类的事。26.“乞”，音 qì，给。“君”，指张籍。“飞霞佩”，以飞霞做佩带，指神仙的衣服。　27.“颉颃”，音 xiéháng，飞上飞下。

山 石[1]

山石荦确行径微[2]，黄昏到寺蝙蝠飞。升堂坐阶新雨足，芭蕉叶大支子肥[3]。僧言古壁佛画好，以火来照所见稀[4]。铺床拂席置羹饭[5]，疏粝亦足饱我饥[6]。夜深静卧百虫绝，清月出岭光入扉[7]。天明独去无道路，出入高下穷烟霏[8]。山红涧碧纷烂漫[9]，时见松枥皆十围[10]。当流赤足蹋涧石[11]，水声激激风吹衣。人生如此自可乐，岂必局束为人鞿[12]？嗟哉吾党二三子[13]，安得至老不更归！

1. 方世举《韩昌黎诗集编年笺注》以为这诗是贞元十七年（801）夏秋间诗人闲居洛阳时作；寺即惠林寺。　2.“荦确”，音 luòquè，险峻不平。“微”，狭小。　3.“支子”，即栀子，常绿灌木，夏天开花，色白，很香。“支”，同“栀”。　4.“稀”，依稀，看不清。也可解释为稀罕，指以前很少见过这样好的壁画。　5.“置”，摆。　6.“疏粝”，粗糙的饭食。“粝”，音 lì，粗米。7.“扉”，门。　8.“穷”，尽，这里是走遍的意思。“霏”，音 fēi，云飞的样子，指流动的烟雾。9.“烂漫”，光彩分布的样子。　10.“枥”，同“栎”，落叶乔木，花黄褐色，果实叫橡斗。“围”，一抱叫一围。　11.“蹋”，同

"踏"。　12."局束"，局促，拘束。"靬"，音 jī，驾驭牲口的嚼子。"为人靬"，为别人所控制。　13."吾党二三子"，指追随自己的几个朋友。

八月十五夜赠张功曹 [1]

　　纤云四卷天无河 [2]，清风吹空月舒波 [3]。沙平水息声影绝，一杯相属君当歌 [4]。君歌声酸辞且苦，不能听终泪如雨："洞庭连天九疑高 [5]，蛟龙出没猩鼯号 [6]。十生九死到官所 [7]，幽居默默如藏逃 [8]。下床畏蛇食畏药 [9]，海气湿蛰熏腥臊 [10]。昨者州前捶大鼓 [11]，嗣皇继圣登夔皋 [12]。赦书一日行万里，罪从大辟皆除死 [13]。迁者追回流者还 [14]，涤瑕荡垢清朝班 [15]。州家申名使家抑 [16]，坎轲只得移荆蛮 [17]。判司卑官不堪说 [18]，未免捶楚尘埃间 [19]。同时辈流多上道 [20]，天路幽险难追攀 [21]。"君歌且休听我歌，我歌今与君殊科 [22]："一年明月今宵多，人生由命非由他 [23]，有酒不饮奈明何 [24]！"

1."张功曹"，即张署。贞元十九年（803），韩愈和张署都在长安做监察御史，因天旱，进谏德宗减免关中徭役赋税，为李实所谗，愈贬阳山（今广东阳山）令，署贬临武（今湖南临武）令。贞元二十一年（805）顺宗即位，大赦天下，韩愈和张署都到郴州（今湖南郴州）去等候命令；八月，顺宗因病传位给宪宗，又大赦。愈改官江陵府（今湖北荆州市荆州区）法曹参军，署改官江陵府功曹参军。这诗是这年中秋改官后在郴州时所作。　2."河"，银河。　3."舒"，舒展。"波"，月光。　4."属"，劝酒。　5."九疑”，即苍梧山，在今湖南宁远境内。 6.“猩”，猩猩。“鼯”，音wú，一种能从高处向下滑翔的鼠类。 7.“十生九死”，差一点死了。“官所”，指临武。 8.“如藏逃”，像躲藏的逃犯一样。 9.“药”，指蛊毒，相传是南方边地一种用毒虫制成的害人的药。 10.“湿蛰”，指潮湿的蛰伏在地里的虫蛇的毒气。 11.“州”，指郴州衙署。“捶大鼓”，擂鼓集聚官民宣布大赦令。 12.“嗣皇”，指宪宗。“继圣”，继承帝位。“登”，进用。“夔皋”，指贤臣。夔和皋陶都是舜时的贤臣。 13.“大辟”，死刑。“除死”，免于处死。 14.“迁”，迁谪，贬官。“追回”，召回。“流”，流放。 15.“清朝班”，清除朝廷中的奸邪。 16.“州家”，指刺史。“申名”，提名申报。“使家”，指观察使。“抑”，指抑制他们而不使召回朝廷。 17.“移荆蛮”，指调往江陵府任职。 18.“判司”，唐代对诸曹参军的统称。 19.“捶楚”，被鞭挞。“尘埃间”，指伏地受刑。唐制，参军簿尉，有过错须受笞杖之刑。 20.“同时辈流”，指和他们同时迁谪的人们。“上道”，上路回京。21.“天路”，比喻进身于朝廷的途径。 22.“殊科”，不同类。 23.“他”，音tuō。 24.“明”，指明月。

左迁至蓝关示侄孙湘 [1]

　　一封朝奏九重天 [2]，夕贬潮阳路八千 [3]。欲为圣朝除弊事，肯将衰朽惜残年 [4]？云横秦岭家何在 [5]，雪拥蓝关马不前。知汝远来应有意，好收吾骨瘴江边 [6]。

1.元和十四年（819）正月，宪宗命人从凤翔法门寺迎佛骨入宫供养。作者时为刑部侍郎，进谏极言其弊，触怒宪宗，被贬为潮州刺史。这诗是途中所作。古时尊右卑左，所以称贬官为"左迁"。"蓝关"，在今陕西蓝田东南。"湘"，韩愈侄老成子，长庆进士。 2."封"，指谏书。 3."潮阳"，今广东省汕头市潮阳区，唐潮州州治所在。"八千"，指长安到潮州的路程。4."肯"，岂肯的意思。 5."秦岭"，即终南山。 6."瘴江边"，指潮州。当时岭南一带多瘴气。

次潼关先寄张十二阁老使君 [1]

荆山已去华山来 [2]，日照潼关四扇开 [3]。刺史莫辞迎候远 [4]，相公亲破蔡州回 [5]。

1.元和九年（814）吴元济据淮西地区叛乱。十二年（817）宰相裴度率兵征讨。十月破蔡州（今河南汝南县），生擒吴元济，乱平。作者曾为行军司马，随军出征。这诗是十一月凯旋时作。"次"，军队抵达、驻扎。"潼关"，在今陕西潼关。"张十二"，指张贾。唐时称中书舍人或给事中为"阁老"。"使君"，对刺史的尊称。这时张贾做华州（今陕西省渭南市华州区）刺史。2."荆山"，在今河南灵宝。"华山"，在今陕西华阴。 3."照"，一作"出"。"扇"，一作"面"。 4."刺史"，指张贾。 5."相公"，指裴度。"新"，一作"亲"。

柳宗元

柳宗元（773—819），字子厚，河东（今山西永济）人。贞元进士，和刘禹锡等同属革新政治的王叔文集团。王叔文失败，他被贬为永州司马。后迁柳州刺史；卒于柳州，世称"柳柳州"。

他有朴素的唯物主义和进步思想。与韩愈共同领导了唐代的古文运动。曾写作了不少揭露阶级矛盾，批判黑暗现实的诗文。他的山水游记和山水诗都很有特色。有《柳河东集》。

南涧中题 ¹

秋气集南涧，独游亭午时²。回风一萧瑟，林影久参差。始至若有得，稍深遂忘疲。羁禽响幽谷³，寒藻舞沦漪⁴。去国魂已远⁵，怀人泪空垂。孤生易为感⁶，失路少所宜⁷。索寞竟何事⁸，徘徊只自知。谁为后来者，当与此心期⁹！

1."南涧"，在永州（今湖南省永州市零陵区）朝阳岩东南。这是作者谪居永州时所作。　2."亭午"，正午。　3."羁禽"，漂泊失群的鸟。　4."藻"，水草。"沦漪"，小水波。"漪"，音 yī。　5."去国"，指贬谪离京。"远"，一作"游"。　6."孤生"，孤独的生活。"易为感"，容易触景生情。　7."失路”，指政治上不得意。“少所宜”，是很难自处的意思。　8.“索寞”，枯寂无生气。　9.“当与”句：是说期待后来的人会理解自己这时的心情。

渔 翁 [1]

　　渔翁夜傍西岩宿，晓汲清湘燃楚竹 [2]。烟销日出不见人，欸乃一声山水绿 [3]。回看天际下中流 [4]，岩上无心云相逐。

1. 这诗当是作者谪居永州时所作。　2.“湘”，湘水。湘水源于广西，流经永州。“楚”，指湖南一带。　3.“欸乃”，行舟橹声。“欸”，音 ǎi。　4.“回看”句：写渔翁回看宿处，乘流直下。

登柳州城楼寄漳汀封连四州 [1]

　　城上高楼接大荒 [2]，海天愁思正茫茫。惊风乱飐芙蓉水 [3]，密雨斜侵薜荔墙 [4]。岭树重遮千里目，江流曲似九回肠。共来百越文身地 [5]，犹自音书滞一乡。

1. 作者和刘禹锡、韩晔、韩泰、陈谏等人因同属王叔文集团而遭贬。元和十年（815），他们五人同奉诏进京。由于有人反对，不久朝廷又将他们外调，以作者为柳州刺史，韩泰为漳州刺史，韩晔为汀州刺史，陈谏为封州刺史，刘禹锡为连州刺史。柳州州治在今广西柳州。漳州州治在今福建龙海。汀州州治在今福建长汀。封州州治在今广东封开。连州州治在今广东连州。这诗是那年夏天作者初到柳州时作。 2."大荒"，指海外。 3."飐"，音 zhǎn，吹动。"芙蓉"，荷。 4."薜荔"，一种蔓生灌木。 5."共来"二句：说几人都在南方而互不通音讯。"百越"，一作"百粤"，古代种族名，居住在今广东一带。"文身"，在身上刺花纹。

江 雪

千山鸟飞绝，万径人踪灭。孤舟蓑笠翁，独钓寒江雪。

王 建

王建（约767—约830），字仲初，颍川（治今河南许昌）人。大历十年（775）进士。做过侍御史、司马等官职，还曾从军到过边塞。他晚境困苦，约卒于文宗太和末年，享年八十多岁。

他的乐府诗和张籍齐名，世称"张王乐府"。他的这些作品，从各方面反映了社会矛盾和民间疾苦，语言通俗自然，有丰富的现实内容。之外还有一些清丽的小诗和一百首描写宫廷生活的宫词，后者没有多大意义，艺术上也无甚可取处。有中华书局出版的《王建诗集》可用。

簇蚕辞 [1]

蚕欲老，箔头作茧丝皓皓 [2]。场宽地高风日多，不向中庭睃蒿草 [3]。神蚕急作莫悠扬 [4]，年来为尔祭神桑。但得青天不下雨，上无苍蝇下无鼠。新妇拜簇愿茧稠 [5]，女洒桃浆男打鼓 [6]。三日开箔雪团团，先将新茧送县官。已闻乡里催织作 [7]，去与谁人身上著。

1. "簇"，音 cù，字亦作"蔟"，即蚕蔟，通常用稻草做成，蚕在上面做茧。
2. "箔头"，箔上。箔是养蚕的器具，多用竹制成，样子像筛子或席子，也叫蚕帘，蔟就放在箔的上面。　3. "不向"句：是说风日晴和，就不须将蒿草搬到中庭去晒了。"睃"，同"晒"。"蒿草"，制蔟所用。　4. "神蚕"二句：是说蚕子快快吐丝吧，年来为你们祈祷桑叶茂盛，盼望你们增产，可别有负厚望。古人将蚕、桑看成神物，所以称"神蚕""神桑"。"悠扬"，缓慢的意思。　5. "拜簇"，指祭蚕神。　6. "洒桃浆"，为了辟邪。"打鼓"，为了迎福。　7. "已闻"二句：慨叹公家已经在催织成匹去缴税，劳动者却不能享受自己的果实。

当窗织

叹息复叹息，园中有枣行人食 [1]。贫家女为富家织，翁母隔墙不得力 [2]。水寒手涩丝脆断 [3]，续来续去心肠烂。草虫促促机下啼⁴，两日催成一匹半。输官上头有零落⁵，姑未得衣身不著。当窗却羡青楼倡⁶，十指不动衣盈箱。

1.“园中”句：为下句起兴，比喻自己的劳动果实为别人所占有。　2.“翁母”句：说织妇得不到她公婆的帮助。　3.“手涩”，谓手因天寒而皴了。“涩”，不滑。　4.“草虫”，这里指蟋蟀。“促促”，蟋蟀的叫声。古谚：“促织鸣，懒妇惊。”这里暗含有“促织”的意思。　5.“输官”二句：说输官后剩下的零碎料子不够给婆婆和自己做衣服。“上头”，上面。“有零落”，谓输官后只有一些零碎料子剩下来。　6.“青楼”，古指贵家女子的住处，后专指妓院。“倡”，同“娼”。

水夫谣

　　苦哉生长当驿边¹，官家使我牵驿船。辛苦日多乐时少，水宿沙行如海鸟²。逆风上水万斛重³，前驿迢迢波淼淼⁴。半夜缘堤雪和雨⁵，受他驱遣还复去。夜寒衣湿披短蓑，臆穿足裂忍痛何⁶？到明辛苦无处说，齐声腾踏牵船歌。一间茅屋何所值，父母之乡去不得。我愿此水作平田，长使水夫不怨天。

1.“苦哉”句：是说生长在驿站附近很苦。古代水陆驿站，都强迫人民为驿站赶车、驾船、拉纤。　2.“水宿沙行”，说水夫晚上睡在船上，白天在沙滩拉纤行走。　3.“万斛重”，极言其重。“斛”，音hú，古时起初以十斗为斛，后又以五斗为斛。　4.“淼淼”，音miǎomiǎo，大水渺茫无边。　5.“缘堤"，沿堤。　6."臆穿"，说胸口给纤索磨破了。"臆"，胸。

田家行 [1]

　　男声欣欣女颜悦，人家不怨言语别 [2]。五月虽热麦风清 [3]，
檐头索索缲车鸣 [4]。野蚕作茧人不取 [5]，叶间扑扑秋蛾生。麦收
上场绢在轴 [6]，的知输得官家足 [7]。不望入口复上身，且免向城
卖黄犊 [8]。田家衣食无厚薄 [9]，不见县门身即乐。

　　1. 这诗写夏收时农民的喜悦，和他们丰年还不敢奢望温饱，但求缴清赋
税，免受官府逼迫的痛苦心情。　2."人家"句：意思是说由于丰收，人
们心情愉快而无怨气，因此言语和悦，有别于平日。　3."麦风"，麦熟时
的风，南风。　4."檐头"，屋檐下头。"索索"，缲车声。"缲车"，抽丝的
车。　5."野蚕"二句：说家蚕丰产，因此无人去收野蚕茧而任其化作秋
蛾。　6."轴"，织具，字亦作"柚"。　7."的知"，确切知道。　8."犊"，
音 dú，小牛。这里泛指耕牛。　9."田家"二句：说农民谈不上衣食的厚薄、
好坏，只要不因赋税进衙门就是莫大乐事了。

江陵使至汝州 [1]

　　回看巴路在云间 [2]，寒食离家麦熟还。日暮数峰青似染，商
人说是汝州山。

1. "江陵"，今湖北荆州市荆州区。"使"，出差使。"汝州"，今河南汝州。据诗意，知作者约于三月到江陵去出差，五月从江陵回到汝州。 2. "巴路"，指从江陵来的水路。江陵靠近巴蜀，上通三峡。

张　籍

张籍（约767—约830），字文昌，原籍吴郡（今江苏苏州），生长在和州乌江（今安徽和县）。贞元进士。曾任太常寺太祝、水部员外郎、国子司业等。

他出身贫寒，对现实有较深刻的认识。重视文学的政治意义，写了许多揭露社会矛盾、同情民生疾苦的诗歌，很为白居易所推重。他的乐府诗和王建齐名，世称"张王乐府"。有《张司业集》。

野老歌 1

老农家贫在山住，耕种山田三四亩。苗疏税多不得食，输入官仓化为土。岁暮锄犁傍空室，呼儿登山收橡实 2。西江贾客珠百斛 3，船中养犬长食肉。

1.题一作《山农词》。 2."橡实"，橡树的果实，灾荒时可用来充饥。 3."西江"，李白《苏台览古》："只今惟有西江月，曾照吴王宫里人。"《乌栖曲》"起看秋月坠江波"，则江在姑苏城西。作者原籍姑苏，或即指此。又作者《贾客乐》"金陵向西贾客多"，则或指长江上游一段。

筑城词 [1]

筑城处，千人万人齐把杵 [2]。重重土坚试行锥 [3]，军吏执鞭催作迟。来时一年深碛里 [4]，尽著短衣渴无水。力尽不得抛杵声 [5]，杵声未尽人皆死。家家养男当门户，今日作君城下土 [6]。

1."词"，一作"曲"。 2."杵"，打夯的工具。 3."试行锥"，说监工军吏用锥子扎扎，看土夯得坚实不坚实。 4."碛"，音 qì，沙漠。 5."抛"，一作"休"。 6."君"，指统治者。

贾客乐 [1]

金陵向西贾客多，船中生长乐风波。欲发移船近江口，船头祭神各浇酒。停杯共说远行期，入蜀经蛮远别离 [2]。金多众中为上客，夜夜算缗眠独迟 [3]。秋江初月猩猩语，孤帆夜发潇湘渚。水工持楫防暗滩 [4]，直到山边及前侣 [5]。年年逐利西复东，姓名不在县籍中 [6]。农夫税多长辛苦，弃业宁为贩宝翁。

1."贾客乐"，乐府《清商曲·西曲歌》旧题，"贾"，原作"估"。　2."蛮"，泛指西南少数民族地区。　3."算缗"，算账。"缗"，音 mín，穿钱的绳索。每一缗穿一千钱，作为计算单位。　4."水工"，驾船的水手。"楫"，桨。"暗滩"，暗藏着石头的险滩。　5."及前侣"，赶上前面的同行船。　6."姓名"句：县里的户籍中没有姓名，也就没有赋税。

没蕃故人 [1]

前年伐月支 [2]，城下没全师 [3]。蕃汉断消息，死生长别离。无人收废帐，归马识残旗。欲祭疑君在，天涯哭此时。

1."没蕃故人"，战败陷没在吐蕃的老友。　2."月支"，汉西域国名，借指吐蕃。　3."没全师"，全军覆没。

刘禹锡

刘禹锡（772—842），字梦得，洛阳（今属河南）人，贞元进士，授监察御史。曾参加王叔文集团。失败后，贬为朗州司马。后来做过许多地方的刺史。官终检校礼部尚书。

他前期和柳宗元很要好，晚年在洛阳，和白居易过从甚密。

诗的风格通俗清新，深得民歌的优点。有《刘梦得文集》。

西塞山怀古 [1]

　　王濬楼船下益州 [2]，金陵王气黯然收 [3]。千寻铁锁沉江底 [4]，一片降幡出石头。人世几回伤往事，山形依旧枕寒流。从今四海为家日 [5]，故垒萧萧芦荻秋 [6]。

1. "西塞山"，在今湖北大冶东，是长江中流险要处。　2. "王濬"，字士治，弘农人，官益州刺史。他受晋武帝命伐吴，造大船，从成都出发，沿长江东下。"楼船"，战舰。"益州"，州治在今四川成都。"濬"，音 jùn。　3. "金陵王气"，秦始皇时，相传金陵（今南京）有天子气。"黯然"，失色的样子。　4. "千寻"二句：吴人知晋派水军来攻，在长江险要处装上铁锁阻拦。王濬造大筏，用火炬烧毁了铁锁，战舰直抵石头城（今南京）下；吴主孙皓出降，吴灭。这两句咏这事。"寻"，周尺八尺为一寻。"降幡"，表示投降的旗子。"幡"，音 fān。　5. "四海为家"，指天下统一。　6. "故垒"，指西塞山。"垒"，古代军中防守用的工事。

竹枝词 [1]（二首选一）

其一

　　杨柳青青江水平，闻郎江上唱歌声。东边日出西边雨，道是无晴却有晴 [2]。

1. 当时巴渝地区（今四川东部）的一种民歌。刘禹锡开始拟作，于是盛行于贞元、元和之间。　2. "晴"，谐"情"。二"晴"字一作"情"。

石头城 [1]

　　山围故国周遭在 [2]，潮打空城寂寞回 [3]。淮水东边旧时月 [4]，夜深还过女墙来 [5]。

1. 这是《金陵五题》的第一首。"石头城"，今南京。　2. "故国"，故城。"周遭在"，形容周围青山依旧。　3. "潮"，长江的江潮。　4. "淮水"，即秦淮河。　5. "女墙"，城上矮墙。

乌衣巷 [1]

　　朱雀桥边野草花 [2]，乌衣巷口夕阳斜。旧时王谢堂前燕 [3]，飞入寻常百姓家。

1. 这是《金陵五题》的第二首。"乌衣巷"，在今南京东南，秦淮河南，和朱雀桥相近。东晋王导、谢安诸贵族都住在这里。　2. "朱雀桥"，秦淮河上桥名。今南京聚宝门内有镇淮桥，据说即其遗址。　3. "旧时"二句：是说旧日门阀贵族已成过去。

白居易

白居易（772—846），字乐天，下邽（今陕西渭南）人。青年时代家境贫困，加上战乱频仍，长期流浪在外，对社会现实和人民疾苦有较深的了解。贞元中进士，授秘书省校书郎，补盩厔尉。元和时曾任翰林学士、左拾遗及左赞善大夫。后因上表请求严缉刺死宰相武元衡的凶手，得罪权贵，贬为江州司马，移忠州刺史。穆宗长庆中任杭州、苏州刺史等职。官至刑部尚书。晚年好佛，号香山居士。

他的《与元九书》较系统地表达了他进步的文学思想，主张"文章合为时而著，歌诗合为事而作"，强调继承《诗经》的优良传统，肯定诗歌的教育意义和政治作用，反对六朝以来的形式主义。他早期所作的一百多篇讽谕诗，如《秦中吟》《新乐府》等，从各方面深刻地揭露了封建社会的罪恶，为广大被压迫被剥削的穷苦人民呼吁。这种反映现实的创作实践，对当时新乐府运动的开展和深入起了极大的作用。

由于本身的阶级局限和客观政治局势的影响，他后期逐渐消沉下来，因此无论思想还是创作，都丧失了他前期的战斗锋芒。

除了讽谕诗，他的长篇叙事诗《长恨歌》《琵琶行》也很著名，形象生动鲜明，语言通俗优美，充分地显示了他的诗歌艺术特色。有《白氏长庆集》。

观刈麦 [1]

田家少闲月，五月人倍忙。夜来南风起，小麦覆陇黄。妇姑荷箪食 [2]，童稚携壶浆。相随饷田去 [3]，丁壮在南冈 [4]。足蒸暑土气，背灼炎天光。力尽不知热，但惜夏日长 [5]。复有贫妇人，抱子在其傍。右手秉遗穗 [6]，左臂悬敝筐。听其相顾言，闻者为悲伤："家田输税尽 [7]，拾此充饥肠。"今我何功德，曾不事农桑 [8]。吏禄三百石 [9]，岁晏有余粮。念此私自愧，尽日不能忘。

1.题下原注："时为盩厔县尉。"知这诗是作者于宪宗元和元年（806）做盩厔（音 zhōuzhì，今陕西周至）县尉时写的。"刈"，音 yì，割。 2."荷"，担着。"箪"，音 dān，古代盛饭的圆竹器。 3."饷田"，给在田野干活的人送饭。"饷"，音 xiǎng。 4."丁壮"，可以从事重劳动的男子。 5."但惜"句：意思是说夏日天长，可以多干活。"惜"，舍不得。 6."秉"，拿。"遗穗"，掉在地里的麦穗。 7."家田"，自家的田。"输税"，纳税。 8."事农桑"，从事耕、织劳动。 9."三百石"，指县尉的禄石。这是习用汉制的说法，唐制职田禄米京官正一品才有七百石，正四品只有三百石。

宿紫阁山北村 [1]

晨游紫阁峰，暮宿山下村。村老见余喜，为余开一樽 [2]。举杯未及饮，暴卒来入门 [3]。紫衣挟刀斧 [4]，草草十余人 [5]。夺我席上酒，掣我盘中飧⁶。主人退后立，敛手反如宝⁷。中庭有奇树，种来三十春。主人惜不得，持斧断其根⁸。口称采造家⁹，身属神策军¹⁰。主人慎勿语，中尉正承恩。

1. 这诗的写作年代同前诗。"紫阁"是终南山的一个山峰，在陕西周至附近。　2."开一樽"，指设酒相待。"樽"，古代的盛酒器具。　3."暴卒"，凶暴的兵卒，指神策军士兵。　4."紫衣"，神策军的军服。　5."草草"，乱七八糟。　6."掣"，音 chè，夺取。"飧"，音 sūn，指晚饭。　7."敛手"，缩着手不敢有所举动。　8."持斧"，指暴卒。　9."采造家"，替皇帝采集木材营造宫室的人。　10."神策军"，当时的一支禁军。德宗时置左右神策护军"中尉"，以宦官充当。此后宦官掌握禁兵，军纪极坏，作恶多端。

重　赋¹

厚地植桑麻²，所要济生民³。生民理布帛⁴，所求活一身。身外充征赋⁵，上以奉君亲⁶。国家定两税⁷，本意在爱人。厥初防其淫⁸，明敕内外臣⁹。税外加一物，皆以枉法论¹⁰。奈何岁月久，贪吏得因循¹¹。浚我以求宠¹²，敛索无冬春¹³。织绢未成匹，缲丝未盈斤¹⁴。里胥迫我纳¹⁵，不许暂逡巡¹⁶。岁暮天地闭¹⁷，阴风生破村。夜深烟火尽，霰雪白纷纷¹⁸。幼者形不蔽，老者体无温。悲喘与寒气，并入鼻中辛。昨日输残税¹⁹，因窥官库门。缯帛如山积²⁰，丝絮似云屯²¹。号为羡余物²²，随月献至尊²³。夺我身上暖，买尔眼前恩。进入琼林库²⁴，岁久化为尘。

1. 本篇选自《秦中吟》，原第二首。这一组诗共十首，序说："贞元（785—804）、元和（806—820）之际，予在长安，闻见之间，有足悲者，因直歌其事，命为《秦中吟》。" 2. "厚地"，肥沃的土地。 3. "所要"，主要的。 4. "理布帛"，将丝麻纺织成布帛。"帛"，丝织品的总称。 5. "身外"，自身生活所需之外。 6. "君亲"，指皇帝。 7. "两税"，德宗时，宰相杨炎将开元以前实行的税法租（征谷）、庸（征役）、调（征布）合而为一，统以钱纳税，分夏秋两季征收，叫两税法。 8. "厥"，其。"厥初"，其初、开始。"淫"，过分。"防其淫"，防止超过法定税额。 9. "敕"，音chì，皇帝的文书、诏令。"明敕"，明令公布。"内外臣"，中央和地方的官吏。 10. "枉法"，违法。"论"，论罪。 11. "因循"，贪赃枉法，因袭成风。 12. "浚"，音jùn，煎熬、榨取。 13. "敛索"句：说违反两税法夏秋两季收税的规定，从春到冬一年四季都在向人民横征暴敛。 14. "缫丝"，抽茧出丝。"缫"，音sāo。 15. "里胥"，地保。 16. "暂逡巡"，稍有迟疑。 17. "天地闭"，古人认为天气上腾，地气下降，天地不通，闭塞而成冬。 18. "霰"，音xiàn，雪珠。 19. "残税"，尚未缴清的税。 20. "缯"，音zēng，丝织品的总称。 21. "屯"，聚。 22. "羡余物"，指从民间额外搜括来进贡给皇帝的财物。"羡"，余。"羡余"，盈余的赋税。德宗时，一些地方官将超额征收来的赋税献给皇帝，巧立名目，叫羡余。 23. "随月"，按月。"至尊"，皇帝。 24. "琼林"，珠宝丛集如林的意思。德宗曾建琼林、大盈二私库另藏贡物。

轻　肥[1]

意气骄满路，鞍马光照尘。借问何为者？人称是内臣[2]。朱绂皆大夫[3]，紫绶悉将军。夸赴军中宴[4]，走马去如云。樽罍溢九酝⁵，水陆罗八珍⁶。果擘洞庭橘⁷，脍切天池鳞⁸。食饱心自若⁹，酒酣气益振¹⁰。是岁江南旱¹¹，衢州人食人！

1."轻肥"，轻裘肥马，指豪华生活。这诗是《秦中吟》的第七首。 2."内臣"，宦官。 3."朱绂"二句：说这些宦官都身居文武要职。"朱绂"，朱红色有花纹的官服。"绂"，音fú。"大夫"，泛指文官。"绶"，音shòu，系印的丝带子。唐制三品以上文武官员的服饰用紫色，四、五品用朱红色。 4."军"，指禁军。当时禁军都为宦官所把持。 5."樽"，音zūn，"罍"，音léi，都是酒器。"九酝"，精制美酒。 6."水陆"句：说筵席上摆满了山珍海味。 7."擘"，音bò，剖。"洞庭橘"，湖南的柑橘很好，或说是太湖洞庭山之橘，均言其名贵。 8."脍"，音kuài，细切的肉。"天池"，海。"鳞"，指鱼。 9."心自若"，心情舒畅，安然自得。 10."气益振"，精神更加振奋。 11."是岁"二句：史载元和三年（808）、四年（809）南方旱饥。"衢州"，今浙江衢州。

买　花¹

帝城春欲暮，喧喧车马度。共道牡丹时，相随买花去。贵贱无常价，酬值看花数²。灼灼百朵红³，戋戋五束素。上张幄幕庇⁴，旁织笆篱护。水洒复泥封，移来色如故。家家皆为俗，人人迷不悟。有一田舍翁，偶来买花处。低头独长叹，此叹无人谕⁵："一丛深色花⁶，十户中人赋！"

村居苦寒 [1]

八年十二月，五日雪纷纷 [2]。竹柏皆冻死，况彼无衣民。回
观村闾间 [3]，十室八九贫。北风利如剑，布絮不蔽身。唯烧蒿棘
火 [4]，愁坐夜待晨。乃知大寒岁，农者尤苦辛！顾我当此日，草
堂深掩门。褐裘复绹被 [5]，坐卧有余温。幸免饥冻苦，又无垄亩
勤 [6]。念彼深可愧 [7]，自问是何人！

1. 元和六年至八年（811—813）白居易丁母忧，退居故乡下邽（今陕西渭
南）渭村。这首诗作于元和八年十二月。　2."五日"，接连五天。　3."回
观"，向周围看看。古代二十五家为一"闾"，这里泛指村庄。　4."蒿棘"，
指柴草。"蒿"，蓬蒿。"棘"，荆棘。　5."褐裘"二句：意思是坐卧披着
粗布的皮外氅盖着粗绸的被子。"绹"，音 shī，粗的丝织品。　6."垄亩勤"，
指田间劳动。　7."彼"，指饥寒交迫的农民。

采地黄者

麦死春不雨，禾损秋早霜。岁晏无口食，田中采地黄[1]。采之将何用，持以易糇粮[2]。凌晨荷锄去[3]，薄暮不盈筐。携来朱门家[4]，卖与白面郎："与君啖肥马[5]，可使照地光[6]。愿易马残粟[7]，救此苦饥肠。"

1."地黄"，多年生草本植物，根长四五寸，俗称生地，蒸熟的叫熟地，是一种补药。 2."糇粮"，泛指粮食。"糇"，音 hóu，干粮。 3."凌晨"，清早。"荷"，扛。 4."朱门家"，指富贵人家。过去富贵人家的门都是朱红色的。 5."啖"，音 dàn，喂。 6."可使"句：说马吃了地黄，可使毛色润泽，光彩照地。 7."马残粟"，马吃剩的粟米。

新制布裘

桂布白似雪[1]，吴绵软于云[2]；布重绵且厚，为裘有余温。朝拥坐至暮，夜覆眠达晨。谁知严冬月，肢体暖如春。中夕忽有念[3]，抚裘起逡巡[4]：丈夫贵兼济[5]，岂独善一身！安得万里裘[6]，盖裹周四垠[7]。稳暖皆如我，天下无寒人。

1."桂布"，指棉布。棉花从南洋传入中国，最初在桂管（今广西）一带种植，故名。 2."吴绵"，指丝绵。吴（今江苏一带）地盛产蚕丝，故名。

3.“中夕”，半夜。　4.“逡巡”，犹言徘徊。“逡”，音 qūn。　5.“丈夫”二句：《孟子·尽心》：“穷则独善其身，达则兼善天下。”这里即根据这话发议论。“兼济”，兼善天下，济世救人。　6.“万里裘”，象征在全国实行开明政治。7.“周”，普遍。“垠”，音 yín，界限。“四垠”，指天下四方。

长恨歌 [1]

汉皇重色思倾国 [2]，御宇多年求不得 [3]。杨家有女初长成，养在深闺人未识。天生丽质难自弃，一朝选在君王侧，回眸一笑百媚生 [4]，六宫粉黛无颜色 [5]。春寒赐浴华清池 [6]，温泉水滑洗凝脂 [7]；侍儿扶起娇无力，始是新承恩泽时。云鬓花颜金步摇 [8]，芙蓉帐暖度春宵；春宵苦短日高起，从此君王不早朝。承欢侍宴无闲暇，春从春游夜专夜 [9]：后宫佳丽三千人，三千宠爱在一身。金屋妆成娇侍夜 [10]，玉楼宴罢醉和春。姊妹弟兄皆列土 [11]，可怜光彩生门户 [12]。遂令天下父母心，不重生男重生女。骊宫高处入青云 [13]，仙乐风飘处处闻；缓歌慢舞凝丝竹 [14]，尽日君王看不足。渔阳鼙鼓动地来 [15]，惊破霓裳羽衣曲 [16]。九重城阙烟尘生 [17]，千乘万骑西南行。翠华摇摇行复止 [18]，西出都门百余里 [19]。六军不发无奈何 [20]，宛转蛾眉马前死 [21]！花钿委地无人收 [22]，翠翘金雀玉搔头 [23]；君王掩面救不得，回看血泪相和流。黄埃散漫风萧索，云栈萦纡登剑阁 [24]，峨嵋山下少人行 [25]，旌旗无光日色薄。蜀江水碧蜀山青，圣主朝朝暮暮情；行宫见月伤心色 [26]，夜雨闻铃肠断声[27]。天旋日转回龙驭[28]，到此踌躇不能去；马嵬坡下泥土中，不见玉颜空死处！君臣相顾尽沾衣，东望都门信马归[29]。归来池苑皆依旧，太液芙蓉未央柳[30]。芙蓉如面柳如眉，对此如何不泪垂？春风桃李花开日，秋雨梧桐叶落时。西宫南内多秋草[31]，落叶满阶红不扫；梨园弟子白发新[32]，椒房阿监青娥老[33]。夕殿萤飞思悄然[34]，孤灯挑尽未成眠；迟迟钟鼓初长夜[35]，耿耿星河欲曙天[36]。鸳鸯瓦冷霜华重[37]，翡翠衾寒谁与共[38]？悠悠生死别经年，魂魄不曾来入梦。临邛道士鸿都客[39]，能以精诚致魂魄[40]；为感君王展转思，遂教方士殷勤觅。排云驭气奔如电，升天入地求之遍；上穷碧落下黄泉[41]，两处茫茫皆不见。忽闻海上有仙山，山在虚无缥缈间。楼阁玲珑五云起[42]，其中绰约多仙子[43]。中有一人字太真[44]，雪肤花貌参差是[45]。金阙西厢叩玉扃[46]，转教小玉报双成[47]。闻道汉家天子使，九华帐里梦魂惊[48]。揽衣推枕起徘徊，珠箔银屏迤逦开[49]。云鬓半偏新睡觉，花冠不整下堂来。风吹仙袂飘飘举[50]，犹似霓裳羽衣舞；玉容寂寞泪阑干[51]，梨花一枝春带雨。含情凝睇谢君王[52]：一别音容两渺茫，昭阳殿里恩爱绝[53]，蓬莱宫中日月长[54]。回头下望人寰处，不见长安见尘雾。唯将旧物表深情[55]，钿合金钗寄将去[56]。钗留一股合一扇，钗擘黄金合分钿[57]；但教心似金钿坚，天上人间会相见。临别殷勤重寄词，词中有誓两心知，七月七日长生殿[58]，夜半无人私语时：在天愿作比翼鸟[59]，在地愿为连理枝。天长地久有时尽，此恨绵绵无绝期！

1. 这诗作于元和元年（806），写玄宗和杨贵妃的爱情悲剧。同时陈鸿作有《长恨歌传》，可参看。　　2. "汉皇"，借指玄宗。"倾国"，汉武帝的乐人李延年，一次在武帝前起舞唱歌，赞叹他妹妹的美色说："北方有佳人，绝世而独立。一顾倾人城，再顾倾人国。"于是引起了武帝的注意，他妹妹就得以入宫。这就是汉武帝的宠妃李夫人。因此后来就以"倾城""倾国"指美色。　　3. "御宇"，御临宇宙，统治天下。　　4. "眸"，音 móu，眼中瞳仁。　　5. "六宫"句：说后宫其他所有的后妃都显得黯然失色而不美丽了。"六宫"，古代后妃们住的地方。　　6. "华清池"，唐华清宫的温泉浴池，在今陕西省西安市临潼区骊山上。　　7. "凝脂"，指滑润的皮肤。《诗经·卫风·硕人》："手如柔荑，肤如凝脂。"　　8. "步摇"，一种首饰，上有垂珠，动步则摇。　　9. "专夜"，指专宠。　　10. "金屋"，《汉武故事》说，汉武帝幼时，他姑母将他抱在膝上，问他要不要她的女儿阿娇做妻子。武帝笑着回答说："若得阿娇，当以金屋贮之。"后来就以"金屋"指男子所宠爱的妇女的住处。　　11. "姊妹"句：杨贵妃的大姐嫁崔家，封韩国夫人，三姐嫁裴家，封虢国夫人，八姐嫁柳家，封秦国夫人；后从兄杨国忠任右丞相，封魏国公。"列土"，分封爵位和领地。　　12. "可怜"，可羡。从开头到"不重"句为第一大段，写杨贵妃得宠的经过。　　13. "骊宫"，即骊山华清宫。14. "凝丝竹"，形容管弦之声的结而不散。　　15. "渔阳鼙鼓"，指安禄山从渔阳（今天津蓟州区一带）出兵叛乱。　　16. "霓裳羽衣曲"，舞曲名。传说是玄宗游月宫，暗中记住了这曲子，回来谱出流传的。其实是河西节度使杨敬述所献，大概经过玄宗改编。　　17. "九重"，指皇帝居住的地方。宋玉《九辩》："君之门以九重。"　　18. "翠华"，皇帝的旗帜，上面装饰着翠羽。19. "百余里"，指马嵬坡，在今陕西兴平。玄宗逃出长安，到达这里时，龙武大将军陈玄礼代表将士意见，请诛杨贵妃。玄宗无奈，只得命高力士将她缢死。　　20. "六军"，古代天子六军。这里指护从的军队。　　21. "宛转"，缠绵悱恻的样子。　　22. "钿"，音 diàn，古代一种嵌金花的首饰。　　23. "翠翘"，一种形似翠尾的首饰。"金雀"，钗名。"玉搔头"，玉簪。从"骊宫"

句到"回看"句为第二大段，写玄宗荒淫误国和杨贵妃的死。　24."云栈"句：写玄宗入蜀。"云栈"，高入云间的栈道。"剑阁"，大小剑山之间的栈道名，又名剑门关，在今四川剑阁县北。　25."峨嵋山"，在今四川峨眉山市南。玄宗只到成都，没经过那里，这是泛指蜀山。　26."行宫"，皇帝的临时住处。　27."夜雨"句：传说玄宗入蜀时，经过斜谷，遇到一场十多天的阴雨，在栈道上听见雨中铃声隔山相应，十分凄凉，更加思念杨贵妃，因令张野狐谱成《雨霖铃》曲以寄恨。　28."天旋日转"，指大局转变。"龙驭"，皇帝的车驾。"回龙驭"，指玄宗由蜀还京。至德二载（757）九月郭子仪收复长安，十二月玄宗还京。　29."信"，听任。　30."太液"，池名，在汉建章宫北。"未央"，汉宫名。都是泛指宫中。　31."西宫"，即西内，指太极宫。"南内"，指兴庆宫。玄宗回京后先住在兴庆宫，后迁西内。　32."梨园弟子"，当年玄宗在梨园教练出来的乐工。　33."椒房"，后妃居住的宫殿。"阿监"，宫中女官名。　34."思悄然"，愁闷不语。35."钟鼓"，报更的钟鼓声。　36."耿耿"，明净。"河"，银河。　37."鸳鸯瓦"，嵌合成对的瓦。"霜华"，霜花，指霜。　38."翡翠衾"，《招魂》："翡翠珠被烂齐光些。"从"黄埃"句到"魂魄"句为第三大段，写玄宗对杨贵妃的思念和他晚年的凄凉生活。　39."临邛"句：说一个来长安作客的蜀地道士。"临邛"，今四川邛崃。"邛"，音 qióng。"鸿都"，后汉首都洛阳的宫门名。这里借指长安。　40."能以"句：是说能用法力将杨贵妃的魂魄招来。　41."碧落"，道家对天空的称呼。　42."五云"，五色瑞云。43."绰约"，秀美。　44."太真"，杨贵妃曾一度被度为女道士，叫"太真"。45."参差"，不齐。这里是"差不多"的意思。　46."扃"，音 jiōng，门户。　47."小玉"，传说中吴王夫差的小女。"双成"，黄双成，传说中西王母的侍女。这里都借来指太真的侍女。　48."九华"，花饰繁丽。"九"，表示繁多。"华"，古"花"字。49."箔"，帘。"屏"，屏风。"迤逦"音 yǐlǐ，接连。　50."袂"，袖。　51."阑干"，纵横。　52."睇"，音 dì，微看。　53."昭阳殿"，汉殿名，汉成帝皇后赵飞燕所居，借指杨贵妃生前居住的宫殿。　54. "蓬莱宫"，泛指仙宫。　55. "旧物"，指生前和玄宗定情之物。　56. "钿合"，镶金花的盒子。　57. "擘"，音 bò，分开。"合分钿"，盒子上面镶着的金花分为两半。　58. "长生殿"，天宝元年（742）造，又名集灵台，祭神的宫殿。　59. "在天"二句：即《长恨歌传》中所说"愿世世为夫妇"的意思。"比翼鸟"，据说产于南方，雌雄相比而飞，又叫鹣鹣。"连理"，两枝或两树合并而生。从"临邛"句起到篇末为第四大段，写玄宗命方士寻找杨贵妃，表现他们之间至死不渝的爱情。

上阳白发人 [1]

　　上阳人，上阳人，红颜暗老白发新。绿衣监使守宫门 [2]，一闭上阳多少春！玄宗末岁初选入，入时十六今六十。同时采择百余人，零落年深残此身。忆昔吞悲别亲族，扶入车中不教哭。皆云入内便承恩，脸似芙蓉胸似玉。未容君王得见面，已被杨妃遥侧目。妒令潜配上阳宫，一生遂向空房宿。宿空房，秋夜长，夜长无寐天不明。耿耿残灯背壁影，萧萧暗雨打窗声。春日迟，日迟独坐天难暮。宫莺百啭愁厌闻，梁燕双栖老休妒 [3]。莺归燕去长悄然，春往秋来不记年。唯向深宫望明月，东西四五百回圆 [4]。今日宫中年最老，大家遥赐"尚书"号 [5]。小头鞋履窄衣裳，青黛点眉眉细长。外人不见见应笑，天宝末年时世妆。上阳人，苦最多。少亦苦，老亦苦，少苦老苦两如何！君不见昔时吕向美人赋 [6]，又不见今日上阳宫人白发歌？

1. 元和四年（809）作者任左拾遗时作《新乐府》五十首。序说："篇无定句，句无定字，系于意，不系于文。首句标其目，卒章显其志。《诗》三百之义也。其辞质而径，欲见之者易谕也；其言直而切，欲闻之者深诫也；其事核而实，欲采之者传信也；其体顺而肆，可以播于乐章歌曲也。总而言之，为君、为臣、为民、为物、为事而作，不为文而作也。"每篇前还有小序。这是这组诗的第七首。这诗的序说："愍怨旷也。"自注说："天宝五载（746）已后，杨贵妃专宠，后宫人无复进幸矣。六宫有美色者，辄置别所，上阳是其一也。贞元中尚存焉。"　2. "监使"，太监。　3. "梁燕"句：说宫人到老也不要去嫉妒双栖的燕子，那是没有希望的了。　4. "东西"，指月亮东升西落。据"入时十六今六十"句可知，这位宫人入宫四十五年，约五百多月，所以说明月"四五百回圆"。　5. "大家"，宫廷中对皇帝的称呼。"尚书"，宫中女官名。皇帝在长安，上阳宫在洛阳，所以说"遥赐"。6. "美人赋"，自注说："天宝末，有密采艳色者，当时号花鸟使，吕向献《美人赋》以讽之。"《文苑英华》和《全唐文》载有这篇赋。俗本"向"作"尚"，误。

新丰折臂翁 [1]

　　新丰老翁八十八，头鬓眉须皆似雪。玄孙扶向店前行 [2]，左臂凭肩右臂折 [3]。问翁臂折来几年？兼问致折何因缘？翁云贯属新丰县，生逢圣代无征战。惯听梨园歌管声 [4]，不识旗枪与弓箭。无何天宝大征兵 [5]，户有三丁点一丁。点得驱将何处去？五月万里云南行。闻道云南有泸水 [6]，椒花落时瘴烟起 [7]。大军徒涉水如汤 [8]，未过十人二三死。村南村北哭声哀，儿别爷娘夫别

唐　201

妻。皆云前后征蛮者，千万人行无一回。是时翁年二十四，兵部牒中有名字[9]。夜深不敢使人知，偷将大石捶折臂。张弓簸旗俱不堪[10]，从兹始免征云南。骨碎筋伤非不苦，且图拣退归乡土[11]。此臂折来六十年，一肢虽废一身全。至今风雨阴寒夜，直到天明痛不眠。痛不眠，终不悔，且喜老身今独在。不然当时泸水头，身死魂孤骨不收。应作云南望乡鬼，万人冢上哭呦呦[12]。老人言，君听取。君不闻开元宰相宋开府[13]，不赏边功防黩武；又不闻天宝宰相杨国忠[14]，欲求恩幸立边功。边功未立生人怨，请问新丰折臂翁。

1 这诗是《新乐府》的第九首。序说："戒边功也。""新丰"，在长安东北，即今陕西省西安市临潼区新丰。　2."玄孙"，第五代孙。　3."凭肩"，指倚在玄孙肩上。"凭"，倚。　4."惯听"句：指过惯了歌舞升平的生活。"梨园"，原是玄宗时教练乐工的地方，宫中乐工因此号称梨园子弟。老人住在附近，可能常听到传来的乐声。　5."无何"句：天宝十载（751）鲜于仲通征云南大败，杨国忠却虚报战功，征兵增援。人们听说那里多瘴气，不肯去，他就派御史分道捕人。父母妻子相送，哭声震野。　6."泸水"，即姚州（今云南姚安）附近的金沙江。相传那里有瘴气，三四月经过必死，只有五月可渡。　7."椒"，花椒。"椒花落时"，是三四月。"瘴烟"，瘴气，山林间湿热蒸郁而成的一种毒气。　8."徒涉"，徒步涉水渡河。9."牒"，指征兵名册。　10."簸旗"，摇旗。　11."拣退"，挑选不上而遣退。12."万人冢"，自注说："云南有万人冢，即鲜于仲通、李宓曾覆军之所。今冢犹存。"　13."君不"二句：自注说："开元初，突厥数寇边。时天武军牙将郝灵筌（佺）出使，因引特（铁）勒回鹘部落，斩突厥默啜，献首于阙下，自谓有不世之功。时宋璟为相，以天子年少好武，恐徼功者生心，痛抑其［赏］（党），逾年，始授郎将。灵筌遂恸哭呕血而死也。" 14."又不"四句：自注说："天宝末，杨国忠为相，重构阁罗凤之役，募人讨之，前后发二十余万众，去无返者。又捉人连枷赴役，天下怨哭，民不聊生。故禄山得乘人心而盗天下。元和初，而折臂翁犹存，因备歌之。"阁罗凤是南诏国的王，不满云南太守张虔陀，反，杨国忠就发兵征云南。

缚戎人 [1]

缚戎人，缚戎人，耳穿面破驱入秦。天下矜怜不忍杀 [2]，诏徙东南吴与越 [3]。黄衣小使录姓名 [4]，领出长安乘递行 [5]。身被金创面多瘠，扶病徒行日一驿。朝餐饥渴费杯盘 [6]，夜卧腥臊污床席。忽逢江水忆交河 [7]，垂手齐声呜咽歌。其中一虏语诸虏："尔苦非多我苦多！"同伴行人因借问，欲说喉中气愤愤。自云"乡管本凉原 [8]，大历年中没落蕃 [9]。一落蕃中四十载，身著皮裘系毛带 [10]。唯许正朝服汉仪 [11]，敛衣整巾潜泪垂。誓心密定归乡计 [12]，不使蕃中妻子知。暗思幸有残筋骨，更恐年衰归不得。蕃候严兵鸟不飞 [13]，脱身冒死奔逃归。昼伏宵行经大漠，云阴月黑风沙恶。惊藏青冢塞草疏 [14]，偷渡黄河夜冰薄。忽闻汉军鼙鼓声，路傍走出再拜迎。游骑不听能汉语 [15]，将军遂缚作蕃生 [16]。配向江南卑湿地，定无存恤空防备 [17]。念此吞声仰诉天，若为辛苦度残年 [18]。凉原乡井不得见，胡地妻儿虚弃捐。没蕃被囚思汉土，归汉被劫为蕃虏。早知如此悔归来，两地宁如一处苦？缚戎人，戎人之中我苦辛。自古此冤应未有，汉心汉语吐蕃身 [19]。"

1. 这诗是《新乐府》的第二十首。序说："达穷民之情也。""戎"，我国古代对西方民族的通称。　2."矜"，怜悯。　3."诏徙"句：元稹《缚戎人》自注说："近制：西边每擒蕃囚，例皆传置南方，不加剿戮。"　4."黄衣小使"，指押解俘虏的太监。　5."递"，指一站一站递换的驿车。下面说"徒（步）行"，当是官吏的克扣。　6."费杯盘"，虚费杯盘，意思是朝餐不够解饥渴。　7."交河"，在今新疆吐鲁番西，指吐蕃俘虏的故乡。　8."管"，管辖地。"凉原"，凉州、原州，在今甘肃东部陕西西部一带。　9."大历"，代宗的一个年号，共十四年（766—779）。吐蕃之陷凉、原，在大历以前，这里只是泛指代宗年代。"蕃"，吐蕃。　10."身"，一作"遣"。　11."正朝"，正月初一。"服汉仪"，穿戴汉人的服饰。　12."誓心"二句：自注说："有李如暹者，蓬子将军之子也。尝没蕃中。自云：蕃法，唯正岁一日，许唐人之没蕃者服唐衣冠，由是悲不自胜，遂密定归计也。"　13."候"，伺望敌人的碉堡。　14."青冢"，汉王昭君墓，在今内蒙古呼和浩特西南。"塞草疏"，难藏身的意思。　15."游骑"，巡逻骑兵。　16."蕃生"，吐蕃人。　17."存恤"，照顾怜恤。"空防备"，光是防备。　18."若为"，如何。　19."身"，身份。

红线毯[1]

　　红线毯，择茧缲丝清水煮，练丝练线红蓝染[2]。染为红线红于花，织作披香殿上毯[3]。披香殿广十丈余，红线织成可殿铺[4]。彩丝茸茸香拂拂，线软花虚不胜物。美人蹋上歌舞来，罗袜绣鞋随步没。太原毯涩毳缕硬[5]，蜀都褥薄锦花冷[6]；不如此毯温且柔，年年十月来宣州。宣州太守加样织[7]，自谓为臣能竭力。百夫同担进宫中，线厚丝多卷不得。宣州太守知不知？一丈毯，千两丝。地不知寒人要暖，少夺人衣作地衣。

1.这诗是《新乐府》的第二十九首。序说："忧蚕桑之费也。" 2."红蓝"，红蓝花，即红花，花可制胭脂及红色染料。 3."披香殿"，汉殿名。《飞燕外传》说赵飞燕曾在此歌舞。这里是泛指。 4."可殿铺"，约将殿铺满。5."太原"句：说太原毛毯涩而硬。"氋"，音 cuì，细兽毛。 6."蜀都"句：说成都的锦褥薄而不暖。 7."宣州"句：自注说："贞元中，宣州进开样加丝毯。""宣州"，州治在今安徽宣城。"加样"，加工的意思。

杜陵叟 [1]

杜陵叟，杜陵居，岁种薄田一顷余 [2]。三月无雨旱风起，麦苗不秀多黄死 [3]。九月降霜秋早寒，禾穗未熟皆青干。长吏明知不申破 [4]，急敛暴征求考课 [5]。典桑卖地纳官租，明年衣食将何如？剥我身上帛，夺我口中粟。虐人害物即豺狼，何必钩爪锯牙食人肉？不知何人奏皇帝，帝心恻隐知人弊。白麻纸上书德音 [6]，京畿尽放今年税 [7]。昨日里胥方到门，手持尺牒榜乡村。十家租税九家毕，虚受吾君蠲免恩。 [8]

1.这诗是《新乐府》的第三十首。序说："伤农夫之困也。"《资治通鉴》载，元和四年（809）久旱，翰林学士李绛、白居易上言减免租税。这诗是当时为这事而作的。"杜陵"，在长安东南，汉宣帝陵墓所在。 2."薄田"，瘦瘠的田地。"顷"，百亩。按唐均田制：每一成年男子给田一顷，有病或残疾的给四十亩，寡妇三十亩。全家只有一顷多地，是很少的。　3."秀"，庄稼吐穗开花。　4."申破"，将实情向上级申诉、道破。　5."考课"，考核官吏的成绩以定升降。这里是求升官的意思。　6."白麻纸"，唐代诏书用黄白两色麻纸誊写。凡任命将相、宣布赦免等，用白麻纸。"德音"，指宣布皇帝的恩德的消息。　7."京畿"，京郊。"放"，解免。　8."昨日"四句：是说等到免税的公文到达时，税早已收过了，老百姓实际上一点好处也没有得到。"里胥"，里正、地保。"尺牒"，指宣告免税的公文。"榜"，张贴、揭示。"蠲"，音 juān，免除。

卖炭翁 [1]

卖炭翁，伐薪烧炭南山中。满面尘灰烟火色，两鬓苍苍十指黑。卖炭得钱何所营？身上衣裳口中食。可怜身上衣正单，心忧炭贱愿天寒。夜来城外一尺雪，晓驾炭车辗冰辙。牛困人饥日已高，市南门外泥中歇。两骑翩翩来是谁？黄衣使者白衫儿 [2]。手把文书口称敕 [3]，回车叱牛牵向北 [4]。一车炭重千余斤，宫使驱将惜不得！半匹红纱一丈绫，系向牛头充炭值。

1. 这诗是《新乐府》的第三十二首。序说："苦宫市也。"德宗贞元末年，凡宫中所需日用品，都改由太监直接向民间采办，叫"宫市"。实际上是变相的掠夺。　2."黄衣使者"，指宫中派出采办货物的太监。"白衫儿"，指太监手下帮助抢购货物的人，即所谓"白望"。《资治通鉴》注说："白望者，言使人于市中左右望，白取其物，不还本价也。"　3."称敕"，说奉皇帝命令。　4."牵向北"，皇宫在长安城北。

琵琶行 [1]

　　浔阳江头夜送客 [2]，枫叶荻花秋瑟瑟。主人下马客在船，举酒欲饮无管弦。醉不成欢惨将别，别时茫茫江浸月。忽闻水上琵琶声，主人忘归客不发。寻声暗问弹者谁？琵琶声停欲语迟。移船相近邀相见，添酒回灯重开宴 [3]。千呼万唤始出来，犹抱琵琶半遮面。转轴拨弦三两声，未成曲调先有情。弦弦掩抑声声思 [4]，似诉平生不得志。低眉信手续续弹 [5]，说尽心中无限事。轻拢慢撚抹复挑 [6]，初为霓裳后六幺 [7]。大弦嘈嘈如急雨 [8]，小弦切切如私语 [9]；嘈嘈切切错杂弹，大珠小珠落玉盘。间关莺语花底滑 [10]，幽咽泉流水下滩 [11]；水泉冷涩弦凝绝 [12]，凝绝不通声暂歇。别有幽情暗恨生，此时无声胜有声。银瓶乍破水浆迸 [13]，铁骑突出刀枪鸣。曲终收拨当心画 [14]，四弦一声如裂帛 [15]；东船西舫悄无言，唯见江心秋月白。沉吟放拨插弦中，整顿衣裳起敛容 [16]。自言本是京城女，家在虾蟆陵下住 [17]。十三学得琵琶成，名属教坊第一部 [18]。曲罢曾教善才伏 [19]，妆成每被秋娘妒 [20]。五陵年少争缠头 [21]，一曲红绡不知数 [22]。钿头银篦击节碎 [23]，血色罗裙翻酒污 [24]。今年欢笑复明年，秋月春风等闲度 [25]。弟走从军阿姨死，暮去朝来颜色故。门前冷落鞍马稀，老大嫁作商人妇。商人重利轻别离，前月浮梁买茶去 [26]。去来江口守空船，绕船月明江水寒;夜深忽梦少年事,梦啼妆泪红阑干。我闻琵琶已叹息,又闻此语重唧唧[27]。同是天涯沦落人,相逢何必曾相识!我从去年辞帝京,谪居卧病浔阳城[28]。浔阳地僻无音乐,终岁不闻丝竹声。住近湓江地低湿,黄芦苦竹绕宅生。其间旦暮闻何物?杜鹃啼血猿哀鸣。春江花朝秋月夜,往往取酒还独倾。岂无山歌与村笛,呕哑嘲哳难为听[29]。今夜闻君琵琶语,如听仙乐耳暂明。莫辞更坐弹一曲,为君翻作《琵琶行》[30]。感我此言良久立[31],却坐促弦弦转急[32]。凄凄不似向前声[33],满座重闻皆掩泣[34]。座中泣下谁最多?江州司马青衫湿[35]。

1. 原序说:"元和十年(815),予左迁九江郡司马。明年秋,送客湓浦口。闻舟中夜弹琵琶者,听其音,铮铮然有京都声;问其人,本长安倡女。尝学琵琶于穆、曹二善才。年长色衰,委身为贾人妇。遂命酒使快弹数曲,曲罢悯然。自叙少小时欢乐事,今飘沦憔悴,转徙于江湖间。予出官二年,恬然自安;感斯人言,是夕始觉有迁谪意。因为长句,歌以赠之。凡六百一十二言,命曰《琵琶行》。" 2. "浔阳江",在江西九江北,是长江的一段。 3. "回灯",将撤下的灯拿回来。 4. "掩抑",形容弦声低回。"思",悲。 5. "信手",随手。"续续",连续。 6. "拢""捻""抹""挑",弹琵琶的几种指法。捻,音 niǎn。 7. "霓裳",即《霓裳羽衣曲》。"六么",本名《录要》。将乐工所进曲调录要成谱,故名。 8. "大弦",粗弦,低音弦。"嘈嘈",热闹声。 9. "小弦",细弦,高音弦。"切切",幽细声。10. "间关",鸟声。"滑",流丽轻快。 11. "水下滩",水流下滩与泉流涧石都是幽咽之声。《陇头歌辞》:"陇头流水,流离西下。"又说:"陇头流水,鸣声幽咽。"一作"冰下难",亦好。 12. "冷涩",幽咽的感觉。王维《过香积寺》:"泉声咽危石,日色冷青松。""凝",结。一作"疑"。下句"凝"

同。　13.“银瓶”二句：形容突然迸发出激昂的声音。　14.“拨”，套在指上拨弦的工具。“画”，划。　15.“四弦一声”，琵琶上的四根弦子同时发出声音。　16.“敛容”，显出严肃的样子。　17.“虾蟆陵”，在长安东南，曲江附近。相传汉代学者董仲舒的坟墓在这里；他的门人经过这里时要下马致敬，所以叫“下马陵”，后讹为“虾蟆陵”。　18.“教坊”，唐时长安设左右教坊，掌管乐伎，教练歌舞。“部”，队。　19.“善才”，曲师的通称。20.“秋娘”，指当时长安的著名乐伎。唐代乐伎多以“秋娘”为名，如谢秋娘、杜秋娘等。　21.“五陵”，指汉代的长陵、安陵、阳陵、茂陵、平陵，都在长安附近。汉代豪富之家居住在这一带。“五陵年少”，指长安富贵人家的子弟。“争”，争着给。古代舞女以锦缠头，所以用罗锦之类作赠赏，叫“缠头”。　22.“绡”，音xiāo，生丝织成的丝织品。　23.“钿头银篦”，两头镶着花钿的银篦子。“击节”，打拍子。　24.“血色”，鲜红色。“翻酒”，和少年们戏谑而泼翻了酒。　25.“秋月春风”，指一年中的良辰美景。“等闲度”，随便度过。　26.“浮梁”，今江西浮梁。　27.“唧唧”，叹声。28.“浔阳”，今江西九江。　29.“呕哑嘲哳”，都是指杂乱不悦耳的声音。“哳”，音zhā。“难为听”，教人很难听下去。　30.“翻”，指按曲调写成歌词。　31.“良久”，许久。　32.“却坐”，退回原处重新坐下。“促弦”，将弦拧紧。　33.“向前”，刚才。　34.“掩泣”，掩着脸在流泪。　35.“江州”，州治在今江西九江。“司马”，官名，刺史的副佐。“青”，唐时官职最低的服色。

赋得古原草送别[1]

离离原上草[2]，一岁一枯荣。野火烧不尽，春风吹又生。远芳侵古道，晴翠接荒城。又送王孙去[3]，萋萋满别情[4]。

1. 作者约于贞元二、三年（786、787）自江南至长安。据《幽闲鼓吹》载：他当时曾以诗文谒顾况，顾况很赞赏这首诗。可见是早期的作品。　　2. "离离"，纷披繁盛的样子。　　3. "王孙"，《楚辞·招隐士》："王孙游兮不归，春草生兮萋萋。"此后"王孙"就成了游子的别称。　　4. "萋萋"，草盛的样子。

自河南经乱，关内阻饥，兄弟离散，各在一处。因望月有感，聊书所怀，寄上浮梁大兄、於潜七兄、乌江十五兄，兼示符离及下邽弟妹 [1]

时难年荒世业空 [2]，弟兄羁旅各西东。田园寥落干戈后，骨肉流离道路中。吊影分为千里雁 [3]，辞根散作九秋蓬 [4]。共看明月应垂泪，一夜乡心五处同。

1. "河南经乱"，指德宗建中年间（780—783）淮西节度使李希烈等叛变。这时作者在吴、越间避乱。"关内"，唐道名，指函谷关以西，今陕西一带地方。"浮梁"，今江西浮梁。"於潜"，今属浙江杭州临安区。"乌江"，今安徽和县。"符离"，今安徽宿州。"下邽"，今陕西渭南附近，作者故乡。这诗当作于早年。　　2. "世业"，祖先世代遗留下来的产业。　　3. "吊影"，自吊其影，孤独的意思。　　4. "九秋"，秋季九十日。

钱塘湖春行 [1]

孤山寺北贾亭西 [2]，水面初平云脚低。几处早莺争暖树 [3]，谁家新燕啄春泥。乱花渐欲迷人眼，浅草才能没马蹄。最爱湖东行不足，绿杨阴里白沙堤。

1. "钱塘湖"，即西湖。这诗当作于长庆三、四年（823、824）白居易任杭州刺史时。 2. "孤山"，西湖上的一处名胜，在里湖和外湖之间。"贾亭"，在西湖何处不详。 3. "暖树"，向阳的树。

问刘十九 [1]

绿蚁新醅酒 [2]，红泥小火炉。晚来天欲雪，能饮一杯无？

1. "刘十九"，未详。 2. "蚁"，指浮蚁，酒面上的泡沫。"绿蚁"，指酒。"醅"，音 pēi，未漉的酒。

暮江吟

一道残阳铺水中，半江瑟瑟半江红 [1]。谁怜九月初三夜 [2]，露似真珠月似弓。

1.“瑟瑟”，风声，这里是寒意。　2.“怜”，爱。

忆江南[1]（三首选一）

其一

江南好，风景旧曾谙[2]：日出江花红胜火，春来江水绿如蓝。能不忆江南？

1.“忆江南”，词牌名。原名《谢秋娘》，因这三首词而得此名。　2.“谙”，熟悉。

长相思[1]（二首选一）

其一

汴水流[2]，泗水流[3]，流到瓜洲古渡头[4]，吴山点点愁[5]。思悠悠，恨悠悠，恨到归时方始休，月明人倚楼。

1.“长相思”，词牌名，本唐教坊曲。　2.“汴水”，故道在今河南省境，隋以后经今安徽省境入淮河。　3.“泗水”，源出今山东泗水县，故道经今江苏省境入淮河。　4.“瓜洲”，镇名，在今江苏扬州南。　5.“吴山”，泛指江南的群山。

元 稹

元稹（779—831），字微之，河南（今河南洛阳）人。幼年家贫。贞元进士。早期比较进步。曾和白居易共同提倡"新乐府"，主张诗歌应该反映民间疾苦和为政治服务。他的《乐府古题序》较系统地表现了这种主张。后期热衷仕进，与宦官相善，官至宰相，为时论所不满。

他的诗歌反映了一些社会问题，也有一定的艺术性。与白居易以"元白"并称，但成就不及白居易。有《元氏长庆集》。

田家词[1]

牛咤咤[2]，田确确[3]，旱块敲牛蹄趵趵[4]，种得官仓珠颗谷[5]。六十年来兵簇簇[6]，月月食粮车辘辘。一日官军收海服[7]，驱牛驾车食牛肉。归来收得牛两角，重铸锄犁作斤劚[8]。姑舂妇担去输官，输官不足归卖屋。愿官早胜仇早复，农死有儿牛有犊，誓不遣官军粮不足[9]。

1.这是《乐府古题》的第九首。这组诗共十九首，作于元和十二年（817），有序。　2."咤咤"，喷气声。"咤"，音 zhà，喷。　3."确确"，坚硬。

4.“趵趵”，音 bōbō，形容牛蹄碰击着因久旱而变硬的泥块所发出的声音。

5.“种得”句：意指辛勤耕种出来的像珍珠般的好谷子都给官府剥削去了。

6.“六十年来”，天宝十四载（755）安史之乱爆发，到作这诗时共六十二年。“簇簇”，攒聚的样子。“兵簇簇”，指军队丛集，战乱不息。　7.“一日”句：指元和十二年冬唐朝廷平定吴元济叛乱的事。“海服”，天子威德所服的滨海之地。这里指吴元济所据近海的淮、蔡地区。　8.“斤”，斧。“劚”，音 zhǔ，锄一类的农具。　9.“遣”，使。

遣悲怀[1]（三首选一）

其一

谢公最小偏怜女[2]，自嫁黔娄百事乖[3]。顾我无衣搜荩箧[4]，泥他沽酒拔金钗[5]。野蔬充膳甘长藿[6]，落叶添薪仰古槐。今日俸钱过十万，与君营奠复营斋[7]！

1.元和四年（809）作者原配韦氏卒，年二十七岁。这是他的悼亡诗。
2.“谢公”，指谢安。谢安，东晋宰相，最爱侄女谢道韫。韦氏父亲韦夏卿的官位也很高，所以借“谢公”作比。“偏怜女”，偏疼的女儿，指韦氏。
3.“黔娄”，春秋齐国的贫士。作者自喻。“乖”，不顺。　4.“荩箧”，草编的箱子。“荩”，音 jìn，草名。　5.“泥”，音 nì，缠。　6.“野蔬”二句：说韦氏能吃苦安贫。“充膳”，当饭。“藿”，音 huò，豆叶。“薪”，柴火。
7.“营奠”，设祭。“营斋”，为死者祈冥福而施斋食于僧。

闻乐天授江州司马 [1]

残灯无焰影幢幢 [2]，此夕闻君谪九江 [3]。垂死病中惊坐起 [4]，暗风吹雨入寒窗。

1. "乐天"，白居易字。元和八年（813），白居易因直言极谏，由左赞善大夫贬谪为江州（州治在今江西九江）司马。这时作者为通州（今四川达州）司马。　2. "幢幢"，音 chuángchuáng，昏暗。　3. "九江"，唐江州，隋时为九江郡，故称。　4. "垂"，将。

李　绅

李绅（772—846），字公垂，润州无锡（今江苏无锡）人。元和元年（806）进士，官翰林学士，后来做过宰相。

他是新乐府运动中的重要诗人，曾首创《新题乐府》二十首，惜未传。今传作品唯《悯农二首》最杰出。《全唐诗》录其诗四卷。

悯农二首

其一

春种一粒粟，秋成万颗子[1]。四海无闲田，农夫犹饿死！

1.“成”，一作“收”。

其二

锄禾日当午，汗滴禾下土。谁知盘中飧[1]，粒粒皆辛苦？

1.“飧”，音 sūn，熟食。一作“餐”。

张　碧

　　张碧（籍贯、生卒年未详），字太碧，贞元年间屡应进士试不第。《全唐诗》录其诗十六首。

农父¹

运锄耕剧侵星起², 垄亩丰盈满家喜。到头禾黍属他人³, 不知何处抛妻子!

1. "农父", 年老的农民。"父", 音 fǔ, 对老年人的尊称。 2. "剧", 音 zhǔ, 锄一类的农具, 这里作动词用。"侵星起", 说星星未落之前就去劳动。 3. "到头"二句: 说丰收所得都被剥削去了, 无法养活一家人。

贾 岛

贾岛（779—843）, 字阆仙, 范阳（治今河北涿州）人。初出家为僧, 名无本。后还俗, 屡举进士不第。曾做过长江主簿, 当时诗名颇高。

他是著名的苦吟诗人。作品题材窄狭, 情调凄苦, 也偶有一些清新的小诗。有《长江集》。

寻隐者不遇 [1]

松下问童子，言师采药去。只在此山中，云深不知处。

1. 一作《孙革访羊尊师诗》。

李　贺

李贺（790—816），字长吉，陇西成纪（今甘肃静宁西南）人，生长在福昌昌谷（在今河南宜阳），是没落的宗室后裔。终身抑郁不得志，仅做过奉礼郎，二十七岁就去世了。

他有理想和抱负，诗中多感叹生不逢时的内心苦闷，表达了对时政的不满。也有一些反映民间疾苦的作品，可看出他对人民的同情，但在浪漫主义的创作中，也存在着较浓厚的唯美倾向和感伤情绪。

他的艺术特点是想象丰富，立意新奇，构思精巧，用辞瑰丽。有王琦等《三家评注李长吉歌诗》（中华书局）及叶葱奇编订《李贺诗集》（人民文学出版社）可用。

长歌续短歌 [1]

长歌破衣襟 [2]，短歌断白发。秦王不可见 [3]，旦夕成内热 [4]。渴饮壶中酒，饥拔陇头粟。凄凉四月阑，千里一时绿。夜峰何离离 [5]，明月落石底 [6]，徘徊沿石寻，照出高峰外。不得与之游 [7]，歌成鬓先改。

1.古乐府《长歌行》《短歌行》，属《相和歌·平调曲》。内容多感叹时光易逝少壮无成。傅玄《艳歌行》："咄来长歌续短歌。"题意或出此。这诗写不遇的苦闷和彷徨追求之情。　2."长歌"二句：极言歌声的激烈、凄苦。3."秦王"，即唐太宗，代表开明帝王。　4."内热"，躁急心热。　5."离离"，罗列。　6."明月"，象征理想。　7."之"，指月，也指理想。

感 讽 [1]（五首选一）

其一

合浦无明珠 [2]，龙洲无木奴，足知造化力，不给使君须。越妇未织作，吴蚕始蠕蠕 [3]。县官骑马来，狞色虬紫须 [4]，怀中一方板 [5]，板上数行书。不因使君怒 [6]，焉得诣尔庐？越妇拜县官 [7]，桑牙今尚小 [8]，会待春日晏 [9]，丝车方掷掉 [10]。越妇通言语，小姑具黄粱 [11]，县官踏飧去 [12]，簿吏复登堂。

1. 有感而讽。　2. "合浦"四句：说即使合浦的明珠、龙阳的柑橘再多，也全给搜括光了，以见穷自然造化之力，还不能供应太守无厌的需求。"合浦"（今广西合浦）产明珠，《后汉书·孟尝传》载后汉时因郡守贪婪，采取过分，珠子即转移到交趾（今越南北部）境。"木奴"，吴丹阳太守李衡在故乡龙阳县（今湖南汉寿）的氾洲上种植了许多柑橘，称之为养家的千头"木奴"。"使君"，太守。"须"，通"需"。　3. "蠕蠕"，音 rúrú，虫动的样子。　4. "狞"，音 níng，狰狞，样子凶恶。"虬"，音 qiú，有角的小龙。这里用来形容须的卷曲。　5. "板"，符檄，牌票。　6. "不因"二句：这两句是县官的话，说他是因为太守大发雷霆所以才亲自来的。"诣"，到。7. "拜"，拜而致辞。　8. "牙"，指叶芽。　9. "春日晏"，春末。　10. "掷掉"，犹言转动。　11. "粱"，是粟的一种，黄粱味最香美。　12. "踏飧"二句：写县官刚大吃一顿走了，县吏就又来勒索。"踏飧"，狼吞虎咽的样子。"踏"，当作"噠"，或是同音借用，吞吃。"飧"，音 sūn，食。"簿吏"，掌管钱谷簿书的县吏。

雁门太守行 [1]

黑云压城城欲摧 [2]，甲光向日金鳞开。角声满天秋色里 [3]，塞上燕脂凝夜紫。半卷红旗临易水 [4]，霜重鼓寒声不起 [5]。报君黄金台上意 [6]，提携玉龙为君死！

1. "雁门太守"，乐府《相和歌·瑟调曲》名，本事不甚可知，后人则多取其题面之意，咏边塞征战之事。本诗写危城守将誓死报国的决心。　2. "黑云"二句：上句写危城将破时沉重的气氛。《晋书·五行志》："凡坚城之上有黑云如屋，名曰军精。"这里暗用此典。下句写敌军兵临城下的声势。"摧"，推毁。"甲光"，铠甲迎着太阳发出的闪光。　3."角声"二句：写两军激战的惨烈。《古今注》："秦筑长城，土色皆紫，故曰紫塞。"这里"燕脂""夜紫"并暗指战场血迹。　4."易水"，在今河北易县境。　5."不起"，说鼓声低沉。　6."报君"二句：说守将曾受皇帝厚遇，临危时当誓死相报。"黄金台"，故址在今河北易县东南。相传战国时燕昭王筑此台以延揽天下之士。"玉龙"，指剑。

金铜仙人辞汉歌¹并序

魏明帝青龙九年八月²，诏宫官牵车西取汉孝武捧露盘仙人，欲立置前殿³。宫官既拆盘，仙人临载，乃潸然泪下⁴。唐诸王孙李长吉遂作《金铜仙人辞汉歌》⁵。

茂陵刘郎秋风客⁶，夜闻马嘶晓无迹。画栏桂树悬秋香，三十六宫土花碧⁷。魏官牵车指千里，东关酸风射眸子⁸。空将汉月出宫门⁹，忆君清泪如铅水¹⁰。衰兰送客咸阳道¹¹，天若有情天亦老。携盘独出月荒凉，渭城已远波声小。

1.汉武帝迷信神仙长生之说，曾于长安建章宫造神明台，上铸铜仙人以掌托铜盘盛露，取露和玉屑，饮以求仙。魏明帝景初元年（237）曾命人从长安拆移铜人等物，传说铜人下泪。这诗写想象中铜人辞别汉宫时的悲伤情景。　2."青龙九年"，青龙五年（237）三月即改元景初，"九"，是作者误记。"九"，一作"元"，亦非。　3."前殿"，指魏邺（今河北临漳）宫前殿。4."潸然"，流泪的样子。"潸"，音shān。　5."诸王孙"，李贺是唐宗室郑王的子孙。　6."茂陵"二句："茂陵刘郎秋风客"，指汉武帝。汉武帝的陵墓叫茂陵。他作有《秋风辞》，故称之为"秋风客"。这二句写汉武帝的阴魂预知魏官将来搬运铜人，头晚显示灵异的情形。　7."三十六宫"，汉长安有离宫别馆三十六所。"土花"，指苔藓。　8."东关"，东边的城门。"酸风"，指悲凉的风。"眸子"，眼中瞳仁。"眸"，音móu。　9."将"，与、和。　10."君"，指汉武帝。　11."咸阳"，秦都城。今陕西咸阳东的渭城故城就是秦咸阳的旧址。这里与下"渭城"，皆泛指长安。

老夫采玉歌 [1]

采玉采玉须水碧 [2]，琢作步摇徒好色。老夫饥寒龙为愁 [3]，蓝溪水气无清白。夜雨冈头食蓁子 [4]，杜鹃口血老夫泪 [5]。蓝溪之水厌生人 [6]，身死千年恨溪水 [7]。斜山柏风雨如啸 [8]，泉脚挂绳青袅袅。村寒白屋念娇婴 [9]，古台石磴悬肠草。

1. 这诗写老人在蓝溪采玉的艰险和他的痛苦心情。蓝溪在今陕西蓝田县蓝田山下，山和溪中产美玉。"老夫"，老人。　2."采玉"二句：据韦应物《采玉行》，知是官府征调民工在蓝溪采玉。叠用"采玉"，意指官府迫使民工采之不已。"须"，要。"须水碧"，非要水碧不可。这都是表达对官府的愤懑。"水碧"，产于深水中的碧玉。"步摇"，妇女髻上的饰物，用银丝穿珠玉作花枝形，插在头上，行走时随着脚步而摇动。"徒好色"，说将辛苦采来的水碧琢成步摇，作贵妇的首饰，这不过是好色而已。　3."老夫"二句：意指官府不断命令采玉，使老人饱受饥寒，使龙不得安身而发愁，把溪水都搅浑了。　4.“蓁”，同“榛”，音 zhēn，落叶灌木，果实叫“蓁子”，可食。　5.“杜鹃”，鸟名，自春至夏啼叫不止，传说会啼出血来。这里以“杜鹃口血”比“老夫泪”，写他悲痛之深。　6.“蓝溪”句：意思是说采玉民工死在水中的太多了，仿佛溪水不喜欢活人似的。　7.“身死”句：极言冤死民工怨恨的深长。　8.“斜山”二句：说山坡上风雨穿过柏树林呼啸而来，这时老人正腰系着一头悬挂在山坡上的长绳，到山泉脚下溪水中去采玉。“袅袅”，摇曳不定。“青袅袅”，形容半空中的长绳。　9.“村寒”二句：说老人处在这危险的情况下，猛然瞥见古台石级上的悬肠草，因这草又叫思子蔓，于是想起家中饥寒交迫的娇儿，感到更加痛苦。“白屋”，茅屋。“婴”，婴儿，这里泛指小儿。“磴”，音 dèng，石级。

致酒行 ¹

　　零落栖迟一杯酒 ²，主人奉觞客长寿 ³。主父西游困不归 ⁴，家人折断门前柳。吾闻马周昔作新丰客 ⁵，天荒地老无人识 ⁶；空将笺上两行书 ⁷，直犯龙颜请恩泽 ⁸。我有迷魂招不得 ⁹，雄鸡一声天下白；少年心事当拿云，谁念幽寒坐呜呃。

1. 这诗先写作者不得志，困居外地，主人设酒相待，并举古事劝勉，后强作达辞自解。　2.“栖迟”，指困顿失意。　3.“主人”句：说主人举杯祝客健康。“觞”，音 shāng，酒器。　4.“主父”二句：这二句和以下四句都是主人劝勉的话，说像主父偃这些名人，也是先不得意，后来才显达的。“主父”，指汉代主父偃，他家贫，西入关，久困不得志，后来为齐王相。

"折断门前柳"，说家人倚门攀柳盼望已久。　5."马周"，家贫好学，初到长安时住在中郎将常何家中。曾为常何条陈二十余事，为太宗发现，十分赏识，后任命他为中书令。马周初游长安，曾住在新丰（在长安东北，即今西安市临潼区新丰）的一个旅店中，主人先不理睬他，后见他要了一斗八升酒，悠然独酌，就感到他不平常。因为他曾有这一传闻，故称为"新丰客"。　6."天荒地老"，极言久长，是夸大之辞。　7."空"，只。"两行书"，指马周草拟条陈的事。　8."龙颜"，指皇帝的容颜。"恩泽"，指皇帝所赐予的恩惠。　9."我有"四句：是回答主人和宽解自己的话，说我穷愁潦倒，听了主人的话如梦方醒，转念少年当有凌云壮志，岂能老是坐愁悲叹？"迷魂招不得"，说魂不守舍，迷失于外，招不回来。这里是形容梦魂颠倒的情状。"拿云"，犹言凌云。"呜呃"，悲叹声。"呃"，音 è。

蝴蝶飞

杨花扑帐春云热[1]，龟甲屏风醉眼缬。东家蝴蝶西家飞[2]，白骑少年今日归。

1."杨花"二句：写春闺景色缭乱醉人。"龟甲屏风"，用杂色玉石镶嵌成龟甲纹的屏风。"缬"，音 xié，结。"醉眼缬"，一种细碎的花纹，这里指屏风，也可能指闺中其他的织品。强调斑斓如醉的花纹正是写春愁缭乱的心情。　2."东家"二句：借蝴蝶东飞西飞，喻少年到处游荡，今日始归。

江楼曲 [1]

楼前流水江陵道 [2]，鲤鱼风起芙蓉老 [3]。晓钗催鬓语南风 [4]，
抽帆归来一日功。鼍吟浦口飞梅雨 [5]，竿头酒旗换青苎 [6]。萧骚
浪白云差池 [7]，黄粉油衫寄郎主 [8]。新槽酒声苦无力 [9]，南湖一顷
菱花白。眼前便有千里思，小玉开屏见山色 [10]。

1. 这诗写江楼少妇春日盼望远游在外的丈夫早日归来的情景。　2. "江陵"，
即今湖北荆州市荆州区。　3. "鲤鱼风"，春夏之交的风。"芙蓉"，荷。"老"，
长成。　4. "晓钗"二句：说托南风带信，教丈夫早点回来。"晓钗催鬓"，
晓色催促她簪钗理鬓。"抽帆"，拉起帆。"功"，工夫。　5. "鼍"，音 tuó，
鳄鱼近属，俗称猪婆龙。据说天欲雨鼍即鸣。"梅雨"，初夏梅子黄时的雨。
6. "青苎"，古代酒帘用青白布数幅做成。"苎"，音 zhù，麻布。　7. "萧骚"，
形容水面风起。"差池"，即参差，形容云在变动，暗示雨之欲来。　8. "黄
粉油衫"，油布雨衣。"郎主"，指女子的丈夫。　9. "槽"，压酒的器具。"苦
无力"，形容压酒的声音单调得使人疲倦。　10. "小玉"，见白居易《长恨
歌》注47，唐人多用来称侍女。"见山色"，意思是视线又被重山隔断。

将进酒 [1]

琉璃钟 [2]，琥珀浓 [3]，小槽酒滴真珠红 [4]。烹龙炮凤玉脂泣 [5]，
罗帏绣幕围香风。吹龙笛 [6]，击鼍鼓 [7]。皓齿歌 [8]，细腰舞。况是

青春日将暮，桃花乱落如红雨。劝君终日酩酊醉[9]，酒不到刘伶坟上土[10]。

1. "将进酒"，汉《鼓吹铙歌》十八曲之一，大都写饮酒歌舞，及时行乐。
2. "钟"，盛酒的器具。　3. "琥珀"，好酒的颜色和它相似，这里用来指酒。
4. "槽"，见前首诗注。　5. "烹龙"句：极言菜的珍贵。"泣"，形容煎煮声。　6. "龙笛"，笛长，故用龙来形容。　7. "鼍鼓"，鼍皮蒙的鼓。"鼍"，见前诗注。　8. "皓"，音 hào，洁白。　9. "酩酊"，音 mǐngdǐng，大醉。
10. "刘伶"，晋人，"竹林七贤"之一，以好酒著称，有《酒德颂》。

张 祜

　　张祜（约785—约852），字承吉，清河（今河北清河西）人。一生没有做过官，负诗名，好游山水，和白居易、杜牧都有交往，卒于宣宗大中（847—859）年间。有《张处士诗集》。《全唐诗》录其诗二卷。

题金陵渡

　　金陵津渡小山楼[1]，一宿行人自可愁。潮落夜江斜月里，两三星火是瓜洲²。

1. "金陵"，今南京市。"津"，渡水的地方。"小山楼"，作者住宿之处。
2. "星火"，形容远处的火光会集为一些明暗不同的点子。"瓜洲"，镇名，在江苏扬州市南长江北岸，形如瓜字，故名。是南北运河之冲，当时商旅的要道，与金陵相去约六十华里。皇甫冉《同温丹徒登万岁楼》诗："丹阳古渡寒烟积，瓜步空洲远树稀。"（一作刘长卿诗）万岁楼在京口，与瓜洲对岸，"瓜步"在六合南，与金陵对岸，可见两地得以遥遥相望。

许　浑

许浑（生卒年不详），字用晦，一作仲晦，润州丹阳（今江苏丹阳）人。太和进士，官虞部员外郎，睦州、郢州刺史。他喜好林泉，淡于名利。诗歌清丽，尤长律诗。有《丁卯集》。

秋日赴阙题潼关驿楼¹

红叶晚萧萧，长亭酒一瓢。残云归太华²，疏雨过中条³。树色随山迥，河声入海遥。帝乡明日到⁴，犹自梦渔樵⁵。

1.“阙”，宫阙，指京城。“潼关”，在今陕西潼关。 2.“太华”，华山。“华”，音 huà。 3.“中条”，山名，在潼关东北。 4.“帝乡”，指京城。 5.“渔樵”，指故乡的隐逸生活。

杜　牧

　　杜牧（803—853），字牧之，京兆万年（今陕西西安）人。宰相杜佑的孙子，二十六岁中进士，后来做过几任刺史，官终中书舍人。他有较进步的政治思想，但一生并不得意，未能施展抱负；到了晚年就纵情声色，过着清狂放荡的生活。他的诗歌，风格豪爽清丽，独树一帜。他也擅长赋和古文。在一些作品中，往往流露出理想与现实矛盾时的苦闷，关怀国家、人民的命运，指责统治者的荒淫，有一定的思想性。七绝尤为人所传诵。也有一些有关歌妓的作品，与当时正在发展中的词颇为相近，其中消极因素较多。有《樊川文集》，冯集梧《樊川诗集注》可用。

题扬州禅智寺 [1]

　　雨过一蝉噪，飘萧松桂秋 [2]。青苔满阶砌，白鸟故迟留。暮霭生深树³，斜阳下小楼。谁知竹西路⁴，歌吹是扬州。

1. 文宗开成二年（837），作者的弟弟杜颛患眼病，寄住在扬州城东禅智寺，他告假从洛阳带了医生来探望。诗当作于这时。　2. "飘萧"，飘摇萧瑟。
3. "霭"，雾气。　4. "谁知"二句：说这里这么寂静，意识不到竹林路西就是那歌吹繁华的扬州城。

早 雁¹

金河秋半虏弦开²，云外惊飞四散哀。仙掌月明孤影过³，长门灯暗数声来。须知胡骑纷纷在，岂逐春风一一回？莫厌潇湘少人处⁴，水多菰米岸莓苔⁵。

1. 武宗会昌二年（842）八月，回纥南侵，大肆掳掠。这时正是北雁南飞时节，作者借咏雁以表达他对北地边民的无限关怀。这诗以雁比喻边地难民，写它们受胡人惊扰南飞的凄惶情景。阴历八月是秋季第二月，所以题为"早雁"。　2. "金河"，在今内蒙古自治区呼和浩特市南。"虏"，对敌人的称呼，这里指胡人。"弦"，弓弦。　3. "仙掌"二句："仙掌""长门"，都泛指长安宫殿，隐喻皇帝应当知道并关心人民这些情况。因是早雁，过的不多，所以说"孤影过""数声来"，并写出凄惶情景。"仙掌"，西汉长安建章宫有铜仙人，掌托承露盘。"长门"，西汉长安宫名，汉武帝陈皇后失宠后的住处，后来即泛指冷宫，这里也借以烘托诗中的凄凉情意。　4. "潇湘"，湖南省境的湘水，在零陵西合潇水，世称潇湘。这里即泛指湖南一带。相传雁飞到湖南衡山回雁峰即止，春天再飞回。　5. "菰"，音 gū，草本植物，生浅水中，嫩茎叫茭白，果实叫"菰米"，都可以吃。"莓"，音méi，即苔。"菰米""莓苔"，都指雁的食物。

寄扬州韩绰判官 ¹

　　青山隐隐水迢迢，秋尽江南草未凋。二十四桥明月夜²，玉人何处教吹箫³？

1. "韩绰"，未详。唐观察使、节度使属下置"判官"。太和七年到九年（833—835），作者在扬州淮南节度使府任推官，转掌书记。韩绰当是他的同事。这是他离去后寄赠的诗。诗中表达了对往日在扬州的生活的怀念。
2. "二十四桥"，在扬州（今江苏扬州）城西门外。一说有桥二十四座；一说古有二十四个美人吹箫于此。　　3."玉人"，指韩绰。《晋书·裴楷传》《晋书·卫玠传》并载裴、卫二人有玉人之称。元稹《莺莺传》说"疑是玉人来"，则唐代也有此称。

将赴吴兴登乐游原一绝 ¹

　　清时有味是无能²，闲爱孤云静爱僧。欲把一麾江海去³，乐游原上望昭陵⁴。

1. 这是大中四年（850），作者由尚书司勋员外郎外调湖州刺史，离京前登乐游原有感而作。湖州，唐吴兴郡，即今浙江省湖州市吴兴区。"乐游原"，在长安南，地势高敞，是当时京郊著名的游览区。 2."清时"句：是发牢骚的话，说在这清平有为的时代，自己却独有闲趣，足见是无能而不受重视。3."欲把"句："把"，持。"麾"，音 huī，旌旗之属。这里指出任刺史的符信。颜延之《五君咏》："屡荐不入官，一麾乃出守。""麾"字谓麾斥，指阮咸受人排挤而出任太守。这里也暗用其意。湖州在江南海边，所以说"江海去"。 4."乐游原"句：表现对过去开明政治的向往，也即对时政的不满。"昭陵"，太宗的陵墓，在今陕西礼泉县九嵕山。太宗是唐代贤明的皇帝。

过华清宫绝句[1]（三首选二）

其一[2]

长安回望绣成堆[3]，山顶千门次第开[4]。一骑红尘妃子笑[5]，无人知是荔枝来。

1. 这是作者过华清宫慨叹玄宗、杨贵妃淫佚误国而作的。"华清宫"，唐行宫，建于温泉华清池上，故址在今陕西省西安市临潼区骊山顶，玄宗常和杨贵妃在这里避暑消寒。 2. 相传杨贵妃喜欢吃荔枝，荔枝容易腐烂，玄宗不惜命人远道从四川、广东乘驿马兼程运送鲜荔枝，据说曾为此跑死了许多人和马。诗就是讽刺这件事的。 3. "长安"句：说从长安回望骊山上的景物，装点得好像锦绣一样。 4. "千门"，指宫门。"次第"，一个接一个地。 5. "一骑红尘"，是说一个人骑着快马飞驰而来，带起了一溜烟的尘土。"骑"，音 jì。"红尘"，扬起的飞尘。"红"，是飞尘在日光照映下呈现的形象，并兼有繁华热闹的意思。

其二[1]

新丰绿树起黄埃[2]，数骑渔阳探使回。霓裳一曲千峰上[3]，舞破中原始下来。

1. 这诗写玄宗溺宠杨妃，纵情歌舞，直到国破家亡。　2."新丰"二句：写探使从渔阳安禄山领地飞马回转长安时的情景。原注说安禄山叛前，玄宗曾派宦官辅璆琳探安禄山虚实，辅璆琳受了安禄山的贿赂，回报时隐瞒了实情。事见旧新唐书安禄山传。"新丰"，在长安东北，即今陕西省西安市临潼区新丰。"渔阳"，今天津蓟州一带，当时是安禄山叛军的根据地。3. "霓裳"，即《霓裳羽衣曲》，是玄宗时的宫廷舞曲。

江南春绝句

千里莺啼绿映红，水村山郭酒旗风。南朝四百八十寺[1]，多少楼台烟雨中。

1. "南朝"句：南朝帝王贵族多好佛，修建了许多寺院，建康（今南京）尤多，据说有五百余所。这里的数字，大概是指当时存留下来的而言。

泊秦淮[1]

烟笼寒水月笼沙，夜泊秦淮近酒家。商女不知亡国恨[2]，隔江犹唱后庭花[3]。

1. 这是夜泊金陵（今南京）秦淮河吊古之作。　2. "商女"，指酒家歌女。
3. "后庭花"，《玉树后庭花》的简称。陈后主在金陵荒淫腐化，曾作此曲，
后终亡国。

山 行

远上寒山石径斜，白云生处有人家。停车坐爱枫林晚[1]，霜
叶红于二月花。

1. "坐"，因。

清 明

清明时节雨纷纷，路上行人欲断魂。借问酒家何处有？牧
童遥指杏花村[1]。

1. "杏花村"，杏花深处的村庄。山西汾阳等地都有杏花村，当是后人因这
诗而命名的。

李商隐

李商隐（813—858），字义山，号玉谿生，怀州河内（今河南沁阳）人。少时为令狐楚所赏识，又因令狐绹之力于开成二年（837）中进士。后入泾原节度使王茂元幕，并做了他的女婿。当时牛、李党争很剧烈。王茂元属李党，令狐绹属牛党，李商隐在其间无以自处，只好到各地节度使的幕府中去当书记谋生，终身不得志。

他的诗歌大多抒发仕途潦倒的苦闷，却缺乏追求理想的魄力和高瞻远瞩的气派。但也有不少作品揭露了当时政治上的黑暗，反映了社会的动乱，表现了他的正义感和关心国事的思想感情。他的爱情诗写得缠绵悱恻，历来为人所传诵，但其中也有较多消极感伤的成分。

他的诗善用典故，而不流于堆砌，构思新颖，富于想象，风格色彩秾丽，有较高的艺术价值，但有时隐晦难解，存在着近于象征主义的倾向。有冯浩的《李义山诗文集详注》和钱振伦、钱振常的《樊南文集补编》可用。

重有感¹

　　玉帐牙旗得上游²，安危须共主君忧。窦融表已来关右³，陶侃军宜次石头。岂有蛟龙愁失水⁴？更无鹰隼与高秋⁵！昼号夜哭兼幽显⁶，早晚星关雪涕收。

1.中唐以来，宦官专权。太和九年（835）十一月，宰相李训等谋诛宦官，命人诈称左金吾听事后面的石榴树夜来甘露，并密伏甲兵于左仗院内，想借以诱来诸宦官而杀之。文宗闻报命仇士良率诸宦官去观看。仇士良等见有甲兵，惊走告变，宣称李训等谋反。结果李训、郑注、王涯等都为宦官所杀并灭族，牵连很广。开成元年（836）二月，昭义节度使刘从谏一再上表请求朝廷宣布王涯等的罪名，并揭露了仇士良等的罪恶，因此仇士良等才稍有畏惧。这诗即有感于这一事变而作。因之前已写了《有感二首》，所以这首叫《重有感》。　2.“玉帐”，指主帅所居的军帐。“牙旗”，大将的军旗，旗杆上饰以象牙。“上游”可以控制下游，这里喻居险要之地。昭义节度使辖泽、潞诸州（今山西南部一带），地形险要，所以说“得上游”。3.“窦融”二句：“窦融”，东汉初人。光武帝刘秀任为凉州牧。他得知刘秀将讨伐西北军阀隗嚣，即整顿军马，上疏请问发兵日期，愿为朝廷效力。“关右”，指函谷关以西之地。窦融时为凉州牧，凉州在关西。“陶侃”，东晋人，苏峻作乱，时陶侃为荆州刺史，和温峤等会师石头城（今南京），斩苏峻。“次”，指军队抵达、驻扎。这里的两个典故，都喻刘从谏上表问罪事。　4.“岂有”句：慨叹甘露变后，天子为宦官所钳制，犹如失水蛟龙，不得自由。　5.“更无”句：意思说除了刘从谏，更无别人能像鹰隼逐鸟雀那样，来剪除仇士良等坏人。《左传》文公十八年，鲁大夫季文子说：“见无礼于其君者，诛之，如鹰鹯之逐鸟雀也。""与"，举，飞的意思。　　6."昼号"二句：说甘露之变，人神共愤，迫切盼望朝廷早日乱定。"幽显"，指鬼神和人。"星关"，天关星，即北极星，这里指朝廷。"雪"，拭。

安定城楼 [1]

　　迢递高城百尺楼 [2]，绿杨枝外尽汀洲 [3]。贾生年少虚垂涕 [4]，王粲春来更远游 [5]。永忆江湖归白发 [6]，欲回天地入扁舟。不知腐鼠成滋味 [7]，猜意鹓雏竟未休。

1. 开成三年（838）作者入泾原节度使王茂元幕，娶王氏。后试宏词失败，仍在泾原幕。这是客中遣愁言志的诗。"安定"，汉郡名，唐改泾州，泾原节度使府设于此，故治在今甘肃泾川北。　　2."迢递"，高峻。　　3."汀"，音 tīng，水岸平处。　　4."贾生"句：以贾谊比喻自己少年忧时不遇。"贾生"，即贾谊，汉洛阳人，少有才学，汉文帝召为博士，超迁至太中大夫；议请定王朔，易服色，兴礼乐，文帝欲任以公卿之位，为朝臣所忌，出为长沙王太傅。他为梁王太傅时，曾上书议论时政，中有"臣窃惟事势可为痛哭者一，可为流涕者二，可为长太息者六"的话。但后来在政治上不得意，他的意见并未为朝廷所重视，所以这里说"虚垂涕"。　　5."王粲"句：以王粲比喻自己往依王茂元和登楼赋诗。"王粲"，建安七子之一，汉末长安大乱，往荆州依刘表多年，颇不得志，曾于春日登城楼，有感于远游不遇，作《登楼赋》以抒怀。　　6."永忆"二句：说自己常想做一番回旋天地的大功业，到年老发白之后就功成身退，归隐江湖。"永忆"，常想。"扁舟"，暗用范蠡功成辞爵乘扁舟泛五湖事。　　7."不知"二句：是说自己抱有大志，却为追逐名利的世俗所猜忌。《庄子·秋水》篇说惠子为梁相，庄子去看他。有人告诉惠子说庄子来了是想谋他的相位。惠子大惊，就在国中搜查庄子。搜查了三天三夜没找到，这时庄子去见惠子说："南方有鸟，其名为鹓鶵，子知之乎？夫鹓鶵发于南海，而飞于北海；非梧桐不止，非练实不食，非醴泉不饮。于是鸱得腐鼠，鹓鶵过之，仰而视之曰：'吓！'今子欲以子之梁国而吓我邪？""腐鼠"，喻禄位。"鹓鶵"，凤凰一类的鸟，性高洁，自然从来不会知道腐鼠也算美味。

锦 瑟 [1]

锦瑟无端五十弦 [2]，一弦一柱思华年。庄生晓梦迷蝴蝶 [3]，望帝春心托杜鹃。沧海月明珠有泪 [4]，蓝田日暖玉生烟。此情可待成追忆 [6]，只是当时已惘然。

1.这大概是悼亡诗，托锦瑟起兴。他的《房中曲》是悼亡之作，也说："归来已不见，锦瑟长于人。"　2."锦瑟"句："锦瑟"，极言瑟的精美。古瑟"五十弦"。"无端"，无缘无故。这是因瑟思人，而责怪锦瑟弦多悲恻的痴语。　3."庄生"二句：写死生变化的不测和悼亡的悲痛。"迷蝴蝶"，《庄子·齐物论》说：一次庄子梦见自己化为蝴蝶，觉得自己真就是蝴蝶，不知乃是庄子。不久醒来，又觉得自己真是庄子了。说这就叫作"物化"。"望帝"，周末蜀王杜宇，号望帝，相传他死后魂魄化为啼血的杜鹃鸟。4."沧海"句：象征自己的悲痛。相传南海中有鲛人，住在水中，不废机织，哭泣出珠。　5."蓝田"句：象征妻子的物化。"蓝田"，山名，在今陕西蓝田东南，出美玉，又名玉山。《搜神记》载，吴王夫差小女紫玉和童子韩重相爱，想嫁给他，没有成功，气结而死。后来韩重到她墓前去祭吊，紫玉显形。韩重想拥抱她，就像烟一样地消失了。　6."此情"二句：是说这些情景岂容再追忆，就是当时也已如此迷惘了。

隋　宫

　　紫泉宫殿锁烟霞[1]，欲取芜城作帝家。玉玺不缘归日角[2]，锦帆应是到天涯。于今腐草无萤火[3]，终古垂杨有暮鸦[4]。地下若逢陈后主[5]，岂宜重问后庭花？

1."紫泉"二句：说隋炀帝南游不归，使长安宫殿荒芜。"紫泉"，水名，在长安附近，这里用来指长安。本作"紫渊"，唐人避高祖李渊讳，因改"渊"为"泉"。"芜城"，指扬州。鲍照有《芜城赋》。隋都长安，炀帝南游扬州，大营宫殿，于此流连不归。　2."玉玺"二句：是说如果隋不亡于唐，那么不知道隋炀帝还会乘龙舟游到哪里去了呢。"玺"，音 xǐ，天子的印。用玉制作，故称"玉玺"。"缘"，因。"日角"，指隆起如日的额骨，古代以为是帝王之相，这里指唐高祖。玉玺归日角，指唐高祖取得天下。　3."于今"句：写隋宫附近已无往日的痕迹。史载隋炀帝曾征集了几斛萤火虫，夜出游山时放出照明。一说指隋宫的萤火虫至今竟因此而绝了种。　4."终古"句：写隋炀帝国破身亡后隋堤的荒凉景象。隋炀帝开运河通扬州，沿河筑堤，堤上种植杨柳，后人称为隋堤。　5."地下"二句：讥讽隋炀帝和陈后主同样是因荒淫腐化而亡国。"陈后主"，名叔宝，是陈代的亡国之君。后主降隋时炀帝还是太子，炀帝巡游扬州时后主已死。"后庭花"，舞曲名，即《玉树后庭花》，陈后主造，其中有"玉树后庭花，花开不复久"。时人以为是亡国之兆。又传说隋炀帝在扬州时曾梦见陈后主和他的宠妃张丽华，炀帝请张丽华舞《玉树后庭花》，舞毕，遭到了陈后主的讽刺。

筹笔驿¹

筹笔驿[1]

猿鸟犹疑畏简书[2]，风云长为护储胥。徒令上将挥神笔[3]，终见降王走传车。管乐有才真不忝[4]！关张无命欲何如[5]？他年锦里经祠庙[6]，梁父吟成恨有余。

1."筹笔驿"，在今四川广元北八十里。相传三国时蜀汉诸葛亮出兵伐魏，曾驻军筹划于此。　2."猿鸟"二句：说由于诸葛亮曾驻此筹划军事，似乎至今猿鸟还畏惧他的军令，风云还在保护着他的壁垒。古人把文字写在竹简上，叫"简"。"简书"，这里指军用文书。"储胥"，军中藩篱。　3."徒令"二句：说蜀汉后主刘禅终于乘驿车经此降魏，空负诸葛亮生前在此筹策如神、指挥号令之功。"上将"，指诸葛亮，也可能泛指所号令的许多名将。"走传车"，魏元帝景元四年（263）邓艾伐蜀，刘禅出降，全家东迁洛阳。"传"，音zhuàn，驿站。　4."管乐"句：说诸葛亮昔日隐居南阳时，常自比管仲、乐毅之才，真是无愧于他们。管仲，春秋时人，曾帮助齐桓公成就霸业。乐毅，战国时人，燕昭王拜他为上将军，曾率赵、楚、韩、魏、燕五国兵大破强齐。"忝"，音tiǎn，辱，愧。　5."关张"句：说关羽、张飞死后，诸葛亮不得不一人面临蜀汉残局。建安二十四年（219），孙权使吕蒙破荆州，关羽被杀。后刘备伐吴，张飞又为部下所害。刘备兵败，亦死。"关张无命"，指此。"欲何如"，又有什么办法。　6."他年"二句：是说今天的凭吊，使自己对于诸葛亮有了更深的敬意和体会。他年如果经过成都锦里的诸葛武侯祠，将更切身感到诸葛亮一生的遗恨。"梁父吟"，诸葛亮隐居南阳时，常常吟咏以明志的作品。

无 题 [1]（二首选一）

其一

昨夜星辰昨夜风，画楼西畔桂堂东。身无彩凤双飞翼，心有灵犀一点通 [2]。隔座送钩春酒暖 [3]，分曹射覆蜡灯红。嗟余听鼓应官去 [4]，走马兰台类转蓬。

1.作者的爱情诗多标"无题"，但叫"无题"的并不都写爱情。这诗写窥见意中人在家中欢宴嬉戏的情景，感到自己游宦中漂泊无依的作客生涯的孤独。唐高宗时曾一度改秘书省为"兰台"。作者于开成四年（839）解褐为秘书省校书郎，这诗当作于这时。 2."灵犀"，传说犀牛彼此之间是用角来互表心意，这里借喻两心相印。 3."隔座"二句：写宴会上灯下游戏的情景。"送钩"，指为藏钩之戏，即藏钩于手中令人猜。相传汉武帝钩弋夫人年少时手如拳状，武帝将它擘开，得一玉钩，手从此就能伸展了，因而产生了这种游戏。"分曹"，分队。"射"，猜。"射覆"，器皿下覆盖着东西令人猜，也是古代的一种游戏。 4."嗟余"二句：写因见宴会间的热闹，感叹自己每天随着报晓的更鼓应付官事的冷落无聊。作者有《春雨》诗说："红楼隔雨相望冷，珠箔飘灯独自归。"可参看。

无 题（四首选一）

其一

来是空言去绝踪，月斜楼上五更钟。梦为远别啼难唤[1]，书被催成墨未浓。蜡照半笼金翡翠[2]，麝熏微度绣芙蓉。刘郎已恨蓬山远[3]，更隔蓬山一万重。

1. "梦为"二句：意思是梦难成书亦难成。写楼上女子梦中仿佛和情人话别，哭醒了也唤不回来。急切间想写封信，而墨又没有磨好。"墨未浓"，形容写信心情的急切，也暗示写信的种种难处。 2. "蜡照"二句：写女子醒来之后这时的闺房情景。"翡翠"，鸟名，有翠色羽毛，其翠羽可粘贴在器物上做装饰，谓之点翠。"金翡翠"，指蹙金点翠的锦被。《楚辞·招魂》："翡翠珠被烂齐光些。""半笼"，因为有帐子，所以只照到一半。"麝"，鹿类，雄的脐部有香腺，分泌物叫麝香，可以做香料或药材。"绣芙蓉"，指芙蓉绣帐。鲍照《拟行路难》："七彩芙蓉之羽帐。" 3. "刘郎"二句：意思是说和情人相见，如今是难上加难。"刘郎"，指汉刘晨。这里是作者自比。《神仙记》载有刘晨入天台山采药，遇见仙女的故事。"蓬山"，蓬莱山，古传是海中仙山。这里泛指仙境。

无 题

相见时难别亦难，东风无力百花残。春蚕到死丝方尽[1]，蜡炬成灰泪始干。晓镜但愁云鬓改²，夜吟应觉月光寒。蓬山此去无多路³，青鸟殷勤为探看⁴。

1."丝"，双关语，隐"相思"的"思"。　2."云鬓改"，指容颜憔悴。"云鬓"，指年轻妇女浓软如云的发鬓。　3."蓬山"，即蓬莱山。　4."青鸟"，《汉武故事》说七月七日忽有青鸟飞来，停在殿前。东方朔告诉汉武帝说西王母就要来了。不久西王母到，三双青鸟便夹侍在她身旁。后因此借称爱情信使为青鸟。

乐游原¹

向晚意不适²，驱车登古原。夕阳无限好，只是近黄昏。

1."乐游原"，在长安南，地势高敞，是当时著名的游览区。　2."向晚"，傍晚。"意不适"，不惬意。

夜雨寄北¹

君问归期未有期²，巴山夜雨涨秋池³。何当共剪西窗烛⁴，却话巴山夜雨时。

1.这当是作者在巴蜀（今四川）时寄给妻子的诗。长安在巴蜀的北方，所以说"寄北"。 2."君"，指作者妻子。 3."巴山"，亦称大巴山，又叫巴岭。巴岭山脉斜亘于今陕西、四川两省边境。这里泛指巴蜀之地。 4."何当"，何时当能。"剪"，指剪去烧残的烛心，使烛明亮。

隋 宫[1]

乘兴南游不戒严，九重谁省谏书函[2]？春风举国裁宫锦[3]，半作障泥半作帆[4]。

1. 这诗讽刺隋炀帝乘龙舟游扬州，无人谏阻，劳民伤财，荒淫误国。 2."九重"，指天子所居之处，即指朝廷。"省"，音 xǐng，省悟。"谏书函"，上书谏阻。 3."举国"，全国。"宫锦"，特为宫廷制造的特等锦缎。 4."障泥"，马鞯，其两旁下垂，用以障蔽泥土。"帆"，即锦帆。隋炀帝乘龙舟游扬州，从行船只几千艘，船帆都用锦缎制成。

嫦 娥

云母屏风烛影深[1]，长河渐落晓星沉[2]。嫦娥应悔偷灵药[3]，碧海青天夜夜心。

1. "云母"，一种含铝硅酸盐的矿物，底面可完全劈开，富于珍珠光泽，可用来装饰屏风、门扉。 2."长河"，指银河。 3."嫦娥"二句：借嫦娥写女子独处而得不到爱情的幽怨。嫦娥是神话中后羿的妻子。羿在西王母处求得不死之药，嫦娥偷吃了，奔入月宫，成了月中仙子。

贾 生[1]

宣室求贤访逐臣[2]，贾生才调更无伦[3]。可怜夜半虚前席[4]，不问苍生问鬼神[5]。

1.贾谊曾被贬为长沙王太傅，后汉文帝又将他征还长安。当时文帝刚祭祀完，坐在宣室中，因与贾谊谈论鬼神之事。一直谈到夜半，文帝不觉促近前席。谈完后，文帝赞叹贾谊的才学。这诗即咏此事，感慨皇帝只谈鬼神之事，贤才很难施展自己的治国之术，造福人民。　2.“宣室”，汉未央宫前正室。　3.“才调”，才气。“无伦”，无比。　4.“可怜”，可惜。“虚前席”，是说虚有求贤之举。“前席”，古人席地而坐，喜悦不自觉，则促近前席。5.“苍生”，指百姓。

温庭筠

温庭筠（812—870？），原名岐，字飞卿，太原（今山西太原）人。政治上一生不得意，官止国子助教。早年有才名，生活很浪漫。

他的诗风格秾艳，较少政治内容。和李商隐齐名，后世并称"温李"，但成就不如李。他的诗词多写闺情，也多有不健康的成分；在词的方面，是花间派的首要作家，对早期词的发展产生过影响。有《温庭筠诗集》，又名《金荃集》。注本有曾益、顾予咸等的《温飞卿集笺注》可用。

塞寒行 [1]

燕弓弦劲霜封瓦 [2]，朴簌寒雕睇平野 [3]。一点黄尘起雁喧 [4]，白龙堆下千蹄马。河源怒触风如刀 [5]，翦断朔云天更高 [6]。晚出榆关逐征北 [7]，惊沙飞进冲貂袍 [8]。心许凌烟名不灭 [9]，年年锦字伤离别。彩毫一画竟何荣 [10]，空使青楼泣成血 [11]。

1. 这诗写边塞生活的艰苦。　2."燕弓"，古代燕地产的名弓。　3."朴簌"，即"扑簌"，扑落或扑打。"簌"，音 sù。"雕"，鹫，一种巨鹰。"睇"，音 dì，窥视的意思。　4."一点"二句：说战马扬尘飞驰，惊起塞雁喧鸣。"白龙堆"，简称龙堆，在新疆天山南路，那里流沙起伏，状如卧龙。　5."河源"，黄河的发源地。汉武帝时认为黄河发源于昆仑山，唐长庆年间认为是阌磨黎山（即大积石山），皆非。实发源于青海雅合拉达合泽山。"怒触"，指波浪的汹涌。　6."翦断朔云"，指风吹云散。　7."榆关"，一名临闾关，在陕西汉中市附近。一作"榆林"，塞名，在内蒙古自治区内黄河北岸。"逐征北"，随军北征。　8."惊沙"，沙石飞扬，好像受了惊一样。　9."心许"二句：说因为立志要博取不朽功名，而使妻子年年伤别。"凌烟"，贞观时太宗命画功臣图像于凌烟阁。"锦字"，晋秦州刺史窦滔被徙流沙，妻苏蕙思念他，织锦为回文诗以赠。 10."彩毫"，彩笔。"一画"，指画像于凌烟阁。 11."青楼"，涂饰青漆的楼，这里指妻子居住的闺阁。

达摩支曲 1

捣麝成尘香不灭 2，拗莲作寸丝难绝。红泪文姬洛水春 3，白头苏武天山雪 4。君不见无愁高纬花漫漫 5，漳浦宴余清露寒，一旦臣僚共囚虏 6，欲吹羌笛先汍澜。旧臣头鬓霜雪早 7，可惜雄心醉中老，万古春归梦不归，邺城风雨连天草。

1."达摩支曲"，乐府舞曲名。"摩"，一作"磨"。这诗表达了诗人对历史往事的赞美和感慨。 2."捣麝"二句：以麝香、莲藕作比，称誉蔡文姬、苏武对祖国坚贞的深情。"麝"，指麝香。"拗"，折。 3."红泪"句：意思是说备尝辛酸的文姬终于回到了祖国故乡。"文姬"，蔡琰字，她汉末兵乱中为胡兵所掳，辗转入南匈奴十二年。曹操和蔡邕友善，后来遣使将她赎回。见前蔡琰小传。洛水是河南的名水，《楚辞·天问》中有洛嫔被掳的传说，曹植有《洛神赋》。这里用来指她的故乡。 4."白头"句：意思是说苏武拘留外国，心如霜雪，终不屈节。"苏武"，汉杜陵人。武帝时出使匈奴，被扣留在北海上，命牧公羊，说待公羊怀孕才准回国。他仗节牧羊十九年，后归汉，须发都白了。"天山"，今甘肃的祁连山，匈奴称天为祁连。 5."君不"二句：写北齐后主通宵饮酒作乐的情景。"高纬"，北齐后主，荒淫无道，为无愁之曲，自弹胡琵琶而唱，时称无愁天子。后为北周所获，送到长安，封温国公。终诬以谋反赐死。"漫漫"，无边无际。"漳"，水名，发源于山西，流经邺城（在今河北临漳），北齐建都于此。"浦"，水边。　6."一旦"二句：写高纬君臣被俘后的悲哀。"汍澜"，流眼泪的样子。"汍"，音 wán。　7."旧臣"四句：讽刺后主昏庸，辜负了北齐忠贞的老臣，终成亡国之恨。"霜雪早"，形容因忧愤而白发。

商山早行 [1]

晨起动征铎 [2]，客行悲故乡。鸡声茅店月，人迹板桥霜。槲叶落山路 [3]，枳花明驿墙 [4]。因思杜陵梦 [5]，凫雁满回塘。

1."商山"，在今陕西商州东南。　2."动征铎"，说远行车马的铃铎响了。
3."槲"，音 jiě，松櫔。"槲"或作"槲"，可从。作者有《送洛南郭主簿》诗："槲叶晓迷路，枳花春满庭。"洛南县属商州，正是商山一带风光。
4."枳"，音 zhǐ，枳树，似橘而小，春天开白花，果实叫枳实，果壳叫枳壳，都可入药。"明驿墙"，鲜艳地开在驿站的墙边。　5."因思"二句：说回想长安情境恍然如梦，作者有《渚宫晚春寄秦地友人》诗："凫雁野塘水，牛羊春草烟。秦原晓重叠，灞浪夜潺湲。"也是梦想长安之作，可参照。"杜陵"，在今陕西省西安市长安区东南，秦为杜县，汉宣帝筑陵葬此，故称杜陵。"凫"，音 fú，野鸭。"回塘"，曲折的湖塘。

望江南 [1]（二首选一）

其二

梳洗罢，独倚望江楼。过尽千帆皆不是，斜晖脉脉水悠悠。肠断白蘋洲。

1. "望江南"，一作"忆江南"。

菩萨蛮 [1]（十五首选二）

其六

玉楼明月长相忆 [2]，柳丝袅娜春无力 [3]。门外草萋萋，送君闻马嘶。　　画罗金翡翠 [4]，香烛销成泪 [5]。花落子规啼 [6]，绿窗残梦迷！

1. "菩萨蛮"，唐教坊曲名。《杜阳杂编》说："大中初，女蛮国入贡，危髻金冠，璎珞被体，号为菩萨蛮，当时倡优遂制《菩萨蛮曲》，文士亦往往声其词。"　2. "玉楼"，指女子住的闺楼。　3. "袅娜"，音 niǎonuó，柔软细长。　4. "画罗"，花罗帐。"金翡翠"，指蹙金点翠的锦被。　5. "销"，融化。"泪"，指一滴一滴的蜡烛油。　6. "子规"，即杜鹃鸟，二三月间啼叫，声如"不如归去！"

其十一

南园满地堆轻絮[1]，愁闻一霎清明雨。雨后却斜阳，杏花零落香。　无言匀睡脸[2]，枕上屏山掩[3]。时节欲黄昏，无憀独倚门[4]。

1."絮"，柳絮。　2."匀睡脸"，将还带有睡意的脸上的脂粉调匀。　3."屏山"，屏风上画着山水。　4."无憀"，无聊赖。憀，音 liáo。

更漏子[1]（六首选一）

其六

玉炉香，红蜡泪，偏照画堂秋思。眉翠薄[2]，鬓云残，夜长衾枕寒。　梧桐树，三更雨，不道离愁正苦[3]！一叶叶，一声声，空阶滴到明。

1."更漏子"，词牌名。"更漏"，古时用铜壶滴漏的办法来计时，夜间按时打更。这组词都咏深夜里的闺怨。　2."翠"，黛色。古代妇女用黛画眉。3."愁"，一作"思"。

陈　陶

陈陶（生卒年未详），字嵩伯，岭南（今两广一带）人。曾举进士不第，于是恣游名山，自称三教布衣。宣宗大中中避乱入洪州西山学神仙，后不知所终。《全唐诗》录其诗二卷。

陇西行 [1]（四首选一）

其二

誓扫匈奴不顾身，五千貂锦丧胡尘 [2]。可怜无定河边骨 [3]，犹是春闺梦里人。

1.“陇西行”，乐府《相和歌·瑟调曲》旧题。　2.“貂锦”，汉代羽林军着貂裘锦衣，这里指着貂锦的人，泛指将士。　3.“无定河”，源出今内蒙古自治区鄂尔多斯境，东南流经陕西榆林、米脂诸县市，至清涧县入黄河。因急流挟沙，深浅无定，故名。

聂夷中

聂夷中（837—? ），字坦之，河南（今河南洛阳）人。懿宗咸通十二年（871）进士，后做过华阴县尉。他出身贫寒，对民间疾苦有深切体会，因此写出来的诗歌很感动人。《全唐诗》录其诗一卷。

咏田家

二月卖新丝[1]，五月粜新谷。医得眼前疮[2]，剜却心头肉[3]。我愿君王心，化作光明烛，不照绮罗筵[4]，只照逃亡屋。

1."二月"二句：写农民为生计所迫，预先将自己将来的新丝、新谷廉价典卖。"粜"音 tiào，卖谷。 2."眼前疮"，指眼前困难的生计。 3."却"，去、掉。"心头肉"，指一年收获的劳动果实。 4."绮罗筵"，华美丰盛的筵席，指富人们的生活。

田　家（二首选一）

其一[1]

父耕原上田，子劚山下荒[2]。六月禾未秀[3]，官家已修仓。

1. 这诗写正当农民在辛勤劳动的时候，官府已忙于修整仓库，准备大事聚敛。　2. "劚"，音 zhǔ，与锄相似，这里指掘地。　3. "秀"，禾吐花。

皮日休

皮日休（约838—约883），字袭美，一字逸少，襄阳（今湖北襄阳）人。咸通八年（867）进士，做过著作郎、太常博士等。后曾参加黄巢起义。

他的许多诗文富有反抗精神，勇敢地揭露了封建统治者的种种罪恶，思想性很强。有《皮子文薮》。《全唐诗》录其诗九卷。

卒妻怨[1]

河湟戍卒去[2]，一半多不回。家有半菽食[3]，身为一囊灰[4]。

官吏按其籍⁵，伍中斥其妻。处处鲁人髽⁶，家家杞妇哀⁷。少者任所归⁸，老者无所携。况当札瘥年⁹，米粒如琼瑰¹⁰。累累作饿莩¹¹，见之心若摧¹²。其夫死锋刃¹³，其室委尘埃¹⁴；其命即用矣¹⁵，其赏安在哉！岂无黔敖恩¹⁶，救此穷饿骸？谁知白屋士¹⁷，念此翻欸欸¹⁸！

1. 这诗是《正乐府十篇》中的第一首。　2. "河湟"句：说士卒去西北戍边。"湟"，音huáng，水名，出青海东北噶尔藏岭，到甘肃境入黄河。"河湟"，指今青海、甘肃一带。　3. "半菽食"，一半吃杂粮。"菽"，豆的总称。　4. "一囊灰"，指戍卒身亡火化后的骨灰。　5. "官吏"二句：说士卒死后，官吏将名册中他们的名字注销，又将他们随军的妻子从部伍中逐出。"按"，查。"籍"，名册。"斥"，逐去。　6. "鲁人髽"，鲁国的丧礼。《礼记·檀弓》："鲁妇人之髽而吊也。""髽"，音zhuā，妇人丧髻，将麻掺和在发中梳成。　7. "杞妇"，春秋时齐人杞梁的妻。相传杞梁战死，其妻枕尸恸哭，曾将城墙哭崩。　8. "少者"二句：是说公家对那些老老少少的寡妇全无照顾。　9. "札瘥年"，多灾多难的年岁。"札瘥"，疾病瘟疫。"瘥"，音cuó。　10. "琼瑰"，美玉。这里用来形容米价的昂贵。　11. "饿莩"，饿死的人。"莩"，音piǎo。"累累"，形容多。　12. "心若摧"，心像碎了一样。13. "死锋刃"，指战死。　14. "其室"句：指士卒们的妻室死于道路。"委"，委弃。　15. "其命"句：说士卒为国献出了性命。"即"，今。　16. "岂无"二句：指无人来救济这些即将饿死的寡妇。"黔敖"，春秋时齐国人，曾在灾年施饭救济饥民。　17. "白屋士"，贫士，作者自指。　18. "翻"，反复。"欸欸"，连声悲叹。"欸"，音āi。

橡媪叹 [1]

秋深橡子熟，散落榛芜冈 [2]。伛偻黄发媪 [3]，拾之践晨霜。移时始盈掬 [4]，尽日方满筐。几曝复几蒸 [5]，用作三冬粮 [6]。山前有熟稻，紫穗袭人香。细获又精舂，粒粒如玉珰 [7]。持之纳于官 [8]，私室无仓箱。如何一石余 [9]，只作五斗量！狡吏不畏刑，贪官不避赃。农时作私债 [10]，农毕归官仓。自冬及于春，橡实诳饥肠 [11]。吾闻田成子 [12]，诈仁犹自王。吁嗟逢橡媪，不觉泪沾裳。

1. 这诗是《正乐府十篇》中的第二首。"橡"，音 xiàng，栎树的果实。"媪"，音 ǎo，老妇。　2. "榛芜冈"，草木乱生的山冈。"榛"，音 zhēn，木丛生。　3. "伛偻"，音 yǔlǚ，驼背。"黄发"，老年人的头发。　4. "盈掬"，满一捧。　5. "曝"，音 pù，晒。　6. "三冬"，冬季三个月。　7. "玉珰"，玉耳环。这里用来形容米的晶莹圆润。"珰"，音 dāng。　8. "持之"二句：说将这些精舂的米全部缴纳给官府，家中没剩下一点。　9. "如何"二句：写纳税量米时官吏作弊。　10. "作私债"，指借债作耕种的本钱。　11. "橡实"句：意思是说橡实本非粮食，饿急了只好拿来骗骗肚子。　12. "吾闻"二句："田成子"，即春秋时齐相田常。他为了收买人心，大斗借出，小斗收进，得到百姓的拥护。他的后代于是就篡夺了齐的王位。这里是说田常虽是假仁义，百姓到底得到点好处，因而其后世终于成就了王业。言外之意是责骂那些营私舞弊的官吏连这点假仁义都没有。

陆龟蒙

陆龟蒙（？—约881），字鲁望，吴郡（今江苏苏州）人。曾举进士不第，后归隐。生活很穷困。

他的诗文和皮日休齐名，并称"皮陆"。有《笠泽丛书》《甫里先生文集》。

新 沙

渤澥声中涨小堤[1]，官家知后海鸥知[2]。蓬莱有路教人到[3]，亦应年年税紫芝。

1."渤澥"句："渤澥"，即渤海。"澥"，音 xiè。"声"，潮声。　2."官家"句：意思是说官府比海鸥还要先知道这块沙洲，准备来收税。　3."蓬莱"二句：意思是说仙境若有路可通，紫芝也必将征税。"蓬莱"，传说中海外三神山之一。"紫芝"，紫色灵芝草，神仙所服。

杜荀鹤

杜荀鹤（846—904），字彦之，池州石埭（今安徽石台）人。昭宗大顺二年（891）进士。入梁，做过翰林学士。他出身贫苦，不满于当时的黑暗政治，写过不少诗歌反映赋税的惨重和战乱时代人民的灾难，语言明快有力，富于激昂的反抗精神。有《唐风集》。

山中寡妇

夫因兵死守蓬茅[1]，麻苎衣衫鬓发焦。桑柘废来犹纳税[2]，田园荒后尚征苗。时挑野菜和根煮，旋斫生柴带叶烧[3]。任是深山更深处，也应无计避征徭[4]。

1. "蓬茅"，指茅屋。　2. "柘"，音 zhè，常绿灌木，叶圆而尖，可以喂蚕。3. "旋"，便。"斫"，音 zhuó，砍。　4. "征徭"，指赋税和徭役。

题所居村舍 [1]

家随兵尽屋空存，税额宁容减一分 [2]。衣食旋营犹可过 [3]，赋输长急不堪闻 [4]。蚕无夏织桑充寨 [5]，田废春耕犊劳军 [6]。如此数州谁会得 [7]，杀民将尽更邀勋！

1. 题在所住村舍墙上的诗。　2. "税额"，规定应缴赋税的数字。"宁容"，岂容，不许。　3. "旋营"，临时对付。　4. "赋输长急"，说官府长年都在急迫地催缴赋税。"输"，送。　5. "充寨"，充作修营寨的木料。　6. "犊劳军"，说将耕牛牵去慰劳官军。"犊"，小牛。　7. "如此"二句：说许多州县都处在水深火热之中，没谁去理会，那些做地方官的却一味不顾人民的死活，只管往上爬。

再经胡城县 [1]

去岁曾经此县城，县民无口不冤声。今来县宰加朱绂 [2]，便是生灵血染成 [3]。

1. 这诗讽刺胡城县县官在农民起义战争中因屠杀人民而升官。"胡城县"，故城在今安徽阜阳西北。　2. "县宰"，县官。"朱绂"，朱红色的官服。唐代四、五品官穿朱绂。"绂"，音 fú。　3. "生灵"，人民。

罗　隐

罗隐（833—910），字昭谏，杭州新城（今浙江杭州市富阳区西南）人。原名横，因好讥讽世事，得罪权贵，十次应进士试不第，后改名隐。曾做过钱塘令等官，有政绩。有《罗昭谏集》，《全唐诗》编其诗十一卷。

雪

尽道丰年瑞[1]，丰年事若何？长安有贫者[2]，为瑞不宜多！

1."丰年瑞"，预兆丰年的祥瑞。　2."长安"二句：意思是长安穷人很多，雪下多了穷人们眼前就会冻死。这里揭露了由于唐末社会上贫富悬殊所产生的深刻矛盾。

曹　邺

曹邺（生卒年未详），字邺之，桂州（今广西桂林）人。大

中四年（850）进士，做过郎中、刺史等。《全唐诗》录其诗
二卷。

官仓鼠 [1]

官仓老鼠大如斗，见人开仓亦不走。健儿无粮百姓饥 [2]，谁
遣朝朝入君口 [3] ？

1. 讽刺贪官污吏。　2. "健儿"，战士。　3. "君"，指官仓鼠。

曹　松

曹松（生卒年未详），字梦徵，舒州（今安徽潜山）人。早
年家贫，后又落拓江湖。昭宗光化四年（901）中进士，这时他
已有七十多岁了。做过秘书省正字。《全唐诗》录其诗二卷。

己亥岁¹（二首选一）

其一

泽国江山入战图²，生民何计乐樵苏³！凭君莫话封侯事，一将功成万骨枯！

1. "己亥"，是僖宗乾符六年（879）。这年镇海节度使高骈镇压黄巢起义有功。诗即有感于此。　2. "泽国"，指镇海节度使所辖江、浙一带，其地多水泽。　3. "乐樵苏"，指安居乐业。打柴叫"樵"，打草叫"苏"。

邵　谒

邵谒（生卒年未详），韶州翁源（今广东翁源）人。曾为国子生，时温庭筠为国子助教，很称赞他的诗。后举进士第。

他的一些作品，表露了封建社会中被压抑者的不满情绪，反映了民间疾苦，有较高的思想性。《全唐诗》录其诗一卷。

岁 丰

皇天降丰年，本忧贫士食[1]。贫士无良畴[2]，安能得稼穑[3]？工佣输富家[4]，日落长太息。为供豪者粮，役尽匹夫力[5]。天地莫施恩，施恩强者得！

1."贫士"，泛指穷人。　2."畴"，田亩，土地。　3."稼"，种田。"穑"，音 sè，收割庄稼。　4."工佣"句：说贫人从事雇佣劳动，所得全部输入富家。　5."匹夫"，平民。

秦韬玉

秦韬玉（生卒年、籍贯均未详），字中明，僖宗中和二年（882）进士。曾从僖宗入蜀，做过工部侍郎等。《全唐诗》录其诗一卷。

贫 女

蓬门未识绮罗香，拟托良媒益自伤。谁爱风流高格调[1]？共怜时世俭梳妆。敢将十指夸针巧，懒把双眉斗画长²。苦恨年年压金线³，为他人作嫁衣裳！

1."谁爱"二句：是说有谁会爱这贫女的风格呢，都去欣赏那时髦的打扮。时世妆，白居易《新乐府·时世妆》："时世妆，时世妆，出自城中传四方；时世流行无远近，腮不施朱面无粉。" 2."斗"，比。 3."压"，刺绣时要用指头按压，这里泛指刺绣。

韦 庄

　　韦庄（836—910），字端己，长安杜陵（今陕西西安）人。韦应物四世孙。昭宗乾宁元年（894）进士。此前曾漫游江南各地。乾宁四年（897）奉使入蜀，返京后，昭宗天复元年（901）再度入蜀，为王建掌书记。王氏建立前蜀，他做过宰相。终于蜀。

　　他的诗词都很著名，诗极富画意，词尤工，与温庭筠同为花间派重要词人。有《浣花集》。

汧阳间 ¹

汧水悠悠去似絣²，远山如画翠眉横³。僧寻野渡归吴岳⁴，雁带斜阳入渭城⁵。边静不收蕃帐马⁶，地贫惟卖陇山鹦⁷。牧童何处吹羌笛，一曲梅花出塞声！⁸

1.题一作《汧阳县阁》，"间"，当为"阁"字之误。"汧阳"，今陕西千阳县。汧阳阁，在县治南。"汧"，音 qiān。乾宁四年（897），作者六十二岁，李询辟为判官，奉使入蜀。这诗作于入蜀途中。 2."汧水"，源出陕西陇县的汧山，东南流经千阳，至宝鸡入渭水。"絣"，音 bēng，带子。 3."翠眉"，古代妇女用青色的黛来画眉。 4."吴岳"，在陕西陇县西南，亦称吴山或岳山，《汉志》谓即岍山。亦作汧山或开山。 5."渭城"，在今陕西省西安市长安区西北。 6."边静"句：说边境平静，所以不买胡地出产的战马。"收"，买。"蕃帐马"，从胡地贩来的战马。"蕃帐"，胡人的帐篷。 7."地贫"句：说当地土地贫瘠，人民只有靠捕卖鹦鹉为生。"陇山"，在陕西陇县西北，绵亘于陇县、宝鸡和甘肃秦安、静宁等地。陇、蜀一带出绿鹦鹉。 8."一曲"句：说牧童吹的是《梅花落》，却具有悲凉的出塞情调。"梅花"，即《梅花落》。它和《出塞》都是汉《横吹曲》名。"出塞"，指塞外，或指《出塞曲》。

台 城 ¹

江雨霏霏江草齐²，六朝如梦鸟空啼³。无情最是台城柳，依旧烟笼十里堤。

1."台城"，晋、宋间称朝廷禁省为台，故称禁城为台城。晋的台城在今南京玄武湖畔。后经修缮，又叫新宫。宋、齐、梁、陈都以此为宫。这诗当是唐僖宗光启三年（887）作者五十二岁经建康（今南京）时吊古之作。2."霏霏"，纷纷。　3."六朝"，吴、东晋、宋、齐、梁、陈先后建都于建康，合称六朝。

焦崖阁 [1]

李白曾歌蜀道难 [2]，长闻白日上青天。今朝夜过焦崖阁，始信星河在马前 [3]。

1.今陕西洋县北五十里有焦崖山，阁当在其上。这诗也作于乾宁四年（897）入蜀途中。　2."白日"，白天。"上青天"，李白《蜀道难》说："蜀道之难，难于上青天。"　3."河"，银河。

女冠子 [1]

四月十七，正是去年今日。别君时，忍泪佯低面 [2]，含羞半敛眉 [3]。　不知魂已断，空有梦相随。除却天边月，没人知！

1."女冠子"，唐教坊曲名。　2."佯"，音 yáng，假装。　3."敛眉"，皱着眉。

菩萨蛮（五首选三）

其一

红楼别夜堪惆怅¹，香灯半卷流苏帐²。残月出门时，美人和泪辞。　琵琶金翠羽³，弦上黄莺语⁴：劝我早归家，绿窗人似花。

1."堪"，够。　2."香灯"句：是说灯光半掩于低垂的帐幕。"流苏"，古代用五彩羽毛做成的垂饰，多挂在车马、楼台、帐幕等等之上。　3."金翠羽"，指琵琶面上的花纹装饰。　4."黄莺语"，形容琵琶声调的宛转。

其二

人人尽说江南好，游人只合江南老¹。春水碧于天，画船听雨眠。　垆边人似月²，皓腕凝霜雪。未老莫还乡³，还乡须断肠。

1."合"，应。　2."垆边"，指酒家。"垆"，古代用土筑成的酒瓮座子，形如锻炉。　3."未老"二句：是说年尚未老，难舍江南行乐之地。言外有故乡经乱离后没有欢乐的意思。

其五

洛阳城里风光好，洛阳才子他乡老¹。柳暗魏王堤²，此时心转迷³。　　桃花春水渌⁴，水上鸳鸯浴。凝恨对残晖，忆君君不知！

1.　"洛阳才子"，作者自指。　2.　"魏王堤"，在洛阳。洛水溢而为池，为都城名胜，贞观中以赠魏王泰而得名。有堤以隔洛水。　3.　"转迷"，是说江南虽好，但想起故乡景物，心里又迷乱了。　4.　"渌"，音 lù，水清。

皇甫松

皇甫松（生卒年不详），一名嵩，字子奇，睦州（今浙江建德）人，工部侍郎皇甫湜之子。《花间集》收录他的词十二首。

忆江南（二首选一）

其一

兰烬落¹，屏上暗红蕉²。闲梦江南梅熟日，夜船吹笛雨潇潇，人语驿边桥。

1.“兰烬落”，指烛熄了。“兰”，兰膏，指香的烛油，《招魂》：“兰膏明烛。”“烬”，火烧的残余，这里指最后的烛花。　2.“屏上”句：说屏风上画的红蕉（美人蕉之类）也看不见了。

天仙子 [1]（二首选一）

其一

晴野鹭鸶飞一只，水葓花发秋江碧 [2]。刘郎此日别天仙 [3]，登绮席 [4]，泪珠滴，十二晚峰青历历 [5]。

1.“天仙子”，本唐教坊曲名。这首词写与情人离别。　2.“水葓”，水草名。“葓”，音 hóng。　3.“刘郎”句：借刘晨天台山遇神女的故事来比喻自己与情人的别离。《神仙记》载汉刘晨、阮肇入天台采药，遇二仙女，留住半年而归，人间已隔十世。　4.“绮席”，花纹精美的席簟，指华贵的别筵。5.“十二晚峰”，巫山有十二峰。这里用楚襄王梦遇巫山神女的故事来烘托一段爱情到了离别时的情景。

牛 峤

牛峤（生卒年不详），字松卿，一字延峰，陇西（今甘肃）

人。乾符五年（878）中进士，做过拾遗、补阙、校书郎等官职。

王建镇西川（今四川西部）时，任为判官，后来建称帝，又拜为给事中。《花间集》收录他的词三十一首。

江城子 [1]（二首选一）

其一

鸂鶒飞起郡城东 [2]，碧江空，半滩风。越王宫殿 [3]，蘋叶藕花中。帘卷水楼鱼浪起，千片雪 [4]，雨蒙蒙。

1. "江城子"，又名《江神子》《水晶帘》。　2. "鸂鶒"，音 jiāojīng，水鸟，身上有文采，头上有红毛冠，俗名茭鸡。　3. "越王"二句：说越王的宫殿早已消失在蘋叶藕花之中，借此表达对国家兴亡的感叹。"越"，春秋诸侯国，领有今江苏东部和浙江西部，后为楚所灭。　4. "千片雪"，形容江浪。

无名氏

菩萨蛮 [1]

平林漠漠烟如织，寒山一带伤心碧 [2]，暝色入高楼 [3]，有人楼上愁。玉阶空伫立，宿鸟归飞急。何处是归程？长亭更短亭[4]。

1. 这首词写旅人思归。一说是李白所作。　2. "伤心碧"，形容山色愁惨。
3. "暝色"，暮色。　4. "长亭""短亭"，大站小站。"亭"，驿站。

忆秦娥 [1]

箫声咽，秦娥梦断秦楼月[2]。秦楼月，年年柳色，灞陵伤别[3]。
乐游原上清秋节[4]，咸阳古道音尘绝[5]。音尘绝，西风残照[6]，
汉家陵阙。

1. "忆秦娥"，又名《秦楼月》。一说是李白所作。　2. "秦娥"，《列仙传》
说，萧史善于吹箫，秦穆公把女儿弄玉嫁给他。他天天教她吹箫作凤鸣。
一天，夫妇一同随凤凰飞升成仙。"秦娥"，借用此故事，泛指长安（秦地）
闺阁的思妇。　3. "灞陵"，离长安二十里，是汉文帝陵墓所在地。据程大
昌《雍录》说，汉代凡是东出潼关和函谷关的人，都在灞陵折柳赠别。这
个风俗一直保留到唐代。　4. "乐游原"，在今陕西省西安市长安区南，是
唐代郊游的胜地。"清秋节"，指九月九日重阳节。　5. "音尘绝"，指游人
不归和往事一去不复返。"音尘"，车马行走的声音和扬起的尘土。　6. "西
风"二句：由"灞陵伤别"联想到汉代盛世已成往事，只剩下残照作历史
的凭吊。"陵阙"，皇帝的陵墓。

敦煌词

这些词是在敦煌石室中发现的,共一百六十多首,绝大多数是民间作品。写作年代没有著录,大约在 8 世纪中期到 10 世纪中期之间。这些词的内容非常丰富,反映面很广,有妓女的痛苦、商人的豪富、歌妓的恋情、旅客的流浪、战争的灾难、征人离妇的哀愁、沦陷边区人民的爱国情绪以及黄巢起义的历史事迹等等。体裁有小令、长调和大曲,大都保存着民间文学的特色。它为词学史提供了重要的史料。有王重民辑录的《敦煌曲子词集》。

望江南

莫攀我,攀我大心偏[1]。我是曲江临池柳[2],者人折去那人攀[3],恩爱一时间。

1. "大",同"太"。　2. "曲江",池名,在长安东南,是汉、隋、唐几朝的游览胜地,周围约七里,南有紫云楼、芙蓉苑,北有乐游原,西有杏园、慈恩寺。游览的人很多,池边的柳枝被攀折得特别厉害,所以用来比喻娼妓遭受极端蹂躏的苦况。　3. "者",这。"折去",一作"折了"。

菩萨蛮

枕前发尽千般愿：要休且待青山烂，水面上秤锤浮¹，直待黄河彻底枯。向日参辰现²，北斗回南面³。休即未能休⁴，且待三更见日头⁵。

1."锤"，锤。　2."参辰"，即参商，星宿名。参星在东方，商星在西方，此出彼没，永不同时出现，更不要说同时出现在白天了。"参"，音 shēn。
3."北斗"，星宿名，永远在北面。　4."即"，今。　5."日头"，原作"月头"，是误写。以上都是用不可能出现的自然现象来比喻爱情永远不变。

五　代

牛希济

牛希济（生卒年不详），陇西（今甘肃）人，先事前蜀后主
王衍，官至翰林学士、御史中丞。前蜀亡，到洛阳事后唐李亶，
拜雍州节度使。《花间集》收录他的词十一首，《全唐诗》收录
十二首。

生查子 [1]（二首选一）

其一

春山烟欲收，天淡星稀小。残月脸边明 [2]，别泪临清晓。

语已多，情未了，回首犹重道："记得绿罗裙，处处怜芳草。"

1. "生查子"，词名可能采自海客乘槎到天河事，事见《博物志》。或说：
"生查"，即星槎。　2. "残月"句：写月光照射着挂着泪珠的脸，仿佛月
亮就在脸边似的。

欧阳炯

欧阳炯（约896—971），益州华阳（今四川成都）人，先事前蜀王衍，为中书舍人，又在后唐、后蜀做官，最后从后蜀孟昶归宋，官拜散骑常侍。《花间集》收录他的词十七首。

南乡子 [1]（八首选一）

其一

嫩草如烟，石榴花发海南天。日暮江亭春影渌，鸳鸯浴。水远山长看不足。

1. "南乡子"，这个调子是作者创的，共八首，写的都是南方景物。据《词谱》说，这个调子还有双调，则始于冯延巳。

鹿虔扆

鹿虔扆（籍贯、生卒年不详），事后蜀孟昶，有大志，官至永泰军节度使，进检校太尉，加太保，国亡不仕。《花间集》收录他的词六首。

临江仙 [1]

金锁重门荒苑静，绮窗愁对秋空 [2]。翠华一去寂无踪 [3]，玉楼歌吹 [4]、声断已随风。　　烟月不知人事改，夜阑还照深宫。藕花相向野塘中，暗伤亡国、清露泣香红 [5]。

1. 公元968年孟蜀亡，这首词便是写对此的感慨。　2. "绮窗"，镂花的窗子。　3. "翠华"，翠羽华盖，指皇帝的仪仗。　4. "玉楼"，指宫院的楼阁。"歌"，指声乐。"吹"，指器乐。　5. "香红"，鲜花，这里指莲花。

冯延巳

冯延巳（903—960），字正中，南唐广陵（今江苏扬州）人，事元宗李璟，官至中书侍郎、左仆射、同平章事，是当时词坛的大家。他的作品较多，调新词畅，对北宋小令有一定影响。有《阳春集》。

蝶恋花 [1]（六首选一）

其四 [2]

　　几日行云何处去 [3] ？忘却归来 [4] 、不道春将暮。百草千花寒食路，香车系在谁家树？　　　　泪眼倚楼频独语：双燕归来、陌上相逢否？撩乱春愁如柳絮，悠悠梦里无寻处。

---

1. "蝶恋花"，唐教坊曲名，本名《鹊踏枝》。　　2. 这首词写少妇对于丈夫冶游不归的愁思。　　3. "行云"，指男子冶游。　　4. "却"，一作"了"。

长命女 [1]

　　春日宴，绿酒一杯歌一遍；再拜陈三愿："一愿郎君千岁；二愿妾身常健；三愿如同梁上燕，岁岁常相见。"

---

1. "长命女"，本唐教坊曲名。

李 璟

李璟（916—961），字伯玉，南唐烈祖李昇的长子，称中主。他的词现在能看到的只有四首，长于抒情，风格明快自然，但题材狭窄，往往流于感伤。

摊破浣溪沙 [1]（二首选一）

其二

菡萏香消翠叶残 [2]，西风愁起绿波间，还与韶光共憔悴 [3]，不堪看。　　细雨梦回鸡塞远 [4]，小楼吹彻玉笙寒。多少泪珠何限恨，倚阑干。

1. "摊破浣溪沙"，由于是把《浣溪沙》前后阕中的七字句破为十字并分为两句而得名，又名《山花子》。　2. "菡萏"，音 hàndàn，荷花。　3. "韶光"，指春光。一作"容光"。　4. "鸡塞"，即鸡鹿塞，在今内蒙古境内。"鸡塞远"，一作"清漏永"。

李　煜

李煜（937—978），南唐后主，初名从嘉，字重光，中主李璟的儿子。公元975年，宋灭南唐，他肉袒出降，受封为“违命侯”，过了三年的屈辱生活，终被杀害。他的词传下来的只有三十多首，悲观的色彩很浓，但艺术性较高，且突破了当时只写男女欢爱和相思别离的范围，多抒发亡国之恨，扩大了题材，对词的发展做出了一定的贡献。

相见欢[1]

其一

林花谢了春红，太匆匆！无奈朝来寒雨晚来风。胭脂泪[2]，相留醉，几时重[3]？自是人生长恨水长东。

1.“相见欢”，又名“乌夜啼”。　2.“胭脂”，借指美人。　3.“重”，重逢。“相留”，一作“留人”。

其二

无言独上西楼，月如钩。寂寞梧桐深院锁清秋[1]。剪不断，理还乱，是离愁。别是一番滋味在心头。

1.“锁清秋”，说作者被囚深院，悲愁无尽，只有与清冷的秋天相对。

清平乐

　　别来春半，触目愁肠断。砌下落梅如雪乱，拂了一身还满[1]。
　　雁来音信无凭，路遥归梦难成。离恨恰如春草，更行更远
还生。

1.“还”，音 xuàn，同“旋”。

浪淘沙[1]（二首选一）

其一
　　帘外雨潺潺[2]，春意阑珊[3]；罗衾不耐五更寒[4]。梦里不知身
是客，一晌贪欢[5]。　　　独自莫凭阑！无限江山；别时容易见时
难。流水落花春去也，天上人间[6]！

1.“浪淘沙”，本唐教坊曲名，原为七言绝句，从作者开始才改为两段令词。
2.“潺潺”，音 chánchán，雨水声。　3.“阑珊”，残尽。　4.“衾”，音

qīn，被子。 5.“晌”，音 shǎng，一会儿。 6.“天上”句：是说春去了，再也无处可寻觅。

虞美人 [1]（二首选一）

其二

春花秋月何时了，往事知多少？小楼昨夜又东风，故国不堪回首月明中！　　雕栏玉砌应犹在 [2]，只是朱颜改。问君能有几多愁 [3]？恰似一江春水向东流。

1.“虞美人”，唐教坊曲名，又名《玉壶冰》《一江春水》等。 2.“雕栏玉砌”，指南唐故国的宫苑。“砌”，音 qì，台阶。 3.“能”，一作“还”，一作“都”。